05
滅亡後的世界
THE WORLD AFTER THE FALL
Author. sing N so
Illust. Kanapy

THE WORLD

멸망 이후의 세계

目錄

AFTER THE FALL

멸망 이후의 세계

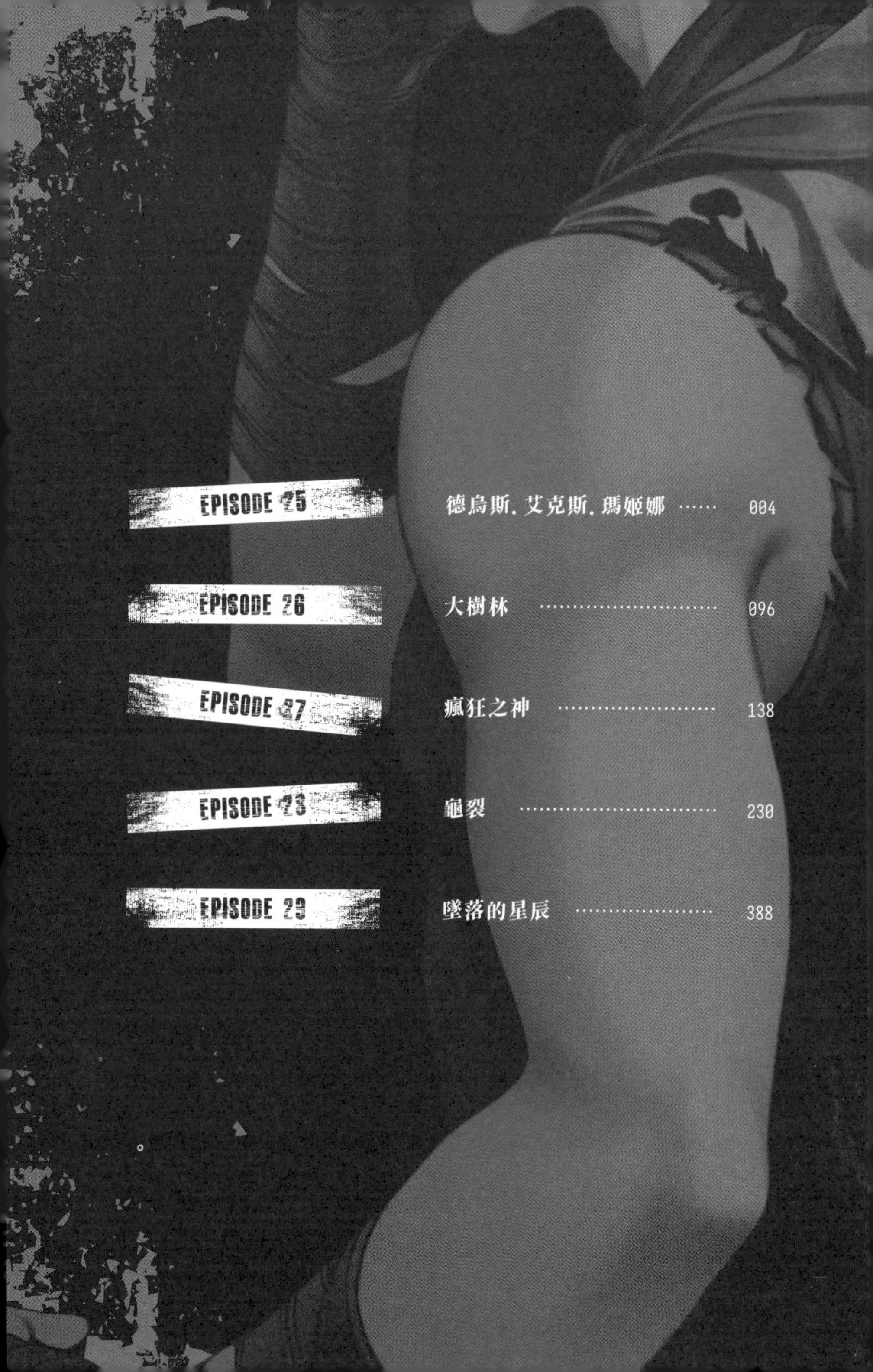

Episode 25. 德烏斯・艾克斯・瑪姬娜

1.

一個生命能下的最大賭注便是自己的性命。那麼，需要多少性命才能改變一個世界？

我們真的能改變它嗎？

——終結必至之神塔納托斯

✝ ✝ ✝

隨著克洛諾斯登場，拍賣會場內掀起一陣波瀾。

高達二十億托拉斯的起拍價。

這無法想像的天文數字令眾神張大了嘴巴。

「這是什麼起拍價……」

「他是認真的嗎？」

一旁觀望的神祇也開始盤算起自己的口袋深度。

事實上，多數參加大型拍賣會的神祇，仍對於三神器的真偽抱持懷疑態度。

然而，姑且不論其他神祇，沒想到暗天竟然不惜掏出二十億托拉斯。

「看來『德烏斯．艾克斯．瑪姬娜』是真品啊。」

「這麼說來，暗天是克洛諾斯的得力助手吧？」

眾神悄悄瞄向克洛諾斯。

克洛諾斯並沒有走向自己的桌子，而是像名守門員一樣，守在入口處。

「還有人要出價嗎？」

緊張的氣氛中，宰煥可以清楚感受到眾神的猶豫不決。

這不單單是價格的問題，第一位出價者竟是暗天，而暗天又是克洛諾斯的得力助手。

換句話說，參與這次競標，無異於向七大神座正面宣戰。

距離結標還剩四十秒。

暗天已然一副志在必得的神情，為了這一刻，他恐怕還特意省下了古書的購買費用。

就在此時，伊格尼斯插話了。

『第五席，你不能參與這次競標，難道你忘記七座協議了嗎？』

克洛諾斯悠閒地環視場內，泰然自若地回答。

『出價的不是我，是暗天。』

『那有什麼區別？混蛋，你的意思是這是你的助手幹的，不是你幹的？』

『暗天不是我的助手，他不久前獨立了。』

聽見克洛諾斯厚顏無恥的回答，凱洛班怒目而視。

『哈，難道斷掉的手臂就不是你的手臂了？』

暗天從遠處接收到凱洛班視線，只見他聳聳肩，似乎在說這是事實。

麥亞德揚起淡淡的微笑，低語道：「這對伊格尼斯來說很棘手。無論克洛諾斯的話是真是假，身為七座的她都很難放任這個情況不管。」

宰煥當然也明白此刻的局勢。

就算暗天真的脫離了克洛諾斯的勢力，他仍舊是深淵的八天。而若是八天強者獲得了三神器，便有機會擁有媲美七大神座的力量。

無論是現任助手還是前任助手，暗天都與克洛諾斯有所關聯，這絕不是其他神祇樂見的局面。

「剩下十秒鐘！」

麥亞德開口了。

「宰煥。」

宰煥點點頭，是時候該加入戰局了。

「二十億五千萬。」

「二十億五千萬，確定無誤？」

價格一下子提高了五千萬，讓拍賣官驚訝地睜大雙眼。

「二十億五千萬？」

「誰啊？」

「滅天。」

「滅天有那麼多托拉斯嗎？」

「不可能，這筆錢對七大神座也是一筆負擔。」

暗天皺起眉頭，彷彿在質問宰煥是否又要妨礙他。思考片刻後，他再次出價。

「二十一億。」

「二十二億。」

「二十三億。」

以一億為單位的競標戰就此展開。

只要有一億托拉斯，在深淵幾乎沒有買不到的配件，但此刻，一億僅僅被作為競價的最小單位使用。

這回就連麥亞德也顯得有些緊張，畢竟這與千萬單位的競標判若天淵。

宰煥產生了一種微妙的滿足感，開始隨意喊價。

「二十九億。」

「三十億。」

「三十一億。」

突破三十億後，暗天的喊價速度慢了下來，他果然也感受到了價格的壓力。宰煥甚至發現對方短暫地與克洛諾斯交換了眼神，克洛諾斯先前那副游刃有餘的態度消失無蹤，開始用他特有的森然眼神緊盯著宰煥。

當然，不管他怎麼盯，宰煥都照樣繼續喊價。

麥亞德嘀咕道：「你真是厲害。」

「是你叫我盡量喊價的。」

「無論是偉大之土還是深淵，沒有任何存在不屈服於數字之下，只有你依舊能這麼悠哉地喊出天文數字。甚至還是用別人的錢。」

「我就當作是稱讚了。三十三億。」

眼看最高出價金額被刷新，暗天也跟著加價。

「三十三億五千萬。」

暗天的表情比先前更加陰沉。

正當宰煥意識到機會來了，準備再度喊價時——

「四十億。」

價格瞬間上漲了六億五千萬。

然而，出價者既不是宰煥，也不是暗天，而是一名始終旁觀局勢的人。

「搞什麼啊，是誰？」

「那是誰的同伴？」

「他坐在瘟疫附近，是瘟疫的人嗎？」

「可是他們坐在不同桌啊。」

宰煥不慌不忙地觀察出價者的衣著。對方穿著一件破爛的斗篷，與他在混沌常穿的衣物十分相似。

那人是什麼時候出現的？

宰煥並未感受到如七大神座那般特殊的壓迫感。

縱使將猜疑與理解提升至極致，也只能感受到對方極度精煉的無機世界力。

直到此時，宰煥才明白自己為何沒有注意到他。

因為對方幾乎沒有「活著」的感覺。

＋

〈最高出價者排名〉

1. X：40億

2. 德里克．米爾特：33億5千萬

3. 宰煥：33億

＋

「……X？」

眾神也因為這個聞所未聞的名字而騷動起來。

「四十億？他真的付得起嗎？」

「喂，拍賣官，確認過那傢伙的身分了嗎？」

「我從來沒聽說過這個名字！」

觀眾席掀起了一陣騷動。一名前所未聞的神祇突然現身，並喊出超乎常理的價格，當然會引起反彈。

但並非所有人都是如此。

不知何時，麥亞德的目光變得更加深沉。儘管變化相當細微，宰煥卻沒有忽略這點。

「看來那個人就是你的目標。」

麥亞德的肩膀因為宰煥不經意拋出的話語而震了一下。

「我不太清楚你突然這麼說是什麼意思。」

「你是為了引出他才利用我吧？」

宰煥腦海中的拼圖逐漸拼湊起來。

麥亞德無緣無故找上門、過度熱情的好意、對宰煥過於有利的提議，以及……那個德烏斯．艾克斯．瑪姬娜散發出來的奇妙感覺。

「你想裝傻到底的話，我也沒辦法。」

「裝傻？真是傷人呢。」

看著聳肩的麥亞德，宰煥開口。

「五十億。」

出價突然提高了十億，原本喧鬧的拍賣會場再度陷入沉寂。眾神紛紛用不可置信的目光看著宰煥，以為自己聽錯了。

「宰煥？」

麥亞德顯然也沒想到宰煥會突然喊出這麼高的金額，臉上露出了明顯的驚慌神情。

而五十億也恰好是麥亞德先前提到的最高金額。

「五十億出現了！」

拍賣官的聲音中略帶一絲興奮。

X立刻作出反應。

「六十億。」

宰煥也不甘示弱地喊道：「七十億。」

「等等，宰煥，再多就……」

遺憾的是，麥亞德的聲音被淹沒在拍賣會場的熱浪之中。

X再度開口：「七十五……」

「八十億。」

宰煥在X說完話之前，率先喊出了八十億。

這下就連X也有些猶豫了，他躊躇了片刻，再次出價。

「八十五億！」

海奇諾德大型拍賣會的歷史最高價早已被刷新，那些原本高呼X真實身分的人也闔上了嘴巴，默默觀看著拍賣。

就連拍賣官也被這一幕所震撼，忍不住吐感嘆道：「八十五億托拉斯？這數字我還是第一次聽到。」

數名神祇的代行者如今不再將目光放在德烏斯．艾克斯．瑪姬娜之上，而是轉向了宰煥和X。

在八十五億這個天文數字面前，欲望的走向逐漸搖擺不定。

對於那些沒有勇氣與七大神座競標三神器的神祇而言，八十五億托拉斯的價值遠遠超過德烏斯．艾克斯．瑪姬娜。

「那傢伙是滅天對吧？」

「聽說他摧毀了元宇宙，但傳聞也不一定是事實。」

「總司令只不過是元宇宙的王者而已，又不是實力真正獲得認可的神。」

「聽說他本身的世界力不怎麼樣。」

「那個X也是，如果沒個像樣的靠山……」

各種密語開始傳進耳裡。

宰煥大致也預料到了這種情況，所以並未特別驚慌。

此時，正好輪到宰煥出價。

他以平靜而沉穩的聲音宣布：「兩百億。」

觀眾席間質疑的聲音統統消失無蹤，數名神祇的表情，像是完全無法理解剛剛聽到的數字。

那些牢牢盯著宰煥的代行者，以及饒有興致地觀察局勢發展的強者，全都屏住了呼吸，就連一臉興奮主持拍賣會的雷諾德也愣愣地張大嘴巴。

「兩百億，您是認真的嗎？」

兩百億可不是小數目，拍賣會有紀錄以來，從未有過喊價高達兩百億托拉斯的交易。說得稍微誇張一點，如果一名最高階神祇擁有兩百億托拉斯，他也能瞬間擁有超越七大神座的世界壓。

那樣巨額的托拉斯，足以作為晉升七大神座的跳板。

眾神看向宰煥的眼中逐漸染上貪婪之色。

「還有人要出價嗎？」

X和暗天這回也不見應戰的意願，他們顯然沒有能力支付兩百億的金額。

二十秒、十秒……然後——

「恭喜！德烏斯．艾克斯．瑪姬娜以兩百億托拉斯的價格，由宰煥先生得標。」

在這令人窒息的緊張氣氛中，三神器的主人終於塵埃落定。

不同於其他拍賣品，這次競標結果宣布後，沒有響起掌聲。

拍賣官尷尬地獨自鼓掌，對宰煥說道：「由於本次拍賣品的金額龐大，請您當場完成付款。」

宰煥隨即起身走向拍賣臺。他依照工作人員的指示，拿出麥亞德給他的空白支票。

但是，這東西該怎麼用？只要寫上數字就行了嗎？

他從未寫過支票，當然不清楚該怎麼使用。

就在他躊躇不決時，入口處有人喊了一聲。

『真是荒謬的競標！你真的認為那傢伙能拿出兩百億托拉斯嗎？』

開口的是時間之神克洛諾斯。

隨著他的話音落下，其他神祇也開始抗議。

「沒錯！這肯定是陰謀！」

「我們不承認這種競標！」

「取消競標結果！」

宰煥還沒完成付款，眾神就已憤恨不平地站了起來，他無法理解這些神祇的舉動。

緊接著，他看見遠處的麥亞德搖了搖頭。

「我不是說最多五十億嗎？」

宰煥這才明白了那句話的意思。五十億不是麥亞德的出價上限，而是神祇理智上能接受的最高金額。

『拍賣到此結束。』

克洛諾斯強大的世界壓掌控著整個會場，拍賣會的入口被牢牢堵住，猶如宣告沒有他的允許，任何人都不准離開。

凱洛班猛然站起身，伊格尼斯的警告響徹全場。

『克洛諾斯！』

克洛諾斯沒有收斂自己的世界力。

所謂七座協議，是建立在七座力量平等的基礎上，如果其中一位七座獲得了三神器，那麼這份協議就無法再維持下去。

從那一天起，深淵將不再屬於七座，而是屬於唯一的神。

看著朝舞臺走來的眾神，宰煥露出一抹苦笑。

事情果然還是走到這一步了嗎？

這正是後來被記錄為宰煥五大事件之一——海奇諾德大慘案爆發的瞬間。

2.

眾神短兵相接，拍賣會場頓時亂成一團。

拍賣官雷諾德和工作人員見狀，急忙衝上舞臺，架起防護牆，但奈何對手是深淵最高階的神祇。

「啊啊啊啊！」

拍賣官緊急啟動的屏障罩住整個舞臺，然而區區一道屏障，根本抵禦不了神祇的力量。

更重要的是，場內有高達三名七大神座。

「快去聯絡世界力抑制局！快點！」

拍賣官高喊著呼叫支援的同時，它也知道深淵最強神祇聚集的場所爆發了混戰，抑制局的工作人員恐怕早已因為承受不住波動而陷入昏厥。

『去死吧。』

隨著克洛諾斯的話音響起，闖入拍賣會場的鐘表匠立刻與高階神祇纏鬥在一起，刀劍摩擦濺出猛烈的火花。

在這場混亂之中，有些神祇試圖對三神器出手，不過大多數都被八天或七星的攻擊砍斷了手臂。

「呃啊啊啊！」

拍賣會場的二樓，有一名男子正在觀看下方混亂的局面。

伊格尼斯的代行者凱洛班望著遠處的刀光劍影，不禁發出驚嘆。

「伊格尼斯大人，他比想像中厲害耶？」

『我就說吧！』

轟砰砰砰砰！

每當宰煥的刺擊爆發時，崩裂的舞臺碎片便會飛濺起來，劍影之間，高階神祇的信徒如同撲火的飛蛾，被撕裂成碎片。

但光是如此，並不足以被稱為「滅天」。

這時，宰煥左臂出現了一把由不祥的世界力凝聚而成的黑色長劍，他將黑劍原封不動地套在獨存之上。

凱洛班恍然大悟，發出一聲輕嘆。

「這就是那個什麼『滅亡』的設定吧？以前只能從螢幕看到，現在竟然出現在眼前，感覺好奇妙。」

『他好像換劍了。』

「您是怎麼看出來的？」

『這是粉絲的基本能力。』

滅亡的光芒纏繞於宰煥的獨存上，替空氣染上一層色彩。朝他逼近的高階神祇，其強化系設定紛紛崩潰。

「這、這是什麼……」

「小心點，如果碰到那傢伙的設定——」

高階神祇大驚失色地吆喝著。

看見這幅情景的伊格尼斯驚訝地低喃。

『我想的沒錯，果然是能摧毀設定的設定。』

「不是單純靠世界力壓制嗎？」

『不是，他正在極力調節自己的世界力，除非是設定本身的力量，否則無法解釋這種情況。你仔細看。』

數度受到宰煥攻擊的代行者迅速流失世界力，猶如斷線的人偶，踉踉蹌蹌地癱軟在地。

凱洛班用懷疑的語氣問道：「那是什麼系統？看起來好像可以不管設定的相容性。」

『那是雙重系統。』

「除了我們的紅焰劫之外，還有其他雙重系統的設定？」

『龍神那小子用的黑焰龍也是雙重系統設定啊。』

「啊，對耶，是這樣沒錯。」

『以強化系設定為基本，再加上能摧毀對方設定的法則系設定，搞得像大雜燴一樣……那傢伙到底是怎麼做到的？』

就在他們閒聊之際，衝上舞臺的代行者已有半數被宰煥擊倒。

眾神逐漸露出驚慌之色，凱洛班也是如此。

「剛才被那傢伙擊中的神，感覺好像直接永滅了？」

『確實如此。』

原則上，在深淵殺死高階神祇幾乎是不可能的事情，只要尚有一名信徒存在，神祇便不會消亡。

縱然殺死全數信徒，神祇也不會立刻消亡，而是會留有短暫的緩衝期。

換句話說，只要能在緩衝期結束前獲得新的信徒，神祇便等同於永恆不滅。

「聽說有神祇在元宇宙被那傢伙消滅了，看來這傳聞可能是真的。」

當然，殺死神祇的方法並非不存在。

七大神座和龜裂的覺醒者知曉如何使神祇永遠消亡，但他們不會使用這種方式進行無情的屠殺，通常只是殺死代行者或消滅信徒就結束了，否則會受到深淵其他神祇的譴責。

那個叫宰煥的小子，卻完全不在意這種潛規則。根據凱洛班所知，深淵中，如宰煥這般目中無人的神祇只有兩位——

系統的守護者，老大。

以及屠神者，卡塔斯勒羅皮。

雖然也有像龜裂的覺醒者或深海之神拉塞爾這樣的特例，但他們都是受到特定勢力庇護的人，至少是在有可靠後盾的情況下，才會做出這種瘋狂行徑。

不過，宰煥並非如此。

「我們要看情況插手嗎？再這樣下去，那傢伙會成為深淵公敵。而且如果他真的有兩百億托拉斯，事情只會變得更糟。萬一其他八天或神座奪取他的托拉斯並轉化為世界力……伊格尼斯大人，您為什麼要笑？」

『你以為他真的有那麼多托拉斯？』

「咦？不然呢？」

『如果那小子真的有兩百億托拉斯，他早就大動作摧毀拍賣會，直接奪走三神器了。』

聽起來很有道理。擁有兩百億世界力的存在，大可直接突襲拍賣會奪取三神器，根本不需要費這麼多工夫。

『一看就知道是有人刻意安排這場局，那傢伙是故意在支付托拉斯的時間點上引發衝突的。』

「設局的人是誰？」

『你很快就會知道了，他現在應該會出現在三神器附近。』

「喔，原來如此，那傢伙一定是想偷走德烏斯．艾克斯．瑪姬娜吧？」

『嗯？』

「不是嗎？肯定是因為三神器才引發這場騷亂吧！」

『嗯，也不是沒這個可能……不過，除非那傢伙是個蠢蛋，不然德烏斯．艾克斯．瑪姬娜應該不是他的目標。』

「您是什麼意思？」

伊格尼斯失望地問道。

『你還沒察覺到嗎？』

「啊？察覺什麼？」

面對凱洛班傻裡傻氣的發言，伊格尼斯灰心地說道。

『那怎麼會是德烏斯．艾克斯．瑪姬娜？當然是假的啊，蠢蛋。』

✝ ✝ ✝

那是贗品。

近距離看見德烏斯．艾克斯．瑪姬娜的那一刻，宰煥便立刻意識到了這個事實。距離尚遠時，他還沒有十足的把握，近看就一清二楚了。

這雖然是作工精良的配件，但絕對不是三神器。

「那傢伙衝著三神器去了！」

高階神祇終於抓到破綻，立刻朝宰煥發動攻擊。

鏘鏘鏘鏘鏘！

宰煥一邊擊退襲來的刀刃，一邊皺起眉頭，他無法理解自己為何得為了區區一件三神器贗品而遭受這種苦頭。

不對，或許不是因為三神器。

宰煥突然想起自己懷中的那張支票。或許，麥亞德在帶上他同行的那一刻，便預見了這一切的發生。

「交出托拉斯！」

說著這句老套臺詞衝上前的是七星之一，標槍之神庫里斯。他用右手召喚出半透明的長槍，同時擲出七把長槍威脅宰煥。

戰神之槍。

宰煥透過猜疑讀取了庫里斯的設定。那雖然是典型的強化系設定，卻能凝聚龐大的世界力。

他迅速躲到展示櫃後方躲避攻擊，隨著一道尖銳的破空聲響，展示櫃紛紛破裂，拍賣品飛向空中。

宰煥抓住了其中一對引人注目的飛劍。

那是刀鋒君主的飛劍。

宰煥朝著迎面衝來的神祇擲出飛劍，縈繞著滅亡設定的飛劍在空中旋轉，形成了一股世界力風暴。

驚恐的庫里斯立刻向後退去，其他錯過閃避時機的高階神祇則是直接被捲入風暴之中。

「呃啊啊啊啊！」

宰煥的滅亡吞噬了眾神的世界，他們連一絲反抗的機會都沒有，便迎來了消亡。

對付高階神祇的代行者應該沒問題。

這是宰煥離開元宇宙之後的第一場戰鬥，他正好需要一個機會來衡量自己的戰鬥力。儘管他擊敗了總司令，那終究是僅止於元宇宙內部的對決。

經過幾次激烈的交鋒，宰煥察覺到滅亡在元宇宙外頭的威力更為強大。或許是因為元宇宙是駕駛員的世界，所以他過往的設定一直處於被削弱的狀態。

「不要碰！一旦碰到那把劍，設定就毀了。」

令人擔憂的是，與在元宇宙內部的戰鬥相比，此時的世界力損耗更加嚴重。宰煥的呼吸越來越急促，世界力流失的速度也越來越快。

「一起上！」

眼看高階神祇的代行者一個個死去，心急如焚的神祇聯合起來發動圍攻。與此同時，克洛諾斯的鐘表匠也加入戰局，令宰煥越發手忙腳亂。

隨著世界力流失，危機感逐漸湧上心頭。

就在此時——

「這裡就交給我們吧。」

兩個男人擋在宰煥面前，分別是老天施俞，和死天塔納托斯。

面對八天猝不及防的加入，原先衝鋒陷陣的神祇紛紛驚懼而退。

克洛諾斯冰冷的聲音從遠處傳來。

『施俞，你在幹什麼？』

「放心，我不會動你的鐘表匠。」

「你走吧，滅天，那件物品的得標者是你。」

施俞和塔納托斯似乎尚未意識到那個德烏斯·艾克斯·瑪姬娜是贗品，但眼下已經沒時間解釋了。

宰煥輕輕點頭，隨即轉身走向舞臺後方。

「站住。」

一把鋒利的標槍擋住了宰煥的去路。標槍的主人正是庫里斯，此時地面上以他為中心，向外鋪展出一層薄冰。

為了抵禦滲入雙腳的寒氣，宰煥再度釋放世界力。

「挺行的嘛。」

回過頭，只見霙之神巴奧的爪環挾帶著刺骨的寒意，瞄準了宰煥。

從宰煥進入拍賣會開始就對他感到不滿的兩位神祇選擇了聯手。

就在庫里斯的標槍和巴奧的爪環，同時向宰煥的頭部和側腹進攻之際——

鏘鏘鏘鏘鏘！

有人同時擋下了長槍和爪環。

那人正是深海之神拉塞爾，亦是曾在元宇宙第八層與宰煥交手，操縱波浪之力的七星。

擋下兩名七星的攻擊後，拉塞爾並沒有回頭看向宰煥。

「我欠你的債，就用這個來還。」

宰煥想都沒想過，拉塞爾竟然會來幫助自己。

「拉塞爾，你瘋了嗎？」

巴奧憤怒的拳頭被拉塞爾擋下。

庫里斯語帶嘲諷地問道：「你為何要幫助屠神者？難道同為屠神者的你們還有羈絆？」

拉塞爾一邊彈開接踵而至的標槍，一邊說道：「快離開吧，在這裡戰鬥沒有勝算。」

宰煥不明白為何拉塞爾要幫助自己，難道是對自己在元宇宙救了他的代行者一事心存感激？

宰煥仔細觀察拉塞爾面對的敵人，包括標槍之神庫里斯、霙之神巴奧，以及眾多的高階神祇。

如果只是這些對手，拉塞爾或許還能應付得來。

問題在於，直到剛才都還默默觀戰的暗天，正從遠處的座位上起身。

「是時候來抓偷書賊了。」

隨著暗天接近，周遭的氣氛開始轉變。

除了總司令與老天之外，宰煥從未與八天等級的敵人交過手，但即使未曾打過交道，他也能確定一件事情——

若是此刻選擇抽身，拉塞爾必死無疑。

眼看宰煥沒有要離開的跡象，拉塞爾惱火地回過頭來。

「你為什麼——」

「我們聯手吧。」

宰煥重新握緊獨存的劍柄。

剩餘的世界力還有一半以上，而他恰巧有一個適合在這種情況使用的招式。

說白了，這項招式非常適合一舉消滅眼前眾神。

或許是察覺到了宰煥的想法，拉塞爾的瞳孔閃過一抹異彩。

「好。」

目光交會的瞬間，拉塞爾開啟了聖域。曾將第八層化為血海的拉塞爾世界，此時正漫溢而出。

聖域開顯——心海。

以拉塞爾為中心產生的海浪席捲整座會場，來不及防備的高階神祇被波浪撕得四分五裂。

但庫里斯和巴奧不同，他們展開聖域抵禦心海，準備反擊。

庫里斯筆直伸出的標槍纏繞著巴奧的寒氣，強化系與操縱系的設定相互交織，一股可怕的力量正在凝聚。

然而，進行聖域結合的不只有他們，宰煥和拉塞爾也是如此。

滋滋滋滋滋！局部的聖域開顯在獨存之上，滅亡後的世界顯露其貌。

這個方法行不行得通還是未知數，畢竟聖域結合並不是一項容易成功的招式。但宰煥並不覺得自己會失敗。

當庫里斯的標槍穿透心海飛來，不斷釋放世界力浪濤的拉塞爾放聲大吼。

「去吧！」

帶著不祥世界壓的暗天正從遠處趕來，不過，現在才行動已經太遲了。

聽見拉塞爾的信號，宰煥的獨存立刻動了起來。

在元宇宙初次遇見拉塞爾時，宰煥曾劈開這道波浪，如今，這道波浪不再是他的敵人。

波濤之路！

宰煥的獨存噴出了火焰。

3.

轟隆隆隆隆！

隨著一聲巨響，海奇諾德的大廳被徹底掀翻。

眾神發出尖叫，地下拍賣會場的柱子倒塌，地基開始下陷，這正是宰煥與拉塞爾聯手攻擊造成的結果。

兩人幾乎同時蹬地，躍入空中。

大概是受到瞬間的世界結合所帶來的反作用力影響，宰煥強忍著一湧而上的噁心感，身旁的拉塞爾則忍不住將世界力吐在地上。

拉塞爾輕輕擦了擦嘴，環顧四周低聲道：「我還是第一次殺這麼多人。」

濃厚的塵土落定之處，神祇所剩無幾，倖存的神祇也大多身負重傷，奄奄一息。

拉塞爾虛脫地說著。

「你真是個不折不扣的瘋子，從現在開始，你會變成深淵的公敵。」

「你也一樣吧。」

「我早就是了。」

不僅高階神祇和最高階神祇的代行者被斬盡殺絕，就連兩名七星也被徹底消滅。但是暗天還保有微弱的世界力，看來宰煥和拉塞爾沒能完全處理掉他。

倒塌的建築物殘骸之間，倖存者一個接一個出現。

「該死的，發生什麼事了？」

察覺到騷動的人們從遠處趕了過來，其中包含龜裂的覺醒者與七大神座的手下。

「真令人頭痛，外面的情況也是一樣嗎？」

宰煥保持警惕，環顧四面八方。

轟隆隆隆。

回頭一看，被球型屏障包裹的雷諾德和工作人員從倒塌的殘骸中悠悠浮出。他們在危機時刻啟動屏障，成功保護了德烏斯・艾克斯・瑪姬娜。

夢魘的魔法果然十分出色。

轟轟轟轟轟。

聽見空中傳來的巨響，宰煥和拉塞爾同時抬頭仰望上空。

「簡直是一團亂。」

早早逃離崩塌現場的神祇在空中展開激戰。

施俞和塔納托斯與鐘表匠展開搏鬥；七大神座的瘟疫、伊格尼斯，以及克洛諾斯三人之間呈現奇妙的僵持氣氛，互相對峙。

他們應該也心知肚明，如果七大神座在此時此地開戰，整個海奇諾德都將化為廢墟。

這時，一道黑影朝著德烏斯・艾克斯・瑪姬娜接近。

是X，方才與宰煥共同競標德烏斯・艾克斯・瑪姬娜的神祕神祇。

就在X伸長手臂，企圖掠奪德烏斯・艾克斯・瑪姬娜的瞬間，一道銀色的刀光如閃電般襲向他的手臂。

是麥亞德。

鏘鏘鏘鏘！

X揮舞著由鋼鐵打造而成的義肢與麥亞德對峙，令人驚訝的是，兩人竟然勢均力敵。

一同目睹這幕景象的拉塞爾說道：「我不知道你想做什麼，但首先還是逃命要緊，繼續留在這你必死無疑。」

「感謝提醒，但我還有事要辦。」
一道漆黑的影子籠罩在上空，地面倏然塌陷，發出鋼鐵碾碎骨頭般的聲響。
拉塞爾和宰煥同時被擊飛，栽進廢墟之中。
當宰煥皺著眉頭爬起身，他才看清擊飛自己的存在——一個體長超過七、八公尺的鋼鐵巨人。
德烏斯．艾克斯．瑪姬娜？
不對，它和德烏斯．艾克斯．瑪姬娜長得不一樣。
『果真名不虛傳啊，滅天，沒想到你竟然能逼我掏出這樣東西。』
鋼鐵巨人體內發出的聲音相當熟悉。
根據宰煥感知到的世界壓來看，它的本體是原以為已經死亡的庫里斯。
拉塞爾咬牙切齒地說道：「該死，是巨人族。」
宰煥翻閱腦中的《深淵紀錄》，關於巨人族的資訊逐一浮現。
深淵的戰場兵器，巨人族。據傳，所有巨人族的起源皆是三神之一的概然性破壞者德烏斯，它是所有機械的神，是在配件製造方面無人能及的神祇。
巨人族的製造方式可以說是德烏斯留給深淵的稀世遺產。
『巴奧死了嗎？』
巨人體內的庫里斯用空洞的聲音低喃。
仍在空中與另外兩位神祇對峙的克洛諾斯，將目光投向了庫里斯，看來他們兩人是一伙的。

周圍接連出現小型傳送陣，另一批巨人族大舉湧入。

「這太瘋狂了……大家快逃啊！」

「聖戰開始了！」

圍觀者發現了巨人族，驚慌失措地逃離現場。

看著逼近的巨人，宰煥握緊獨存。

粗略估計，巨人的數量至少有八具，那些被打得奄奄一息的神祇代行者鑽進巨人的軀殼後，竟然散發出氣勢磅礴的強大世界力。

轟砰砰砰砰！

每出一拳，大地便猶如遭受重擊般劇烈震盪。

這驚人的破壞力令人聯想到元宇宙的戰艦「涅布拉」。

拉塞爾警告道：「小心點，操控巨人的神祇，世界力會大幅提升。」

巨人族的基礎能力「世界力增幅」，可以根據輸出功率，令世界力增幅至少一點二倍，多至一點五倍以上，這便是眾神覬覦巨人族的原因。

「活著再見吧。」

事到如今，宰煥已經沒有餘力照顧拉塞爾了。

地面上出現了類似隕石撞擊留下的巨型坑洞，每一擊都蘊含著難以抵禦的世界力。獲得增幅的世界力，再加上巨人族特有的韌性，讓宰煥感覺自己面對的是一個比自己強大三倍以上的敵人。

然而，問題不僅如此。

滅亡發揮不了作用。

直到以世界力和巨人正面交鋒後，宰煥才領悟到這一點。

操縱巨人族的神祇即便數度遭受滅亡的刺擊，也幾乎沒有受到傷害，不曉得究竟是因為巨人族本身的力量太強大，還是他的世界力不足。

可以肯定的是，與巨人正面交鋒，絕對沒有勝算。

「也是，這麼強悍的設定沒有缺點才奇怪。」

討人厭的聲音，來自於方才在後方與X展開戰鬥的麥亞德。

「有時間說風涼話，不如幫我補充世界力。」

「如你所見，我也自顧不暇。」

麥亞德在與X的戰鬥中確實無法占上風。

目前尚不清楚是他故意放水，還是X真有那麼強大，總之似乎因為某種特殊原因，兩人陷入了僵持狀態。

『宰了他！』

宰煥利用大地刺擊脫離巨人的攻擊範圍，為世界力續能。

他需要一項能一舉擊敗所有巨人的強大招式，但他的世界力已經接近枯竭。

霎時間，一道念頭閃過腦海。

他有一個能短暫恢復流失世界力的方法。

宰煥把手伸進懷裡，握住了麥亞德給他的空白支票。這張支票在兌換成托拉斯之前毫無價值，但這並不意味著他沒有獲得托拉斯的方法。

宰煥避開巨人的合力功擊，奔向工作人員看守的保險箱。

「你、你在做什麼？」

瞬間制伏兩名工作人員後，宰煥打開保險箱，早已作為拍賣款項支付的托拉斯如瀑布般傾瀉而下，他迅速吸收這些托拉斯。

咻嗚嗚嗚嗚。

托拉斯是信徒的信仰凝結而成的結晶。

信徒的祈禱被宰煥握在手中，全數轉化為世界力。

『在那邊！攻擊！』

宰煥立即轉身，與迎面衝來的巨人正面對決。眼看強大的世界力餘波席捲而來，他立刻發動了攻擊。

轟砰砰砰！

被宰煥拳頭擊中的巨人踉蹌地後退了三四步。

『怎麼可能——』

人類赤手空拳與巨人族正面交鋒，竟然占了上風。

高階神祇的代行者嚇得目瞪口呆，但宰煥並未滿足於此。

數千萬托拉斯蘊含的世界力在宰煥體內奔騰，只是這不全然是他自己的力量。

而且，操控巨人的敵人也同樣擁有不容小覷的世界力。

更關鍵的是，在滅亡無效的情況下，魯莽地使用力量，很可能會再次因世界力枯竭而倒下。

『宰煥！脫掉衣服。』

安徒生不知何時醒來了，她的聲音在宰煥的腦海響起。

『快點！沒時間了！』

宰煥毫不猶豫地脫掉衣服。

仔細想想，他確實還有一張尚未使用的牌。

「是『光溜溜』嗎？」

若是平時的安徒生，肯定會氣急敗壞地說不是光溜溜，是赤身設定，但今天的她格外嚴肅。

安徒生的設定與宰煥的世界力產生共鳴，散發金色光芒的世界力籠罩他的全身。閃爍著金黃光芒的宰煥，簡直耀眼得令人睜不開眼。

『可以了！有這種程度的世界力，就算唱完整首歌也沒問題！』

「妳不會又要唱那首奇怪的歌吧？」

宰煥十分清楚這項設定。

赤身。

這項設定是他從安徒生那裡學來的，對付總司令時效果顯著，但不知對那些鋼鐵巨人是否也管用。

「看好了，這就是赤身真正的力量，這項設定本來就是為了對付巨人族而創造的。」

反正眼下也沒有更好的辦法，宰煥決定相信安徒生。

宰煥的身體隨著安徒生的話語躍向高空。

『那、那傢伙在搞什麼！』

『他真的脫光了！小心！』

滅天戰鬥時都會脫去衣服，這雖然是眾所皆知的事實，但親眼目睹這一幕的代行者仍心生一絲詭異的恐懼。

既定的模式被打破，正常的戰鬥節奏偏離了原來的軌道，事情出錯的感覺令他們焦躁不已。

『他就是個瘋子！殺了他！』

下一刻，某處傳來歌聲。

很久、很久以前，

有一名赤身神。

因為不喜歡穿衣服，

一輩子都是光著身體過日子。

這是一首不知何人所唱，又從何傳來的歌曲。

時間逐漸放慢，周圍的空間詭異地扭曲起來。

代行者們望著赤身裸體走來的宰煥——一名踏著輕快步伐，毫無表情的赤身神。

聖域開顯——赤身裸體的世界。

安徒生的聖域在深淵展現出其身影。

宜人的微風徐徐吹來，一名裸體的神悠閒地走過草原，宛如古老童話中的場景。眾神都沉醉在這魔法般的風景之中，回過神來才發現，他們已然成為了童話的一部分。

某天，無聊的赤身神出門玩，

遇見了第一個朋友。

不一會兒，童話故事翻到了下一頁。

操縱巨人的代行者與宰煥四目相接後，意識到自己是這個童話故事中的配角，他們只能努力在不安的恐懼中保持清醒。

沒關係，這只是幻影罷了，眼前的敵人只是一介普通的代行者。

當然，他們眼前的存在並非僅是代行者。

而是神。

巨大的赤身神注視著他們，開口說道。

一起玩吧。

歌聲鑽入耳中的瞬間，代行者的腦海一片空白。眼前的景色在腦海中變得模糊不清。

雖然沒有受到傷害，但巨人龐大的身軀開始失神地向後退去。

那到底是什麼東西？

代行者拚命地安慰自己。

——我在巨人的軀殼裡，那傢伙絕對傷不了我。

赤身之神在他面前笑了起來。

不過你那是什麼？

該不會是衣服吧？

位於巨人軀殼內的代行者如同觸電般全身抽搐，癱坐在地。

儘管沒有人聽得見，代行者仍像個瘋子般不停喃喃自語。

「這、這不是衣服，這不是衣服。」

過了一會兒，赤身之神的聲音傳來。

騙人。

場內所有戰鬥倏然停止。

麥亞德和X、施俞和塔納托斯、暗天和拉塞爾，以及天空中的七大神座，拍賣會場內的所有人，都屏氣凝神地看著這一幕。

龐大的巨人身軀猶如一張薄紙，被輕易撕裂。

4.

遠處，看著這一幕的伊格尼斯與其代行者凱洛班張大了嘴巴。回頭看向一旁，正在對峙的克洛諾斯和瘟疫也難以置信地俯視著宰煥。

暗中觀察眾人臉色的凱洛班在心裡對伊格尼斯說道。

——神，那傢伙也太犯規了吧？

伊格尼斯沒有回答。

——那到底是什麼法則系設定，唱個歌、脫個衣服就可以變這麼強？

『果然，我那時候沒看錯。』

伊格尼斯早已透過元宇宙的轉播見過宰煥的赤身設定。

『真是太神奇了，那傢伙怎麼可能還活著……肯定是透過繼承得到的吧。』

——咦？您知道這項設定嗎？我還是第一次見到。

『你當然不知道，這是二十一萬多年前創造的設定。』

——二十一萬年前？

二十一萬年前，正是古代三神活躍的時期。

究竟是誰在那時候創造了這種設定？

啪滋滋滋！

與此同時，赤身之神的步伐仍在前進。

唯獨對抗巨人族時，才會展現額外的爆發力。

伊格尼斯看著即將徒手撕開第三具和第四具巨人軀殼的宰煥，小心翼翼地說道。

『這是一位極度憎惡德烏斯的瘋狂神祇創造的設定。』

——憎恨德烏斯的神？

『對。』

凱洛班大吃一驚。

德烏斯是誰？概然性破壞者德烏斯，它是即便數百位，甚至數千位最高階神祇聯手也無力對抗，傳說中的古代三神之一。

在近萬年來誕生的眾多神祇之中，就算偶爾有人不識它的名號，每當評選史上最強神祇時，它的名字也總會被提及。

古代三神德烏斯，就是如此偉大的存在。

『豈止是憎惡？二十一萬年前，他們甚至曾經拔刀相向。』

——什麼？

七大神座的第三席，火焰之神伊格尼斯是少數經歷過古代三神時期的神祇，她經常將那段時期的故事當作英勇事蹟來談論。

然而，此刻伊格尼斯提起的故事，就連凱洛班也是第一次聽聞。

——跟德烏斯打架的神到底是誰？

『那個傢伙是……』

彷彿憶起了什麼不好的回憶，伊格尼斯的聲音漸漸低沉了下去，平時對自己經歷過古代三神時期的自豪之情，此時蕩然無存。

凱洛班更加好奇了。

創造赤身設定的神祇究竟是何方神聖，能令這名脾氣暴躁的火焰之神躊躇不決？

伊格尼斯沉思良久，終於開口了。

『只有三神才能對抗三神——二十一萬年前，曾有過這種說法。不過這都是過去的事了。』

✝ ✝ ✝

撕裂，脫光。

在那一刻，宰煥就是為了重複這兩個行為而存在的赤身神。

猶如拔除線頭般，巨人的手臂被輕鬆卸除；如同脫去襪子般，盔甲被撕扯開來。在無情釋放世界力的宰煥面前，眾神顯得無比脆弱。

撕裂，脫光。

再撕裂，再脫光。

在巨人駕駛艙裡瑟瑟發抖的神祇，瞬間如同豬皮般被整張剝下。一些代行者雖然沒有受到物理損傷，卻還是口吐白沫昏了過去。

究竟是因為羞愧，還是其他原因，不得而知。

能確定的是，此刻面對宰煥的人們，再也無法回到從前的模樣了了。

失去巨人軀殼的代行者，臉上露出丟失重要之物的表情，六神無主。

「呃、呃啊啊啊！」

「救救我！救命啊！」

那聲慘叫並非源於對宰煥的恐懼，他們畏懼的是宰煥背後的某種不明個體。那種感覺實在難以解釋清楚，但衣服被撕裂的剎那，一種無法言喻的恐懼湧上心頭。

至今無比熟悉的世界，突然變得陌生起來。

「那到底是什麼……」

眾神的臉上滿是困惑。確實有數名神祇聽說過赤身設定的相關傳聞，但他們也是首次目睹這股力量的真正威力。

只有極少數神祇能領略此刻眾神所經歷的一切。

「難不成……」

看著逐漸逼近的宰煥，庫里斯緊咬嘴唇。

庫里斯是七星的一員，換言之，整個深淵比他強大的神祇不超過二十一位。

況且，他現在還操控著堪稱最強配件的巨人族，縱使被七大神座的攻擊直接命中，只要能操控巨人，就可以避免當場死亡。

此刻的宰煥卻輕易地撕碎了巨人，將代行者玩弄於股掌間。

彷彿他們一直以來安居的世界是如此脆弱不堪。

眼看著又一個巨人在自己面前四分五裂，庫里斯的手指不自覺地顫抖起來。

他清楚地看見了，巨人被撕裂的同時，代行者體內也有某種東西裂開了。

世界觀崩潰？

世界觀崩潰指的是原本信仰的聖域變得陌生，失去世界力的症狀。也有人稱之為「格式塔崩潰」，屬於深淵疾病的一種。

不可能，這怎麼可能。

看著一一倒下的代行者，庫里斯仍舊感到難以置信，因為能夠引發格式塔崩潰的古代神祇，早在許久以前便不復存在。

因此，庫里斯決定相信自己經歷的歲月，而非不祥的直覺。

可惜隨之而來的只有遲來的屈辱。

庫里斯的面前，有一名褻瀆聖戰的存在，他將巨人當作玩具般輕易摧毀，脫去代行者的衣物。

『你這傢伙！到底想幹什麼！』

事實上，這也是宰煥想問的話。

——在妳做出這種行為前，最好事先告知我。

在這不到十分鐘的短暫時間內，占據宰煥身體的不是他本人，而是安徒生。因為宰煥目前還無法妥善運用赤身設定，發揮其最大效力。

更何況，宰煥根本不曉得諸如「有一名赤身神」和「扒光朋友衣服一起玩」等摧毀童心的歌曲。

『如果不把歌曲完整唱完，設定就沒辦法完全啟動嘛，而且我又沒有叫你唱。』

——最終還是從我嘴裡唱出來，哪裡不同了？

宰煥的拳頭朝向庫里斯的巨人飛去。轉眼間，四周都是被扒光衣服、昏倒在地的代行者。

——妳是刻意留他們的命嗎？

『我是殺不了。』

——什麼？

『因為他們的衣服全都被我脫光了啊。如果對方也沒穿衣服，那就無法使用赤身設定了。』

法則系設定「赤身」基本上只對穿著衣物的對象有效，因此面對套上巨人族這種笨重配件的對手，它能發揮出近乎無敵的力量，但當對手也裸體時，它就失去了效力。

這麼說來，總司令在元宇宙碰見這項設定時，也是直接脫掉了衣服。

——一定要唱那首歌嗎？

『只有唱出來才能發揮真正的力量。順帶一提，歌曲的最後一小節是這樣的：最後所有朋友都脫光光了，赤身神高興地回到了家。』

宰煥只覺得荒誕不已。

——什麼跟什麼……

根據歌詞，這項設定在對手尚未裸體之前，擁有近乎無敵的力量，一旦對方沒了衣服，使用者就連對方的一根手指頭也動不了。

這項設定彷彿從一開始就不打算「殺死對手」，其目的異常扭曲，甚至讓人感受到一種病態的背德感。

轟隆隆隆！

庫里斯被宰煥的拳頭連續擊中，全身赤裸仰倒在地的同時，戰場上的眾神不敢再接近宰煥，而是忙著向後退去。

當然，安徒生和宰煥都很清楚，這並不代表聖戰結束了。

『別掉以輕心，現在才剛開始。都是因為你喊出那種荒謬的金額，大家才會殺紅了眼。』

——妳有在聽？

『當然啊！你到底是怎麼想的，竟然幹出這種事？』

宰煥輕輕瞥向戰場的另一邊。

『麥亞德？』

宰煥不語。

『你真是一個難以捉摸的傢伙。』

起初遇見宰煥的時候，安徒生還對他抱有敬畏之情。

宰煥是一名屠殺神祇和君主的覺醒者，當時她認為，這樣的存在肯定具備凌駕於各個神祇之上的洞察力與沉著冷靜。

然而隨著時間推移，安徒生的想法漸漸有所改變。

宰煥並不完美。

他雖然擁有神的視野，卻總是以人類的心情行動。

縱使走過數千年的歲月，卻不忘過去，依然為了人類時期懷揣的目標而活。他仍舊會憤怒，有時也會感到悲傷，並沒有為了排遣孤獨而以人類的悲劇為樂。

儘管活了數千年，他還是一名人類。

『所以你才能走到這一步吧。』

——妳說什麼？

『沒事。話說回來，你的世界力要見底了。』

宰煥摧毀了數十具巨人，但仍然剩下許多敵人，對方顯然也察覺到了他的世界力正在減弱。

只要稍微露出破綻，敵人隨時都會發動攻擊。

宰煥觀察著周遭，最終作出了決定。

「你在後面嗎？」

接著，後方傳來一道聲音。

「我在。」依舊在後方與X對峙的麥亞德回答道。

他輕輕掃了宰煥一眼。

「既有能摧毀設定的設定，又有能摧毀配件的設定，真是出色的組合。我再問一次，你要不要考慮加入龜裂……」

儘管與X保持緊張的對峙，麥亞德仍舊悠閒地聊起天。

「你剛才說得好像很快就會結束一樣，結果還是耗了不少時間嘛。」

「正如我所說，對手不容小覷。」

宰煥沒有回答，只是短暫地瞪了麥亞德的方向一眼。

麥亞德露出一抹苦笑。

「被發現了嗎？」

短時間內增加世界力總量的宰煥，此時得以一睹麥亞德隱藏的世界力。

麥亞德的世界力如同旭日般明亮廣袤，在感受到那宛如能灼瞎雙眼的閃耀光芒後，宰換意識到，麥亞德的實力恐怕遠遠超過他的想像。

那與面對瘟疫、伊格尼斯和克洛諾斯的感覺明顯不同，但宰煥已經可以推測出，他們將麥亞德視為七座協議對象之一的原因。

麥亞德．范．德克蘭是一名超級強者，強大到必須由七大神座制衡，否則後果不堪設想。

「但我的話是真的，對手的確不容小覷。」

宰煥打量著與麥亞德進行緊繃心理戰的X。

麥亞德說對手不容小覷，這句話確實沒錯，因為宰煥從X身上感受到了明顯超越最高階神祇的世界壓。

只是X顯然還無法與實力相當於七大神座的麥亞德相提並論。

『現在撤退吧，繼續待在這只會吃虧。』

安徒生的判斷相當明智，實際上，宰煥也在考慮是否該抽身了。

但在離開之前，他有一件事想弄清楚。

「麥亞德。」

「是。」

「你為什麼要帶我來拍賣會？」

麥亞德似乎聽不懂問題，微微歪頭。

「因為這麼做才能透過你得到三神器。」

「我不是在問這個。」

宰煥望著在遠處受到工作人員保護的德烏斯．艾克斯．瑪姬娜。

「你為什麼把你的德烏斯．艾克斯．瑪姬娜拿到拍賣會拍賣？」

5.

霎時間，空氣陷入一片寂靜。雙方都刻意保持沉默，彷彿一個固有世界受到扭曲。

「這是什麼意思？」

「別裝了，我知道那具德烏斯．艾克斯．瑪姬娜是你拿出來的。」

向來泰然自若的麥亞德眼中出現了片刻的動搖。宰煥一邊戒備著周圍的代行者，一邊悄悄地向麥亞德靠近。

麥亞德問道：「你為什麼會有這種想法？」

周圍的神祇似乎聽見了他們的談話，掀起一陣騷動。

麥亞德又問道：「為什麼你會認為我是德烏斯．艾克斯．瑪姬娜的出售者？」

宰煥沒有立即回答。或許是他與麥亞德的距離逐漸拉近，高階神祇的攻勢也逐漸放緩，也許他們正在推測麥亞德和宰煥之間的關係。

宰煥調整了呼吸，開口道：「如果你的目的真是三神器，衝突爆發時，你應該會先保護三神器才對。」

事實上，麥亞德在戰鬥過程中幾乎不曾將目光投向三神器，縱使其他人有機會輕易奪走它，他也絲毫不在意。

「我不是告訴過你了嗎？因為七座協議，我不能隨意行動。一旦我有所動作，天上那群怪物也會跟著行動。」

麥亞德用眼神示意天上的七大神座，就好像上面飄著三顆綁在氣球上的核彈。

宰煥搖了搖頭。

「打從一開始，三神器這種東西出現在拍賣會就很可疑。」

「什麼？」

「你真的認為八十五億托拉斯就可以買到三神器？」

麥亞德闔上了嘴巴，宰煥的眼神正在盤問他。

三神器真的是八十五億托拉斯就能買到的東西嗎？這兩者真的具有同等價值嗎？

「那是……」

事實上，宰煥和麥亞德都很清楚。

僅僅因為托拉斯是作為衡量價值的單位，這才使得三神器被賦予標價，然而對七大神座等超級強者來說，三神器的價值無法用托拉斯衡量。

「它根本就不應該出現在拍賣會上。如果這東西被拿出來拍賣，那麼結論肯定只有一個——出售者的目標從一開始就不是托拉斯。」

「就算你的假設無誤，也沒有證據證明出售者是我，不是嗎？」

「光是你把我帶來這裡就夠可疑了。如果你真的想得到三神器，應該會帶一個值得信任的人來。要求初識的人同行，並給他一張空白支票，完全不符合常理。」

「那是因為我很有錢……」

「不，你從一開始就有信心能把錢拿回來，雖然我不曉得那個方式合不合法就是了。」

麥亞德剛想說些什麼，但又闔上了嘴。

他評估了瞄準宰煥的高階神祇與宰煥之間的距離，隨後露出會心一笑。那笑容似乎是在說，他願意配合宰煥的小把戲。

「有道理，如果我是那件物品的出售者，雖然會被扣一點手續費，但托拉斯終究會回到我手裡。」

「商品是由你出售，而我也相當於用你的錢來購買。」

或許是因為近距離交談的兩個人，從遠處看起來就像是十分親近的伙伴，意圖獵殺宰煥的眾神自然也不得不停止攻擊。

畢竟麥亞德是龜裂的領導者，就連七大神座和大君主也對他有所顧忌。

「你的想法真有趣，但我為什麼要費盡心思做那種事呢？」

「誰知道。」

「就算事實真的如你所說，我又為何要公開拍賣三神器，然後再將它買回來？這之間只有稍有差池，三神器就可能被搶走，我看起來像願意冒這個險的人嗎？」

「不像。」

見此，麥亞德開心地笑了起來。

望著微笑的麥亞德，宰煥更加確信自己心中的猜測。

「那具德烏斯．艾克斯．瑪姬娜是假的。」

剎那間，麥亞德的眼中掀起一陣波瀾。他顯然非常驚訝，以至於不小心疏忽了X的攻擊，肩膀上隨即出現一道淺淺的傷痕。

「你到底為什麼要這麼做？那個叫X的傢伙又是什麼人？你拍賣贗品究竟是在打什麼主意？」

麥亞德表情嚴肅，一言不發。

宰煥心想，他恐怕會選擇一直保持沉默。

「看來你沒打算告訴我。」

雖然很好奇，但沒聽到解釋也無所謂，反正他的目的已經達到了。

『你這小子不錯嘛！』

靜靜聽著兩人對話的安徒生發出讚嘆。

『沒想到你竟然利用那傢伙來恢復世界力……』

宰煥原本即將見底的世界力，不知不覺已經恢復到相當可觀的程度，這都要歸功於他剛才趁亂拾起滾落在地上的托拉斯，並將其轉化為世界力。

他至少還能再使用幾次「滅亡」。

儘管仍未完全恢復，但這種程度的世界力，已足以在逃跑的同時牽制追擊的敵人。

開始吧。

宰煥準備施展大地刺擊。

陪麥亞德聊到現在也夠了，沒必要繼續冒風險在有三名七大神座的地方逗留。

下一秒，一句完全出乎預料的話，讓宰煥不禁開始懷疑自己的耳朵。

「如果你現在幫助我，我可以考慮幫你找到那位叫『金允煥』的人。」

眾神再度逼近，安徒生焦急的警告聲在宰煥腦中迴響。

但宰煥什麼也聽不見。

麥亞德剛才說了什麼？

還沒等宰煥回答，麥亞德又繼續說了下去。

「我知道他在哪裡。」

宰煥的腦袋頓時傳來一陣劇痛。

裂主的灰白色頭髮在腦中浮現，他記得曾在某個地方見過類似的畫面。比如，他第一次委託萬里神通尋找允煥的時候。

難不成……

砰砰砰砰砰！

一陣轟炸聲劃破寂靜，傾瀉而出。

X的槍彈猶如一道信號，在麥亞德和宰煥的腳下進行轟炸。他的全身裝載了各種凶惡的武器，彷彿他的存在本身就是一種兵器。

X開啟手肘部位的機關，子彈瞬間如雨點般噴射而出。

過了一會兒，他的胸膛敞開，噴射出一股強大的粒子波。

轟砰砰砰！

雖然不清楚這是什麼「設定」，但那凝聚了龐大世界力的砲擊，似乎就連麥亞德也難以招架。

同時，方才陷入僵持的眾神再度動身，其中多數人明顯是衝著宰煥而來。

第二輪的戰鬥已然拉開序幕。

『喂，清醒點！你該不會打算照那傢伙的話做吧？』

宰煥無視安徒生的呼喊，默默拔出滅亡。

要是再有遲疑，恐怕無法逃出此地。

但是——

「從遠處開火！」

如果錯過了這個機會，還會有機會拯救允煥嗎？

就在宰煥猶豫的空檔，眾神已經擺出了圍攻陣形。

「那小子累了！慢慢耗死他！」

高階神果然不是蓋的，眾神此時正透過代行者牽制宰煥的行動，並且持續使用遠程砲擊。

遮天蔽日的世界力巨石紛紛朝宰煥襲來。

「他的設定無法對遠距離對象發揮作用！轟擊！」

在這個距離下，宰煥無法充分發揮滅亡的力量。

高階神祇的代行者似乎大略掌握了赤身的設定，陸續收起了他們操控的巨人。

滅亡和赤身同時被封鎖的局面下，世界力還是在持續耗損。

宰煥迅速向後退去，藏匿在工作人員搬運的拍賣品後方。

正當驚慌的工作人員朝著宰煥大喊的那一刻，一連串的砲火向他們橫掃而去。

「呃啊啊啊啊！」

「別打啊！別打啊！拍賣品會壞掉！」

與此同時，宰煥趁機撿起了掉落在地的幾件拍賣品，其中也包括他拍下的《大師的隨筆》。

反正是他要買的東西，拿走也沒關係吧。

「偷書賊！」

驟然間，一股殺氣襲來，沉甸甸的世界力壓在了獨存的劍刃上。

伴隨著嘎吱聲響，赤裸的暗天向宰煥連續揮出劍擊。果然，即使被波濤之路擊中，他還是倖存了下來。

轟！砰砰砰砰！

猛烈的攻擊猶如近距離轟炸的砲彈，鋪天蓋地而來。

只須交手數招，宰煥便能明白，暗天的身手相當高超。

「把書還來！」

「這是我買的書。」

暗天參戰後，宰煥的身上瞬間冒出了許多傷口，他被逼得節節敗退。

不知道過了多久，宰煥終於無路可退了，因為麥亞德就在他的正後方。

啪滋滋滋。

兩道性質不同的世界力結界碰見了彼此，濺出強烈的火花。

他們是這個宇宙中，少數同樣以幻想樹的盡頭為目標的兩名覺醒者。此刻，他們的世界首次交接。

麥亞德率先開口道：「我們交換一下吧。」

「好。」

語畢，宰煥和麥亞德立即調換位置。

瞬間，包括暗天在內的眾神都驚訝地瞪圓了眼睛。

「裂主？你為何——」

麥亞德沒有回應，而是向暗天和眾神揮出充滿殺氣的劍招。

半。

對付X時沒有發揮出特殊效果的世界力，此時卻在剎那間將數十名代行者切成了兩

僅僅是交換了位置，戰鬥的局面便截然不同。

望著逼近的X，宰煥問道：「把他處理掉就行了？」

「是的，如果成功了，我就替你尋找朋友。」

「連你也沒能輕易制伏他。」

「我做不到，但你可以。嚴格來說，只有你能做到。」

麥亞德說完這句話，便朝著暗天衝去。

幾乎在同一時間，數十枚追蹤導彈從X的手肘射出。

砰砰砰砰！

宰煥驚險地躲過了幾枚導彈，又用獨存砍下了幾枚，並利用爆炸的餘波甩掉所有剩餘的導彈，向X逼近。

他的滅亡具備更利於近戰的設定。

可惜的是，與其他神不同，X並不懼怕近戰。

發射導彈的手肘闔上蓋子，改從肘部外側伸出長刃，與宰煥的獨存相撞。

明明是刀劍相交，卻發出了爆炸般的聲響。

對方實在太強了。

X不停追著向後退的宰煥，他的攻擊一招接著一招，彷彿摸清了宰煥的行動模式。

宰煥久違地快速移動雙手，接住猛烈的刀雨。如此長時間的近身戰鬥，尤其是處於

守勢的戰鬥，他已許久沒體驗過了。

刀劍交鋒間，X沒有給予宰煥任何喘息的機會。

幾乎任何需要呼吸的生物，都無法做到這樣如疾風般的連擊。

X用肘部的長刃與伊格內爾打造的獨存碰撞，卻沒有留下任何傷痕。更讓人驚訝的是，在短短數十招內，X的步伐就完全跟上了宰煥的動作。

準確來說，那不只是「跟上」的程度了。

他好像知道宰煥要往哪裡移動。

即使將猜疑、理解和忘我的力量發揮到極限，X似乎依然能清楚地看穿宰煥的動作和策略。

他彷彿能夠預知這場打鬥的所有變數，精準的動作不帶有一絲情感，只有強烈殺意。

宰煥心想，這不是活人能做出的動作。

為什麼麥亞德會與X陷入僵持狀態，他這下終於明白了。

如同機器分析和演算人類的行為模式，X也在學習宰煥細微的戰鬥習慣，並進行應對。

X的攻擊不是憑藉壓倒性的火力，而是以不斷調整改善的驚人進步速度壓制對手。己方攻擊被無效化的同時，敵方的攻擊則以持續的有效攻擊累積傷害。

這時，安徒生開口了。

『等一下。』

她似乎也意識到了這一點。

宰煥看著X被撕成兩半、破爛不堪的外衣。透過衣料縫隙間露出的，是雪白的鋼鐵身軀。

眼前的敵人，是巨人族。

6.

宰煥曾遇過與X擁有相同身體的人，守護混沌的奇妙工廠的工廠長也是如此。昔日侍奉古代神祇的使徒，如今已失去了它們的神。

或許X就像奇妙工廠的工廠長一樣，與古代三神德烏斯有所關聯。

「喂，你跟我談談——」

只是，X根本無意聆聽宰煥的發言。

持續進行的激烈戰鬥毫無任何交談的空檔。

麥亞德奚落的聲音從一旁傳來。

「如果他是個能溝通的對象，我早就和他談了。」

麥亞德負責的方向不斷傳來慘叫，敵人不是倉皇逃離麥亞德的劍刃，就是被世界力形成的罡氣擊中後倒下。

縱然是對宰煥展現出驚人武力的暗天，此刻也面色蒼白地慌忙揮舞劍刃。

「住手吧，裂主！我們無意與您戰鬥！」

麥亞德的劍術相當單純，僅由縱斬和橫斬組成簡單連擊。眾神與其代行者卻在這道連擊下，統統被斬得支離破碎。

或許他也如同宰煥長時間反覆進行刺擊一樣，不停修練斬擊。光是看他的基本功，就能清楚地感受到他是一名與眾不同的高手。

這樣的傢伙為何會與X陷入苦戰？

雖然X也是一名強敵，但就算放寬標準來看，他也無法與麥亞德相提並論。

就在這時，X身上傳來一陣奇怪的機械聲響。

〔戰鬥模式分析完成，啟動『德烏斯』系統。〕

隨即，X全身被藍色光芒縈繞，開始散發出驚人的世界力。

〔艾克斯．瑪姬娜——第一階段。〕

X以肉眼無法捕捉的速度瞬間逼近，朝宰煥的下顎揮出刀刃。

如同初次遇見七大神座時的詭異感受，敲響了宰煥腦中的警鈴。

面對如此超乎尋常的速度，唯有一項設定能夠招架。

很久、很久以前，

有一名光溜溜的神。

因為不喜歡穿衣服，

一輩子都是光著身體過日子。

宰煥赤裸著身子，他的拳頭與X的鋼鐵拳頭正面相撞。

伴隨著喀嚓聲響，X的藍色世界力開始碎裂。

鏘鏘鏘鏘！

赤身的力量壓制了X的世界力。

機械裝置響起急促的警示音，X猛然向後退去。

——要是再晚一點啟動就死定了。

『你現在一個人也唱得不錯呢。』

安徒生的聲音聽起來很滿意，她似乎非常高興宰煥能夠在不依靠自己幫助的情況下啟動設定。

『不過歌詞錯了，既然要唱就應該唱好吧？』

——哪裡錯了？

『不是光溜溜的神，而是「赤身神」。你是不是故意唱錯啊？』

喋喋不休的嘮叨仍在繼續，但現在不是玩文字遊戲的時候。宰煥無視安徒生的話語，揮出拳頭。

此刻，X正站在他面前，氣勢洶洶地釋放出極具威脅性的世界力。

保守估計，他的世界力起碼比方才增加了五到六倍，這是一件很詭異的事情。

這傢伙到底是怎麼回事？

直至不久前，X的平均世界力還與宰煥相差無幾。但是在執行那什麼第一階段之後，它的世界力立刻比宰煥多了好幾倍。

轟砰砰砰！

光是一記拳頭的破壞力，便足以摧毀一座小型站點。

安徒生說明道。

『那是具有自我意識的巨人族。』

——就算是巨人族好了，世界力竟然可以暴增這麼多倍？

『雖然不知道怎麼會有這種東西……但並不是沒辦法對付，因為我的赤身，面對巨人族是無敵的。』

宰煥不久前才和巨人族交過手，他知道安徒生說的話沒錯。

然而——

——赤身不是只對穿著衣服的對象有效嗎？

『沒錯。』

——所以我應該要把它當作穿著衣服嗎？

『怎麼這麼問？』

——與其說穿著衣服，巨人本來就是它的身體吧？

赤身設定能發揮作用的前提，僅限於對手「穿著衣物」，而巨人族被公認為最強的外衣，因此赤身設定才能對其發揮強大的力量。

但那個叫X的傢伙本來就是巨人族，換句話說，打破巨人的鎧甲並不意味著真身的皮膚就會出現。

既然如此，那依舊可以被稱為「外衣」嗎？

『喂！都是你在亂想，設定開始不穩定了啦！』

「……」

『別胡思亂想！它就是衣服！只是有生命的衣服而已！』

安徒生的話沒錯，現在可不適合進行令人頭疼的哲學辯論。

這時，X出現了異常的反應。

〔你的……設定是？〕

它的聲音令人聯想到混濁的機械聲。

發音模糊不清，就像是運算發生了錯誤一般。

〔格式塔？〕

格式塔？

〔格式塔！格式塔！格式塔！〕

隨著噗嘶嘶的聲響，某種像是白色水蒸氣的東西從X的頭上冒了出來。

〔格式塔！格式塔！格式塔！〕

不祥的預感湧上心頭，安徒生高喊道。

『快躲開！』

一聲巨響過後，澎湃的世界力如海嘯般，從X全身噴薄而出。

與此同時，宰煥被捲進了世界力風暴當中。

原先在周圍遊蕩的神祇嚇得四散奔逃，但風暴的範圍比預期大上許多。

「哇啊啊啊啊！」

眾多代行者被撕得支離破碎，從體內流出的銀白色光芒就像海面濺起的浪花。

宰煥咬牙忍受著狂風的侵襲。縱使啟用了赤身設定，雙方之間巨大的世界力落差，依舊令他難以承受。

轟轟轟轟轟！

風暴絲毫沒有止息的跡象，但宰煥的世界力正在迅速下降。再這樣下去，赤身設定會被強制解除。

宰煥作出了決定。

越過山丘的赤身神，

終於見到了第三個朋友。

宰煥用盡最後一絲力氣榨取出的世界力，圍繞著全身形成一道金色光環。

X的攻擊變得不再有規律，就像是電路的邏輯閘[1]被關閉了一樣。大量的世界力傾瀉而出，宰煥卻從中看見了一絲希望。

就是現在！

計算出風暴的規律後，他毫不猶豫地跳進風暴之中，任憑風刃不停劃過肌膚。

他之所以這麼做，是因為相信赤身設定。

宰煥運用拳頭中的世界刺擊猛烈擊打著X的軀體。

X堅不可摧，它與其他巨人族不同，具有極強的韌性。

然而——

鏘噹噹噹！

即使是那具堅固的鎧甲，也有其極限。

再來一次。

1 邏輯閘是數位電路中用來進行零與一運算的基本元件，它會根據輸入條件產生對應的反應，用於判斷與控制電路運作。

接二連三的攻擊使X的鎧甲開始出現裂痕，是時候該結束了。

宰煥將剩餘的世界力凝聚在一起，往X的動力裝置打出猛烈的最後一擊。

強大的波動瞬間從X的全身爆發而出，彷彿能直接將宰煥的皮膚從身上剝離。

〔艾克斯．瑪姬娜——第二階段。〕

耳邊傳來劇烈的轟鳴聲，頭部感到暈眩。

這股力量不只具有物理破壞力，且與剛才的世界力風暴屬於不同型態，雖然沒有直接對靈魂造成傷害，卻觸動了基本法則。

宰煥總算回過神來，踉蹌地後退了一步。

很顯然，他受到了攻擊，而且有些東西發生了變化，但他不明白那是什麼。

X身上流淌而出的光芒不停閃爍，動力裝置因為受到巨大衝擊而停擺。

隨著一聲機械音，X跌坐在地。

宰煥也感覺到自己的世界力全數耗盡，癱倒在原地。

X看著宰煥的手臂，低喃道。

〔……的烙印……格式塔設定……你到底是誰……〕

X說出一句令人費解的話語，最終完全停止了運作。

他們贏了嗎？

幸運的是，X最後的攻擊沒有對宰煥造成太大的影響。

勉強喘了口氣後，奇妙的空虛感頓時襲上心頭。

——安徒生。

安徒生沒有回應，這種感覺不同於她平時陷入沉睡或是累倒，反倒像是安徒生從宰煥的世界永遠消失，兩人徹底斷絕連結。

一種詭異的不祥預感湧上心頭，事情不太對勁。

周圍出奇地安靜。

宰煥搖搖晃晃地站起身，環顧四周。

方才尚在激烈交戰的神祇代行者全都癱坐在地。高階神、最高階神，甚至是正在進行激烈戰鬥的七天，和展開對峙的七座代行者也不見蹤影。

代行者臉上帶著困惑的神情。

「神！神！」

「神！您在哪裡？」

「呃啊啊啊啊！」

失去神祇的代行者彷彿失去了整個世界，他們的表情充滿恐懼。

自他們全身溢出的世界力開始枯竭，猶如遭遇乾旱一般。

宰煥不明白他們為何突然變成這副模樣。

唯一可以肯定的是，正如宰煥失去安徒生，其他代行者也與他們的神祇徹底斷絕了聯繫。

這或許和X在第二階段發動的攻擊有關。

切斷神與信徒之間連結的設定，乍看之下雖然與滅殺極為相似，但其力量影響的範圍遠遠大於滅殺。

此時，麥亞德的聲音從宰煥身後傳來。

「剛才那招是德烏斯的『概然性破壞』，聽說它可以暫時將神祇逐出『聖域』。真是驚人的力量，這已經超越傳說的範疇了。」

神祇力量受到封鎖的代行者，大多變回了手無縛雞之力的凡人，而身為覺醒者的麥亞德，似乎沒有受到剛才那股波動的影響。

「求、求求你饒了我！」

代行者的身體被麥亞德輕輕揮出的劍劈成了兩半。

宰煥勉強撐著搖搖晃晃的身體，站了起來。

他的直覺告訴他，現在的麥亞德相當危險。

也許比他至今交手過的任何敵人都更加危險。

「哦，宰煥先生還有起身的力氣耶。」

雖然失去了與安徒生的連結，但是作為像麥亞德一樣的覺醒者，宰煥並沒有失去自己的固有世界和設定。

問題是他的世界力所剩無幾。

「不過，我想你還是坐下來會比較好。如果你想欣賞一些有趣的表演的話。」

宰煥只是被輕輕地推了一下肩膀，卻像是受到巨大衝擊，滾了數圈才停下來。那深不可測的世界力，令他的身體如同受到強烈的電擊般劇烈顫動。

當宰煥終於撐著地面，艱難地抬起上半身時，他看見某種物體從X體內被拆了下來。

嘎嘎嘎嘎。

「終於到手了。為了這東西，我可是費盡苦心……」

麥亞德手中緊握著一顆約莫拳頭大小的藍色核心，上面刻有「X」字樣。

那是X的心臟。

麥亞德帶著那顆心臟，朝某個方向走去。

宰煥覺得自己應該阻止麥亞德，但是方才所受到的衝擊，令他連站起來都有困難。該死。

他感知不到眾神的任何動靜。X先前使用的攻擊，斬斷了附近所有人與神祇之間的連結。

「你不曉得當我得知你擁有赤身設定時有多高興。」

麥亞德吹著口哨從宰煥身旁經過，停在了目標位置，那裡有一具假的德烏斯·艾克斯·瑪姬娜。

那是麥亞德為了引發這起事件而出售的精巧贗品。

他將頭轉向宰煥，莞爾一笑。

「跟你對話真的很愉快。聽你說話的每一刻，我都對你的推理能力讚嘆不已，並且感到緊張。我也不得不承認，對於你的提問，我給的答案是——你說的沒錯。」

麥亞德奮力一躍，站在了三神器贗品的左肩上。

「出售這架德烏斯·艾克斯·瑪姬娜的人是我，引發這起事件的人是我，刻意將你帶來這裡的也是我。如你所料，我這麼做是為了引出那個叫X的人。」

他為什麼突然坦白這一切？

根據宰煥的經驗來看，麥亞德現在的反應絕對不是件好事。

稍微恢復了世界力的宰煥將獨存插入地面，站了起來。

麥亞德冷漠地俯視著宰煥。

「不過，你的推論有一點不正確。」

麥亞德輕撫著自己乘坐的巨人族鎧甲，巨人族的肩膀上，用古文潦草地寫著「Deus」字樣。

「這不是贗品。」

隨著一股釋放氣體的聲響，巨人族的駕駛艙打開了。

麥亞德將X的心臟插入駕駛艙中央。

「應該說，『從現在開始』不是贗品。」

巨人族的駕駛艙關閉，德烏斯・艾克斯・瑪姬娜的龐大身軀中散發出世界力的氣息。

這與宰煥從X身上感受到的世界力如出一轍，甚至更加強烈。

巨人族雙肩的字樣與駕駛艙浮現的字句相連，發出耀眼的藍色光芒。

Deus X Machina.

德烏斯・艾克斯・瑪姬娜。

7.

德烏斯・艾克斯・瑪姬娜站起來的瞬間，周圍的一切全都被炸成了碎片。

那些未能及時逃離的代行者，以及堅守拍賣會場直至最後一刻的海奇諾德管理者，都如螻蟻般遭到粉碎。

在此之前，宰煥早已遇過與之擁有同等實力的超級強者。

正是輕而易舉將君主引爆的混沌之主，古代三神，唯一王卡塔斯勒羅皮。

此刻從巨人體內所散發出的力量，完全不亞於卡塔斯勒羅皮。

源自德烏斯．艾克斯．瑪姬娜的世界力，瞬間將海奇諾德夷為平地，直逼宰煥而來。

然而，宰煥已經沒有足夠的力量來抵擋攻擊了。

鏘噹噹噹噹！

有人擋在宰煥面前，替他擋下了攻擊。

那是一名全身被耀眼的金色洪流環繞的金髮少女。

「宰煥。」

看見少女臉龐的瞬間，宰煥立刻就明白了。

那張臉孔存在於五百年前的記憶裡，既是安徒生登上元宇宙的原因，也是她長久以來的代行者。

「振作點！你打算死在這裡嗎？」

她肯定就是瑞秋．英。

而遍布她全身的這股氣息——

「安徒生？」

從宰煥的固有世界脫離的安徒生，此時就在他眼前。

從元宇宙累積的世界力在安徒生周圍團團升起，她的實力已然恢復到了顛峰時期的程度。

「這是怎麼——」

「沒時間解釋了，而且我也不太清楚，只知道自己忽然被逐出你的世界，回過神來就變成這樣。」

準確來說，替宰煥擋下攻擊的不僅是安徒生一個人。環顧四周，有一群烏鴉擋住了麥亞德爆發而出的世界力波動。

「我來晚了，安徒生。」

那是烏鴉之王，艾丹．卡爾特。

安徒生回頭看著艾丹說：「你果然還活著。」

「當然，妳找回瑞秋的身體了嗎？」

「應該是吧。」

「瑞秋的靈魂呢？」

「靈魂還沒回來，但……」

安徒生握緊自己的拳頭又放開。

「她一定就在這裡，跟我們待在一起。」

「那就夠了。」

艾丹看著依然癱坐在地板的宰煥。

「沒有時間打招呼了。快走吧，這裡就交給我們。」

接著，守護宰煥前行的兩名神祇身邊，又出現了另外兩名像是幻影的神祇。

安徒生、艾丹．卡爾特、阿爾戴那，甚至還有賈斯蒂斯。過去曾挑戰元宇宙最終層的英雄神祇全都現身處於此。

遠處傳來呼喚宰煥的聲音。

「宰煥先生！」

萬里神通和柳納德正朝他奔來，德瑞克的代行者皮爾格林和中階神蓋爾也出現了。那些在元宇宙與他並肩挑戰最終層的人，正在趕來營救他。

但宰煥搖了搖頭。

他竭力想告訴他們不能過來，如果過來這裡，大家都會死，卻怎麼也發不出聲音。

宰煥將湧上喉頭的銀光全數咳出來後，這才勉強撐著身子站起來。

他看見了麥亞德駕駛的德烏斯．艾克斯．瑪姬娜，那根本不是單憑元宇宙諸神就能阻止的怪物。

「大家——」

此時，爆炸再度發生。

伴隨著全身被毆打的疼痛，宰煥被砸進了瓦礫堆裡。一陣劇烈的疼痛襲來，渾身嘎吱作響，彷彿要將身上的關節重新組裝。

滾落的土石堆裡，他聽見了神祇垂死的慘叫。

必須阻止麥亞德。

無論如何都要站起來。

沉重的石塊壓著全身，宰煥嘗試移動身體，但並不奏效。靈魂受到的衝擊過於劇烈，以至於他無法自由使用世界力。

「清醒點。」

嘩啦，光線從石堆的縫隙間透進來。

宰煥感覺到一股強大的力量將他從石堆中拉了出來，安徒生緊緊抓著他。

腹部似乎遭受了重擊，身上不斷有銀光湧出。

「還有機會，七大神座那邊已經增派了兵力。」

然而七大神座的當事者全都不知去向，他們極有可能受到了德烏斯．艾克斯．瑪姬娜概然性破壞的影響，被強制斷開了連結。

也就是說，那些救援兵力應該是來援助暫時失去力量的七大神座。

轟隆隆隆隆！

當然，目前的情況對麥亞德較為有利。每當德烏斯．艾克斯．瑪姬娜揮舞拳頭，便會有五、六具巨人化為廢鐵。

甚至連守在德烏斯．艾克斯．瑪姬娜周圍的，也全都是龜裂的覺醒者。

「揪出躲藏的七大神座，他們肯定藏在這附近！」

在覺醒者的招式之下，代行者的頭顱瞬間落地。

就在這時，身後傳來了低語的聲音。

「喂，那邊的。」

他究竟是什麼時候接近自己的？

宰煥發現一名紅髮男子躲在幾步之外。

這名男子渾身上下傷痕累累，從他刻意壓低的帽檐來看，似乎是在躲避覺醒者的搜查。

宰煥這才意識到這名男人是誰。

如赤焰般鮮紅的髮色，給人一種玩世不恭與凶狠的印象。

「別那麼緊張，你認識我吧？」

「伊格尼斯。」

「那是我的神的名字。」

「酷熱的凱洛班。」

安徒生的糾正令凱洛班喜出望外。

「沒錯！妳記得我啊？雖然我現在有點狼狽，但——」

「你跟伊格尼斯的連結斷了嗎？」

凱洛班瞪大眼睛。

「妳……難道知道些什麼嗎？」

安徒生沒有回答，而是注視著德烏斯．艾克斯．瑪姬娜的方向。世界壓以德烏斯．艾克斯．瑪姬娜為中心逐漸向上提升，就像是在補充能量。

凱洛班咬牙說道：「果然是因為那傢伙。該死的，伊格尼斯大人應該沒死吧？」

「既然是七大神座，這種程度死不了的，只不過短時間內應該也無法恢復原本的狀態。被波動擊中之後，這種情況至少還會持續幾個月。」

「幾個月？妳是誰？妳怎麼知道這些？」

安徒生低頭看了看環繞著自身的「赤身」光芒，搖了搖頭。

「我沒有時間解釋詳情。你想知道如何修復連結吧？」

「對。」

「有一種方法可以讓它迅速恢復，但在這裡這沒辦法。」

安徒生這麼說著，瞥了戰場一眼。

凱洛班立刻明白了那道目光的含意。

「幫助我們，我就告訴你該怎麼做。」

縱然失去了神祇的力量，但若有伊格尼斯代行者凱洛班的協助，成功逃脫的可能性將大幅增加。

攙扶著宰煥的安徒生撥開石塊，站了起來，宰煥的身體卻猛地一僵。

「怎麼了？」

宰煥的目光聚焦在戰場上，安徒生也看見了同樣的風景。

世界變成了一片銀色，銀色的海面如浪潮般湧來，泡沫散落到腳邊。

如果是不了解深淵的人見到這一幕，也許會覺得眼前的畫面很美。

宰煥的肩膀輕微顫抖，無數靈魂躺在的銀色海面上。

僅僅是一次爆炸，就造成了這樣的結果。

宰煥看著那些倒在地上的信徒，其中有他認識的面孔，也有他不認識的面孔。

他努力在信徒中尋找柳納德、萬里神通、艾丹，以及蓋爾和皮爾格林。

可惜他誰都沒有看見。

緊接著，不知從哪裡傳來了像是幻聽的歌聲。

赤身之神越過最後一座山丘，

他的朋友都去哪了？

宰煥鬆開安徒生的攙扶，踉踉蹌蹌地向前走去。他穿過石堆，一步步接近戰場。

安徒生抓住了宰煥的肩膀。

「你想幹嘛？」

「那個德烏斯．艾克斯．瑪姬娜，終究也只是巨人族。」

「什麼？」

如今，宰煥與安徒生已不再有連結，兩人身處不同的聖域，宰煥的想法並沒有傳達給安徒生。儘管如此，安徒生還是明白了他的想法。

即使落得這副德行，這個男人也不打算退縮。他想獨自對抗那個連七大神座都無法應付的怪物。

「這次真的會死。」

瞬間，安徒生從宰煥的側臉看到了一張小男孩的面孔。

那是一個不肯放棄幼稚夢想的純真男孩。

一個不曉得「不可能」為何物，因此能不斷挑戰的孩子。

剎那間，安徒生內心深處湧現出一股顫慄，那是一種遠遠超越神明認知之外的感受。

顫慄從觸碰宰換肩膀的指尖，傳遍了安徒生的全身。

安徒生決定接納那股感受。

也許，就讓這個世界有一個這樣的人存在也無妨。

宰煥恢復了部分的世界力，身上湧現出耀眼的金色光芒。他似乎趁著空檔，將散落在地的信仰轉化為世界力，吸收進自己體內。

安徒生開口道：「一起去吧。」

宰煥用略顯驚訝的眼神看著安徒生。

「我們可能會死。」

「我知道，所以才要一起去。」

安徒生像個包容任性孩子的大人，靜靜地笑了。宰煥的眼神顫動著，已經有許久沒有同伴對他說這種話了。

而此時的宰煥還不曉得，純真有時只能倚靠他人的守護。為了讓某個人保持純真，必須有其他人甘願承受純真背後的陰暗面。

直到很久以後，宰煥才明白這個道理。

因此，他現在唯一能做的，就是拋出一些無關緊要的話語來掩飾心中的激動。

「可是，妳為什麼不脫衣服就能使用那個設定？」

「像我這種訓練有素的人，即使不脫衣服，也能想像成已經脫了衣服。」

「原來如此。」

「所以，你還需要繼續練習。」

宰煥和安徒生同時點頭，隨即朝德烏斯．艾克斯．瑪姬娜奔去。

勝負在一瞬間揭曉。

當宰煥回過神來時，他早已在不知不覺間倒在地上。世界力在眼前爆炸，意識模糊的同時，他的大腦仍在努力理解方才發生的事情。

怎麼會？

他怎麼想也想不通。

他分明使用了赤身設定，麥亞德也依舊乘坐著德烏斯．艾克斯．瑪姬娜，而赤身是面對巨人族時有著壓倒性力量的設定。

遠處傳來嗡嗡聲響。

〔宰煥，你果然是個始終如一的人，正如雪荷所說的那樣。〕

「……」

〔赤身是一個很好的設定，尤其在巨人族氾濫的時代更是如此。不過，你有想過嗎？這麼好的設定為何會被埋沒？為何繼承那項設定的神全都走向了滅亡？〕

一股寒意順著背脊爬上來。

剛才他應該逃跑的。他應該坦承當時還不是反擊的時候，然後逃跑。

但是宰煥沒有這麼做，他也無法這麼做。迄今為止的生活方式，再度拖了他的後腿。

〔只要稍微動點腦筋，就能輕鬆破解那個設定。〕

周圍的感官一陣扭曲，原本透過赤身增強的力量急速削減。巨人族的拳頭朝他飛來，他在地板上滾了數十圈，骨頭散發出碎裂的聲音。

這不可能。

如果對方是真正的巨人族，這項設定絕對不會被壓制。

但為什麼呢？

宰煥這才看見那股環繞在自己身邊的世界力形態，並且後知後覺地發現，本應一絲不掛的他，現在卻披著破爛的衣物。

剎那間，《深淵紀錄》的記憶碎片開始浮現，某種設定的名稱掠過了宰煥的腦海。

操縱系設定，擴增實境。

這時，宰煥才明白發生了什麼事。

〔宰煥先生，若說有什麼設定從深淵消失，那其中肯定有必然的原因吧？〕

麥亞德摧毀赤身的方法很簡單。

赤身是以宰煥裸體為前提的設定，而麥亞德利用操縱系設定，強行替宰煥「穿上衣服」。

拍賣會場的碎片刺入宰煥全身，塵土與銀白粉末不停從宰煥的嘴裡流出。

麥亞德的聲音逐漸逼近。

〔最後再問你一次，你不考慮加入龜裂嗎？〕

「……」

〔我明白了。〕

宰煥把嘴裡的灰塵吐了出來。

靈魂內部被撼動，原本活躍的世界力也消失得無影無蹤，他完全無法想像自己遭受到多麼嚴重的打擊。

宰煥清楚麥亞德有多麼強大，也知道他得到德烏斯・艾克斯・瑪姬娜後，力量可能會凌駕於七大神座之上。

但直到真正交手，他才發現麥亞德強得超乎想像，完全不知道該怎麼做才能打敗眼前的敵人。

「裂主，等等。」

阻止戰鬥的人是出現在麥亞德身邊的男子。

「怎麼回事？你為什麼會跟那傢伙打架？」

宰煥也認識那個男人。

無形劍客今井勝己，他是與柳雪荷一起在元宇宙幫助過他的龜裂第三團長。

「你來晚了，今井。不知不覺就變成這樣了。」

「你不會想在這裡殺了他吧？這跟我們計畫的不一樣啊。」今井輪流看著宰煥和麥亞德，煩悶地說道：「你要是殺了那傢伙，雪荷絕對會暴跳如雷。卡西姆，你也別光是看著，說句話啊。都當上第四團長了，也不勸一下裂主，你都在幹嘛？」

聽到今井的話，旁邊的一個大塊頭搔了搔後腦勺。那人是麥亞德的手下，宰煥從第一次見面便對他抱有防備心。

「被雪荷罵雖然很可怕，但這是裂主的決定。」

「可是——」

「今井，退下。」

來自巨人族平靜而沉重的聲音，讓今井閉上了嘴。

德烏斯・艾克斯・瑪姬娜散發的龐大世界力，沉重地壓迫著整個會場。

轟轟轟轟轟轟。

這股相當符合概然性破壞一詞的力量，即是龜裂主，麥亞德・范・德克蘭的真正力量。

他甚至不必使用德烏斯・艾克斯・瑪姬娜的設定，就足以造成慘重的傷亡。

絕望感逐漸襲來，宰煥緊抿著嘴唇。

就連面對卡塔斯勒羅皮也從未屈膝的他，這回卻無法保持冷靜。

〔與宰煥先生相處的時光非常愉快，所以，我就讓你一招吧。〕

宰煥沒有猶豫。

現在只剩下一種方法了。

如果現在不作出抉擇，就連選擇的權利都將一去不返。

卡塔斯勒羅皮，借我虛空劍。

8.

無論怎麼想，宰煥都覺得只有同為三神器的空虛劍才能與麥亞德的德烏斯・艾克斯・瑪姬娜抗衡。

卡塔斯勒羅皮。

然而——

卡塔斯勒羅皮？

為什麼？唯一王卡塔斯勒羅皮沒有回應。

它並非故意不答，那種感覺就像是宰煥和卡塔斯勒羅皮之間的牢固連結受到了損傷。

不祥的預感掠過腦海。

該不會是剛才被概然性破壞擊中的時候……

他能想得到的原因只有這個了。

德烏斯．艾克斯．瑪姬娜的概然性破壞，是斬斷所有概然性連結的力量。若是如此，也就無法排除與卡塔斯勒羅皮的連結暫時中斷的可能性。

「該死的。」

現在只剩下一個方法了。

「宰煥先生！快逃！這、這……」

柳納德的聲音從背後傳來，值得慶幸的是他還活著。

與平時不同，柳納德眼中充滿了恐懼，他大概也見到了那幅景象吧。

一顆巨大的星星正俯視著大地。

握著獨存的右手突然有了力量。確認柳納德還活著之後，宰煥更不能退縮。

如果他現在逃跑，這裡所有人都會死。

腦中傳來一陣刺痛，接著他聽見了奇怪的聲音。

「你什麼時候開始在乎這些事情了？」

那是他曾聽過的聲音，在第一次開啟創世的時候，以及……大概是與元宇宙六神阿爾戴那戰鬥的時候。

「現在才來關心他們？」

聲音不只一個。

「他們不是你應該在意的人。」

「誰死誰活都跟你沒關係吧？」

宰煥知道，他沒有資格拯救任何人，他只為了毀滅這個世界而活，而未來也將如此。

「毀滅世界的路上，有必要撿起路邊的垃圾嗎？」

「他是你無法對付的敵人，如果現在戰鬥，你就會死。」

他知道。

「以這種心態，你贏不了的。」

但他已無計可施，因為這正是他此刻所選擇的道路。

宰煥集中心神，開始凝聚世界力。

儘管吸收了掉落在地的托拉斯和死去神祇的力量，他的世界力仍然不足。

〔宰煥先生不過來的話，我就先過去了。〕

隨著麥亞德的話音，德烏斯．艾克斯．瑪姬娜龐大的身軀開始移動。在它散發出來的璀璨世界力面前，世上所有的光芒都變得如螢火蟲般渺小暗淡。

星座撕裂無法使用。

波濤之路也不行。

唯一可以使用的，只剩下世界刺擊連發。不過宰煥也很清楚，將勝負完全押注於這項招式根本是無稽之談。

實在不行的話，如果能開啟聖域……

「這樣就能贏嗎？」

不曉得，但總要試一試。

接著，他的腦海裡傳來了一陣笑聲。

「借你力量吧，雖然目前量很少。」

「如此一來，應該勉強能一戰。」

下一秒，全身的世界力開始流轉，原先死去的細胞再度充滿生命力，宰煥渾身散發出耀眼的光芒。

如同初次開啟創世的瞬間，重獲新生的感覺。

宰煥的全身都閃耀著絢麗的金色光芒。

〔哎呀……難不成？〕

原先枯竭的世界力正迅速恢復。

驚訝的龜裂覺醒者紛紛掏出武器，展現戒備之色，幾名團長的眼神也充滿了緊張。

看見這一幕的麥亞德，卻打開了德烏斯．艾克斯．瑪姬娜的駕駛艙。

「躲在裡面欣賞這幅景象，可是不禮貌的行為呢。」

麥亞德緩緩從三神器裡走出來，拔出了自己的劍。

與宰煥的獨存相映的潔白刀刃——共存，發出了細微的劍鳴。

「動手吧，我不使用三神器。」

不依賴武器，憑藉純粹實力進行搏鬥，唯有麥亞德才會有這樣的想法。

因此，這一刻對宰煥來說是大好機會。

完全聖域開顯——滅亡後的世界。

天空的色彩開始圍繞著宰煥變化，天空中顯現出巨大的眼珠，不知從何而來的烏鴉群發出陣陣的哀鳴，地上躺倒著無數屍體。

驚恐的眾神尖叫著仰頭倒地。

不知從何時起，麥亞德周圍的風景也變了。巨大星星照亮天際，血紅色大地從他腳下鋪展開來。

他顯然也已經開顯了完整的聖域。

轟隆隆隆隆。

一座塔像是等待已久似地，從宰煥腳下拔地而起。

那是存在於宰煥固有世界中的配件，噩夢之塔「後悔的城堡」。

「那座塔就是宰煥先生通過的塔吧。」

幾乎在同一時間，麥亞德腳下的地面也逐漸隆起。

一座白色的塔迅速上升。

麥亞德的固有世界也有一座塔。

宰煥問：「那是你的塔嗎？」

「沒錯，宰煥先生果然也有塔呢。」

麥亞德望著天上的星星。

「因為塔就是那種配件。」

為前往世界盡頭的求道者提供的配件。

宰煥沉穩地注視著麥亞德的塔。雖然不清楚出自於哪名巨匠之手，但那座塔顯然比後悔的城堡更古老，應該是第一代，或是更早時期就存在的塔吧。

滋滋滋滋滋。

兩座聖域的邊界交會，火花四濺。

宰煥和麥亞德同時從塔上消失。天空中爆發出一聲轟鳴，黑與白的世界力交錯纏繞，毀滅性的軌跡在天際劃下一道道雜亂的傷痕。四處飛濺的光芒碎片扎進大地，撕裂周圍的一切。

喀喀喀！宰煥的手腕扭曲，彷彿快被折斷。

他意識到了自己和麥亞德之間的差距。

不得不承認，眼前的麥亞德是比他強大許多的對手。

後悔的城堡燃燒著熊熊烈火，為宰煥供應世界力。他經歷過的一切、他記憶中的人們，都成為了他的力量。

至今為止，宰煥透過汲取自噩夢的世界力戰勝了許多戰鬥。他斬殺了元宇宙六神，擊敗了七星，與駕駛員交戰。

這是他第一次覺得，即便憑藉噩夢的力量，也可能無法獲勝。

世界刺擊三十連發！

一場從天而降的流星雨擋下多達三十連發的世界刺擊，那大概就是麥亞德的固有設定。

早有預料的宰煥並沒有驚慌，繼續發起攻擊。

波濤之路！

從劍尖發出的刺擊劃破天際，洶湧而來，曾經擊敗七星拉塞爾的招式，此刻在完全開顯聖域的狀況下施展。凶猛的世界力猶如伺機獵食的巨龍，一舉吞噬流星雨，向著麥亞德張開血盆大口。

出乎意料的是，麥亞德用同樣的刺擊抵銷了他的招式。

「你應該還有更強的招式吧。」

如今，宰煥的手中僅剩一招，這是唯一有機會對抗那個怪物的招式。

只是他沒有把握。

就算使用了那招，以他現在的世界力，真的能打敗麥亞德嗎？

橫豎都是死路一條，也只能放手一搏了。

宰煥將精神集中在指尖躍動的世界力之上。

下一瞬間，他的世界力總量急遽上升。

「你打算那麼做嗎？」

沒辦法了。

「現在還太勉強。」

但還是得這麼做。

隨著那道嗓音，一座新的高塔在後悔的城堡旁拔地而起。

「那、那是……」

「哦，我的天啊！」

有些信徒認出了生長於宰煥世界中的塔，發出悲慘的尖叫。

這也在所難免，畢竟在這裡，沒有人不認識這座塔。

巨匠尼爾．克拉什的塔——元宇宙！

已然坍塌的元宇宙，如今作為配件，在宰煥的世界中重生。

過去在元宇宙生活的傀儡，他們的怨恨、憎惡和悲傷轉化為宰煥的世界力。

獨存蘊含的世界力變得更加深沉而不祥。準確來說，世界力增強了兩倍。

也許辦得到。

宰煥輕輕吸了一口氣。

宰煥流第一式——星座撕裂！

曾在元宇宙撕裂眾神的招式，此時再度於宰煥的劍尖展開。

這是宰煥鍥而不捨的努力在機緣巧合下創造的招式，就連宰煥自己也尚未掌握這招的全貌。

如同孩童揮舞著不合自己身高的大劍一般，稍有不慎，他自身也將承受巨大的反噬。即便如此，這依舊是他目前能使用的最強設定。

不可抗拒的毀滅之力將前方的一切撕裂成兩半。

眾神驚恐的聲音，乃至於天空中閃爍的星光，所有聲音都在一瞬間消失，然後再度響起。

轟隆隆隆隆！

漫天飛舞的煙塵中，金黃色圓圈在麥亞德的瞳孔中流轉，他用那雙眼瞳注視著宰煥。令人驚訝的是，他竟然在星座撕裂的招式下倖存下來。

「我由衷地佩服你。」

麥亞德並非毫髮無傷，他全身衣物支離破碎，腹部還留下了長長的傷痕。這名孤傲堅毅的男人吐出銀血的模樣，為深淵的眾神和覺醒者帶來了巨大的衝擊。

宰煥緊緊地咬住嘴唇。他早就知道要一舉擊敗對方很困難，但至少現在能確定，這招能對麥亞德造成有效打擊。

再一次。

宰煥再度凝聚世界力，銀光不停從他的口鼻湧出，全身因高溫而發熱，過度運轉的塔也開始冒煙。

宰煥再次揮劍——他是打算這麼做的。

可是他的身體動彈不得。

是德烏斯．艾克斯．瑪姬娜的力量嗎？

不是。他的猜疑與理解正在告訴他，這不是三神器的力量。

這是壓倒性的世界力差距帶來的恐懼。

宰煥努力平復劇烈顫抖的右手，朝前望去。

隨後，他目睹了難以置信的景象。

「擁有複數塔的人，不是只有你。」

麥亞德的身後，另一座塔正拔地而起。

宰煥早已知曉麥亞德也通過了元宇宙的最終層，他的實力自然不容小覷。

以此為開端，一座又一座的高塔迫不及待地從地面破土而出。

轟隆隆隆隆。

麥亞德身後矗立著多達七座塔，他的世界力也隨著塔的數量而急遽增長。

仍待在附近的神祇逐漸感到噁心反胃，就連高階神祇也難以承受如此龐大的世界壓。

二、三、四、五、六……

在這股存在本身即是暴力的恐怖力量面前，整個站點的存在無不屈膝下跪。

他是任何人都無法相提並論的怪物。

溫和的笑眼，以及圓融的處世態度，讓人們遺忘了一項事實。

麥亞德．范．德克蘭是龜裂的主人，亦是七大神座與大君主唯一懼怕的存在。

縱然沒有三神器，實力也凌駕於七大神座之上。

麥亞德的共存以肉眼跟不上的速度動了起來，這是誰都無法抵擋的一擊。

回應那招的是宰煥經年累月造就的反射動作。

喀喀喀。

獨存斷裂的劍刃飛向空中。

9.

直到聽見劍刃斷裂的聲音，宰煥才意識到自己輸了。

提升至極限的忘我之中，時間如跑馬燈般掠過。

噗咻一聲，銀色的光芒從上半身噴湧而出，斷裂的劍刃旋轉著飛向空中，前方扭曲的視野變得如夢似幻。

在緩慢流逝的時間裡，感官依序出現異常。

先是身體搖晃，平衡感消失，再度睜眼時，宰煥感覺世界就像在畫圈，不停旋轉。

他正在墜落。

遙遠的天邊，巨大的眼珠正俯視著他。

那顆眼珠好像在嘲笑他，又像是在同情他，還似乎有些悲傷。

宰煥抬頭看了那顆眼珠一眼，然後緩緩閉上眼睛。

麥亞德的世界力將他的視野染成了一片雪白。

隨後，寂靜籠罩四周。

一瞬間，他的耳朵嗡嗡作響，背後傳來了柔軟而沉悶的衝擊。失重的感覺消失了，有人抱住了他的身體。

片刻後，他的聽力恢復，強烈的光芒在他眼前猛然爆發。

類似隕石坑的巨大坑洞裡，有人正抱著宰煥的身體，代替他承受麥亞德的世界力。

「振作起來，笨蛋！」

是安徒生。

「凱洛班！」

在安徒生呼喊下趕來的凱洛班接過了宰煥。

宰煥勉強集中逐漸恢復的意識。

——夠了，快逃吧。

儘管宰煥尚未完全清醒，只能含糊地傳達自己的想法，但對方不可能沒有聽到。因為那個人是安徒生，不是別人。

但是安徒生沒有逃，她只是以微妙的眼神盯著宰煥片刻，那是一種早在許久以前便預料到會有這一天的堅決眼神。

煙塵之間傳來了麥亞德的聲音。

「你們打算妨礙我嗎？」

「抱歉了，但我們必須這麼做。」

「不過，我只會對宰煥先生讓步。」

麥亞德釋放出凶猛的瑩白罡氣，毫不留情地進行攻擊，光是輕微擦過就足以致命。

安徒生退後數步，慌忙避開攻擊。

任誰看了都會認為這是場實力懸殊的戰鬥。對方可是直逼七座等級，舉世無雙的龜裂主。反觀安徒生，即便是全盛時期的實力，也僅止於高階神與最高階神之間。

安徒生卻露出了笑容。

「不用讓我也可以，看樣子你不認識我啊？」

「妳是誰？」

「我是赤身裸體的安徒生。」

安徒生猛然衝向麥亞德，身後拖出一道金黃色的光芒。

面對如金色砲彈般撞向他的安徒生，麥亞德舉起了共存。

金屬對撞的刺耳聲響在眾人耳邊迴盪，隨之而來的衝擊波令附近的神祇全都跌坐在地。

拳頭與劍刃數次交鋒，製造出大量的火花。

令人驚訝的是，安徒生竟與麥亞德展開了一場不分軒輊的戰鬥。

看好了，宰煥。

安徒生用唇形悄悄說道。

她正在奮戰，並在衣著完整的情況下使用赤身設定。

麥亞德發自內心地讚嘆道：「真是驚人。」

「驚人？現在才要開始而已。」

「我聽過妳的故事，瘋狂之神的繼承者『安徒生』。」

「又傳出這種傳聞了？」

「但我聽說妳並未完全掌握那股力量。」

「五百年前的確如此，但這段時間，我可不是只顧著玩。」

轟隆隆隆隆！

共存的白色劍氣散發出腥紅的光芒，麥亞德顯然也在準備全力釋放他的世界力。

同時，安徒生的世界力爆發而出。金光、白光、紅光交織而成的世界力球體，以安徒生和麥亞德為中心迅速膨脹。

那些躲起來觀戰的神祇忍不住驚訝地咕噥。

「安徒生？真的是赤身裸體的安徒生？」

「她不是失去所有信徒了嗎？」

「因為世界力下降，她應該變成低階神了才對啊，怎麼還有這種力量——」

世界力球體爆炸，安徒生和麥亞德幾乎同時從硝煙中逃脫而出。

砰一聲，兩拳相撞，落至地面的麥亞德稍微轉了轉手腕，似乎是在承受安徒生的拳頭撞擊後有些抽痛。

見狀，安徒生低聲笑了出來。

麥亞德問道：「妳明明不是裸體的狀態，為何還能發揮出這樣的力量？」

「世界力下降，並不代表我對能力的訓練就懈怠了。」

無論是裸體還是穿著衣服，她似乎已經超脫了這個概念，就如同麥亞德突破「外衣」這層概念。

「像我這樣訓練有素的人，就算不脫衣服也能感覺像是裸體。」

聽起來雖然像在胡說八道，但安徒生確實是在穿著衣服的狀態下發動赤身設定。

砰砰砰砰砰！

然而無論安徒生有多強大，僅憑設定的獨特性，仍舊無法完全壓制住麥亞德。

三十秒，一分鐘，兩分鐘……

隨著戰鬥持續，安徒生全身汗如雨下，她咳了一聲，銀色的世界力隨即從嘴角流出。

宰煥這才明白，此刻安徒生正在將自己的全部生命轉化為世界力。

凱洛班牢牢抓著有氣無力地掙扎的宰煥。

「你就算過去也幫不上忙，你的身體已經到極限了，要是再繼續戰鬥，馬上就會死。」

「……」

「如果還有力氣移動，就好好看著吧。」

安徒生漸漸處於劣勢。

她在已然毀壞的「滅亡後的世界」裡持續戰鬥。

宰煥與安徒生的世界觀產生了共鳴。

也許，安徒生是這世上唯一能理解「滅亡」的神，而她正在代替宰煥，讓這個世界迎向滅亡。

伴隨著啪嘶嘶的聲響，一道巨大的裂縫出現在安徒生的肉身上，但她沒有停下動作，反而繼續掄起拳頭奮戰。

轟隆隆隆！

宰煥的聖域正在崩塌。後悔的城堡完全倒塌，元宇宙也開始崩解。

早已解體的高塔再度崩塌，看見這一幕，宰煥憶起了他首次決定登上元宇宙的那天。

為了找回失去的伙伴而登上那座塔，最終他沒能找到伙伴，塔也倒塌了。

那是一段毫無價值、沒有任何意義的時間。

他曾經這麼認為。

「我不是說過需要的時候可以叫我嗎？宰煥大人。」

有人從宰煥身邊經過，直奔安徒生而去。

宰煥的視線頓時有些模糊不清，看不清對方的樣貌，但他總覺得自己知道那人是誰。

馬爾提斯，聲稱自己收到了一份偉大禮物的明日之神。

事實上，宰煥不曾給過他任何東西。

「現在由我們來對抗他！」

跟隨在安徒生身後的明日之神高聲怒吼，朝向倒塌的塔樓衝去。

他們的身後，又出現了一名女子。

「聽說有人欺負我們的新手先生，所以我就來了。」

是命運之神密涅瓦。

宰煥費力掀動嘴唇。

密涅瓦只是搖了搖頭。

「我知道，但是……」

那裡的敵人，比他們曾陷入苦戰的元宇宙六神和總司令還要強大，和他們是完全不同層級的存在。

縱然如此，他們仍舊義無反顧地衝上戰場。

既然他們曾經居住的元宇宙早已坍塌，現在又是為了守護什麼而站在這裡呢？

「我可不能眼睜睜看它倒塌第二次。」

乘著烏鴉飛來的艾丹對覺醒者發起了攻擊。

叱咤元宇宙的眾多英雄，他們的世界力從艾丹的手中爆炸般地傾瀉而出。

安徒生的聲音像是幻聽一樣斷斷續續地傳來。

「宰煥，我不是說了嗎？」

他們正在坍塌的元宇宙廢墟中奮戰。

「謝謝你把元宇宙還給我們。」

直到這時，宰煥才明白他們是為了守護什麼而站上戰場。

他們守護的是元宇宙崩塌後依然留存的世界。

也是宰煥長久以來獨自走過的，被詛咒的世界。

視野有些模糊。

宰煥向來是孤身一人，從未渴望過誰的理解。他只是在前往滅亡世界的途中，為了拯救伙伴而進入元宇宙罷了。

或許，他確實拯救了伙伴。

這時，宰煥看見安徒生露出燦爛的笑容。

他拚命地掙扎，視線卻逐漸昏暗，讓他看不清安徒生的表情。

就算那不是安徒生的外表，他也必須看清她現在露出了什麼樣的神情。

看不見臉了。

模糊的視線中，他看見安徒生轉過身去。最終，安徒生微弱的聲音被爆炸聲淹沒。

凱洛班在一側腰間扛著宰煥，另一側扛著柳納德，全速奔馳。快速向後退的景象中，宰煥的意識也一點一滴地渙散。

隨後，巨大的轟鳴聲接連響起，強烈的餘波襲來。

在遠去的畫面中，宰煥看見了耀眼絢爛的金色光芒，那是他一生中再也無法目睹第二次的風景。

懷裡的安徒生烏鴉玩偶正在哭泣。

那哭聲聽在宰煥的耳中，就像是一句句的話語。

「我知道你討厭我，你一定不喜歡曾經是栽培者的我吧。」

「……」

「這樣的我竟然對人類產生感情，在你看來肯定很虛偽。也許我花一輩子來解釋，你也不會相信。這是我的錯，我會承擔責任。」

宰煥想要開口回應。

妳沒有必要解釋。

我相不相信很重要嗎？

那對於這個世界來說又有什麼意義？

「對我來說很重要，因為這個世界，是我所信任的『你的世界』。」

宰煥咒罵了一聲。他必須想辦法回去，他必須去幫助那傢伙，他必須擊敗麥亞德。

但他越是掙扎，意識就越模糊。

「所以，我希望你也能相信我，相信我接下來要證明的事情。」

他想回答，卻發不出聲音，全身動彈不得，感官也逐漸消失。

「跟柳納德一起去大樹林吧，去那裡找瘋狂之神。」

又是一聲爆炸巨響，不知何處颳起了光之風暴。

溫暖和煦的風觸及臉龐的那一刻，宰煥感受到了安徒生曾經歷的歲月。

烏鴉玩偶的發條嘎吱作響，逐漸停止運作。

在最後一刻，烏鴉發出了微弱的叫聲，但宰煥無法理解那句話。
那是他的「理解」無法理解的一句話。
而就在承認自己無法理解那句話的瞬間，宰煥突然明白了安徒生最後說的話是什麼。
「你肯定能成為一個很好的神。」
那句話顯然是這麼說的。

✝ ✝ ✝

那一日，卡斯皮昂的海奇諾德拍賣場從深淵徹底消失。
三日後，深淵各地傳來了三神器德烏斯・艾克斯・瑪姬娜出現的消息。
同時，伴隨著一名新神座問世的傳言。

Episode 26. 大樹林

1.

二十一萬年前，三神時代結束時，成為喪失者的靈魂必須各自尋找生存之道。

有人尋求新的神祇，有人選擇死亡追隨神祇，也有人選擇與老大合作以保全性命。

然而，大部分的人都陷入了兩難的境地。

他們既沒有追隨新神祇的意願，也沒有依附老大的想法，又無法放棄生命。於是他們四處飄泊，進入了大樹林，最終淪為失去理智的怪物。

截至目前為止，這些都是傳說中的故事。

不過，根據我的親身經歷，這個傳說與事實略有出入。

大樹林中，存在著失去神祇卻仍堅守著那個世界的賢明信徒，他們親眼目睹了自己的世界毀滅，但依然沒有離開滅亡後的世界。

看著他們，我總感到有些奇怪。

為什麼呢？

為什麼失去神祇的他們……

看起來如此快樂？

——摘自《深淵紀錄》，妙拉克·阿爾梅特著

✝ ✝ ✝

「加速！再快點！」

賽蓮的飛空艇劃過卡司皮昂的上空。

突然，飛空艇附近傳出了爆炸聲。

清虛、卡頓、柳雪荷和陳恩燮，都被飛空艇螢幕上顯示的景象深深震撼，他們在兩座倒塌的高塔之間，看見了屠殺眾神的巨人族。

背著宰煥與柳納德的凱洛班也出現在螢幕上。

賽蓮歇斯底里地喊道：「快點！隨便派個人把他帶回來！」

清虛和卡頓立刻動身。

慶幸的是，不久之後凱洛班就帶著那兩人安全登上飛空艇。

「把時速調到最高！那些傢伙追來了！」

目睹宰煥登上飛空艇，眾神紛紛轉移目標，朝著滅亡號逼近。

賽蓮握著方向盤，緊抿嘴唇。

「這到底是什麼情況啊？」

好不容易見面了，但她心心念念的男人竟變成這副模樣。

宰煥一言不發，似乎失去了意識。

「我的天，小鬼！」

首先出來採取急救措施的是清虛。

他是絕望神醫，是即使命懸一線的患者也能救活的傳說神醫。

清虛氣喘吁吁地為宰煥包紮傷口，十幾分鐘後，他終於完成了工作，長吁一口氣，擦了擦汗。

「幸好還不至於威脅到性命。他本來就體格健壯，稍微休養一陣子就沒事了，只是恐怕會留下一些後遺症。」

這時，眾人總算鬆了一口氣。

清虛的表情依舊嚴肅。

「到底發生了什麼事？」

眾人的目光投向一同前來凱洛班和柳納德。

✝ ✝ ✝

一行人聽完凱洛班和柳納德簡短的敘述後，反應大同小異。

起初，眾人臉色蒼白，接著冒出冷汗。

賽蓮爆了粗口。

「該死！該死！該死！這到底是什麼鬼啊！」

賽蓮全速駕駛著滅亡號，歇斯底里地大喊。

「變成大君主的宿敵就算了！為什麼還要和七大神座還有龜裂過不去！」

始終默默聽著談話的柳雪荷也忍不住開口。

「你確定是裂主出面介入？」

「對。」

凱洛班低沉的嗓音讓柳雪荷陷入了沉思。

飛空艇的船體在爆炸聲中不規則地晃動，除了追趕飛空艇的高階神祇與龜裂之外，循著非法入侵路線追蹤而來的檢查站部隊也朝他們發起砲擊。

卡頓看了雷達一眼，說道：「數量太多了。」

他們幾乎無處可逃。

對方也擁有飛空艇，而他們的逃生路線並不多，若是草率地透過傳送門四處竄逃，也會面對被即時追蹤定位並遭到擊落的危機。

就在這時，宰煥微微睜開了眼睛。

「大樹林。」

他說完這句話後，又失去了意識。

清虛瞪圓了眼睛。

突然提到「大樹林」是什麼意思？

就在清虛欲言又止的時候，凱洛班大喊。

「對，大樹林！帶我們去大樹林！」

「大樹林？為什麼？」

「要讓這傢伙完全康復，我們就必須去那裡。」

當然，凱洛班要去大樹林並非是為了宰煥。

他想起了安徒生在最後一刻留給他的訊息。

「去大樹林找瘋狂之神，那裡可以找到恢復連結的方法。」

大樹林是與第八站點卡斯皮昂接壤的深淵禁區，在深淵打滾的人不可能不曉得這個地方。

這時，法令博士卡頓提出了意見。

「太危險了，誤入大樹林的飛空艇經常會發生原因不明的失蹤事件，我以前在小兄弟的懸疑節目看過。」

「深淵裡有幾個絕對不能航行的禁區，大樹林就是其中一。」

賽蓮跟著附和，凱洛班頓時沉下臉來。

柳雪荷問道：「你非要現在進入大樹林不可的原因是什麼？」

「那個……我聽到了一些消息。總之，聽說只有去那裡，這傢伙才能完全康復。」

「我可以治好小鬼！與其作出這種荒謬的選擇，還不如——」

柳雪荷搖頭打斷了清虛的發言。

「這個想法不無道理。現在逃進大樹林，生存機會或許反而更大，追擊隊絕對想不到我們會進入大樹林。」

「這道理不就跟為了躲避盜賊，卻闖入虎穴一樣嗎？」

「大樹林雖然是禁區，失蹤率高只適用於飛空艇進入的情況。從陸路進入的話，也有少數人活著出來。」

柳雪荷一邊說話一邊環顧眾人。

「我們分成兩組，一組搭乘飛空艇，另一組走陸路。飛空艇抵達大樹林周圍後，立刻扭頭轉向。陸路組——」

「要進入大樹林嗎？」

面對清虛的提問，柳雪荷點了點頭，低頭望向宰煥。

「這傢伙既然提到了大樹林，肯定有他的理由。」

眾人的表情變得更加嚴肅。

的確，宰煥不會無故說出毫無意義的話，如果他提到大樹林，那麼一定有必須前往那裡的理由。

清虛埋怨地看著宰煥。

「那我帶小鬼——」

「師父不行，你又不認得大樹林的路。」

「我去！」

「夢魘也不行，只有妳會開飛空艇。」

「呃啊啊啊！可惡！」

賽蓮尖叫著瞪向卡頓。

她的眼神似乎在說，這位小兄弟忠實粉絲肯定知道一些情報吧？

然而，卡頓也搖了搖頭。

「其實我從剛才開始就一直在搜尋大樹林的資訊，但沒有任何有用的情報，全是一些連大樹林附近都沒去過的人做的影片……」

一旁聽著談話的陳恩燮也沒好到哪裡去。一輩子都在龜裂訓練的她，對於深淵的地理情況知之甚少。

最終，話題又回到凱洛班身上。

「我知道大樹林的入口在哪裡，以前曾跟我的神去過一次。」

「我也要去，我之前在大樹林附近閒晃過。」就連柳納德也開口了。

凱洛班補充道：「我負責把這傢伙帶到大樹林。你們應該知道我是誰吧？相信我就好了。」

「所以你是誰啊？」

面對清虛的提問，凱洛班輕輕嘆了口氣，指了指自己的額頭，伊格尼斯的火焰圖紋隨即出現。

唯有七大神座與其代行者，才能讓該圖紋顯現。

驚愕的清虛與卡頓同時拔出武器。

「七大神座為何會在這裡？你有何居心？你要對宰煥做什麼！」

「靠，別這麼嚴肅好嗎？我不是你們的敵人。再說了，我的神可是這傢伙的粉絲。」

聽到粉絲這個詞，猛踩油門的賽蓮似乎想起了什麼。

「這麼說來，宰煥現身的直播的確經常出現火焰之神，我還以為她是活得太久，精神異常了呢。那真的是伊格尼斯？」

「真的啊！總之，我幫助這傢伙是出於私人原因。我沒有要和你們作對，也沒有想加害這傢伙的意圖，我以我的神的名義發誓。」

賭上神的名義發誓。事情發展到這個地步，眾人也只能相信他了。畢竟神的榮譽，是代行者能提供的最大擔保。

這時，柳雪荷的嘴唇微微掀動。

「你，失去神了吧？」

震驚的凱洛班退後一步，瞪著柳雪荷。

仔細一想，柳雪荷是龜裂成員，而他在拍賣會上遇見的龜裂覺醒者全都虎視眈眈地盯著七大神座的代行者，會有這種反應也情有可原。

柳雪荷盯著凱洛班看了片刻，開口說道：「師父，我也要去一趟。」

「妳也要去大樹林？」

「我不知道路，但我多少可以幫忙爭取時間。追擊的敵人裡，也有龜裂的成員。」

「我要怎麼相信妳不會倒戈？」

「如果我想這麼做，這裡早就變成一片血海了。」

這話說得沒錯。若是柳雪荷帶有敵意，這裡的人早就都身首異處了。

清虛問道：「妳可能會違抗裂主的命令，沒問題嗎？」

「你忘了嗎？我是龜裂的第二團長。」

柳雪荷低頭望著宰煥片刻。

「如果裂主作了錯誤的判斷，指出他的錯誤，也是團長的職責。我會為你們爭取一些時間，你們趕快趁機逃走。恩燮，妳護送他們到大樹林入口。」

「知道了，團長。」

「那我先走了。」

話畢，柳雪荷打開飛空艇的門，雙眼注視著眾人，身體向後倒去。

片刻後，遠處傳來爆炸聲，龜裂和眾神的追擊速度明顯慢了下來。

柳雪荷兌現了她的諾言。

清虛開口道：「我們也動身吧。」

✝ ✝ ✝

作戰計畫相當簡單。

「在這邊，混蛋！」

脫得精光的清虛和卡頓懸掛在飛空艇頂部，揮舞著身軀和雙手，怒氣沖天的眾神頓時齊刷刷地朝此處湧來。

「那邊！抓住他們！」

「屠神者在那裡！」

清虛與卡頓吸引敵人注意的期間，宰煥一行人趁機從側門逃離。

幸運的是，距離大樹林的路途沒剩多少了。

凱洛班著陸後，隨即背起宰煥狂奔，在一旁協助他的是柳納德與陳恩燮。

耳邊不斷傳來砲擊聲，一股不寒而慄的預感頓時油然而生。

「有人發現我們了。」

「我們走那邊的山路吧。」

追擊者的速度正在持續加快，相比之下，他們的速度總是提不上來。

凱洛班背著宰煥，再加上他和神祇的連結已被切斷，無法自由運用世界力，而柳納德還是個孩子。

最終，陳恩燮作出了判斷。

她從背包裡拿出幾個奇形怪狀的人偶和釘子，將其牢牢釘在地面的各處。

下一刻，四周生成了一道巨大的屏障。

凱洛班發現自己的聽覺和嗅覺急遽鈍化，不禁感嘆道：「龜裂的人都會這種技能嗎？」

「不是所有人，只是我比較優秀。」

「謝啦，下次來三號站點玩，大哥哥請妳吃好吃的。」

「你們還是快走吧，我會想辦法拖延時間。」

凱洛班和柳納德背著宰煥繼續飛奔。他們竭力忽視耳邊傳來的微弱慘叫與刺鼻的焦味，一路拔腿狂奔。

某處飄來的烏雲降下了傾盆大雨，濕漉漉的泥土令柳納德不斷滑倒，於是凱洛班一把抓住他的手，穿越險峻的山路，繼續奔馳。

冷冽的雨中，宰煥的手指不時抽動，凱洛班不禁發了句牢騷。

「你這小子真有福氣啊。」

當伊格尼斯自居為宰煥的粉絲時，凱洛班還無法理解。

一個老是把衣服脫上脫下的傢伙有哪裡好？他曾以為伊格尼斯是不是活太久，終於變成老糊塗了。

不僅如此，儘管深淵最令人恐懼的敵人窮追不捨，總還是有人願意伸出援手幫助宰煥。

起初，他困惑不已，不明白這傢伙身上到底有什麼優點。

他冷漠無情，偶爾開口說話也是出言不遜，這種難以親近的傢伙，究竟哪裡吸引人？

大概是不小心走了神，凱洛班在奔跑途中絆到土堆，身體失衡搖晃之際，身旁的柳納德抓住了他。

「走吧，再一下就到了。」

凱洛班沒有出言感謝，反而這麼問道：「你為什麼要做到這種地步？」

他自己有必須去大樹林的原因，但這個小傢伙不一樣。他是這麼認為的。

「因為他是我的神啊。」

柳納德的語氣彷彿在說這是什麼蠢問題。

凱洛班搖頭。

「你還年輕，完全可以背叛你的神，追隨其他神。跟著這種傢伙，你很快就會死的。」

「也許吧。」

柳納德的聲音冷淡深沉，聽起來不像一名孩子。

「但換作是宰煥先生，他肯定也會這麼做。」

凱洛班仍不曉得這些人為何要幫助宰煥，但他覺得自己似乎稍微明白了他們的心情。

「原來如此。」

宰煥身上有股力量，能吸引其他存在靠近。那是一種讓人懷有期望的感覺，而非僅是因為宰煥很強。

人們喜歡宰煥的原因，如果非要說，是因為宰煥總是在做某些事。

沒有人真正理解他在做什麼、他想做什麼，以及他打算成為什麼。但是只要看著宰煥，凱洛班就會想起幼時的夢想——那段具體內容早已被遺忘、來自久遠童年的記憶。

他心想，宰煥的伙伴或許也是如此。

那些始終渴望看見夢想，或者仍堅信夢想的人們，對宰煥伸出了援手。

他們為宰煥賭上自己的性命，拯救了他。

而後，他們終於抵達了大樹林。

2.

宰煥恢復意識是在五個小時之後。

「都是你的錯。」

他一恢復清醒，就聽見這道聲音。

「是你太弱了。」

那道聲音似乎來自宰煥記憶中的人們，是他在心中塑造出來的人聲。

又或者，來自於宰煥本人。

「都是因為你試圖毀滅這個世界。」

這並非他第一次聽見這些話。

以前宰煥也經常作噩夢，他總會在夢裡聽到類似的聲音。

這是他選擇記住日漸龐大的回憶的代價。

悲劇在他的靈魂中生根發芽，長成了一棵參天巨樹。

屍體像果實一樣掛在無數的枝頭，對宰煥訴說著。

「你才是該滅亡的那個人。」

因此，宰煥很少睡覺，即便入睡也只是短暫淺眠，不至於作夢。當他想放鬆精神時，就會利用刺擊來淨空心靈。

他認為這也是自己必須承擔的後果。

然而這樣的他，也會有難以承受的時刻。

例如，在塔中失去瑞律，以及失去允煥的時候。

「安徒生是你殺的。你狹隘的觀點和過時的價值觀殺死了她。」

我知道。

宰煥一如往常，淡然地點了點頭。

這次並不容易。他沒有將那些情緒拋開，而是暫時擱置在一旁。

當下無法解決的情緒，必須等到時機成熟時再處理。就像建造一座高塔的時候，會將當下用不到的材料暫存在其他地方一樣。

呼……

宰煥吐出一口氣，睜開眼睛時，發現自己位在山坡的中央。口腔中瀰漫著苦澀的味道，他久違地感受到呼吸困難，意味著他的靈魂已經腐朽不堪。

此時，凱洛班的聲音響起。

「你醒了。」

宰煥調整呼吸，幾次蠕動嘴唇後，聲音終於傳了出來。

「這裡是？」

「大樹林。」

或許是因為背著宰煥跑了很長一段時間，凱洛班已經筋疲力盡了。

宰煥再度問道：「發生了什麼事？」

「你真的不知道嗎？還是因為負罪感才故意討人罵？」

「所有人都死了嗎？」

「不是所有人，但確實有一部分人死了。現在小兄弟系統出現問題，無法確認名單，不過……」

宰煥沉默了片刻。

「承蒙照顧，你可以把我放下來了。」

「你走得動嗎？」

宰煥點點頭，站直身體。

那是一座層巒疊嶂的山坡。連綿起伏、傾斜陡峭的坡度，一眼望去就能感覺到攀爬的困難。但他還是一如往常地，必須向上爬。

突然，有東西重重地撞上了他的背。

是柳納德。

「宰煥先生，你沒事吧？」

宰煥端詳著柳納德表達關切的臉龐。

一旁看著兩人的凱洛班，識趣地退到了後方。

柳納德再度開口。

「你在想什麼，想得那麼認真？」

「沒什麼，你沒事吧？」

神與信徒互相凝視著對方。僅僅是眼神交會，彼此竭力隱藏的情感便全都流露了出來。

首先移開目光的是柳納德。

「啊，哎呀……」

柳納德的眼眶裡有什麼東西滑落下來，他連忙揉著眼睛，尷尬地笑了笑。

「我可能太累了吧。」

宰煥低頭望向柳納德懷裡的烏鴉玩偶。那是安徒生使用過的嘎啊嘎啊烏鴉，彷彿只要轉動發條，它就會立刻動起來。

但即便發動猜疑仔細端詳，宰煥仍舊感覺不到安徒生的氣息，也完全感知不到任何與她有關的世界力。

就好像有人從深淵中徹底抹去了「安徒生」這個存在。

宰煥感到一陣眩暈。他緩緩閉上眼睛，反覆地深呼吸。當他好不容易穩住重心睜開雙眼時，柳納德一臉擔憂地走近。

「宰煥先生？」

「抱歉。」

「別這麼說，宰煥先生沒有做錯任何事。」

不知何時，柳納德已經停止了哭泣。

或許是意識到宰煥的目光，使勁抹著臉的柳納德說道：「所以宰煥先生也趕快笑一笑吧，這個表情不適合你。」

適合他的表情是什麼？這種時候應該露出哪種表情才好？

進行了數千年歲月的刺擊，經歷過無數猜疑和理解的他，卻依然找不到答案。

也許他永遠也找不到了。

柳納德抿嘴笑著，又補充一句。

「宰煥先生的表情就像一個固執頑強的五歲孩子，就算大人都說不行，卻還是堅持己見的任性小孩。」

被一個孩子這麼說，心情有些古怪，感覺就像是在暗諷他。

柳納德又接著說道：「仔細想想，安徒生大人也差不多。」

沉重的語氣令人心頭一沉。或許這才是柳納德一直想說的吧。

「祂是個固執己見的神，即便大家都極力勸阻，祂還是堅持去做。宰煥先生應該也明白，因為你曾和安徒生大人共享過世界。」

沒錯。宰煥了解安徒生。

他後來才開始真正了解她。

他看見了她過去經歷過的回憶，看見了她曾經奮戰過的歲月；看見了她看待世界的角度，也看見了她理解人類與愛護信徒的方式。

從安徒生身上，宰煥學到了安徒生的一切。

曾經最憎恨栽培者的他，卻從一名栽培者出身的神祇身上，學到了栽培以外的事物。

「當所有人都說要拋棄赤身裸體世界觀的時候，只有安徒生大人堅守著那個世界。她說，只要還有一名信徒相信那個世界，神就不應該背棄他們的信賴。」

柳納德的聲音悠悠傳來，宰煥不自覺想起初次與安徒生相遇的瞬間。

看見他那荒涼的世界觀後，到處指指點點的安徒生……

總是囉嗦著要種花種樹的安徒生……

始終沒有否定宰煥世界觀的安徒生……

如今，宰煥終於明白了安徒生說的那些話。

正因為安徒生本人曾掌管那般孤獨的世界，所以才不希望宰煥走上相同的道路。

柳納德繼續喋喋不休地說著關於安徒生的事情。

儘管表面上裝作若無其事，卻無法控制內心潰爛化膿的情感。

有些時候，事情不說出口就無法解決；有些時候，只有說出口才能撐過那段難熬的時間。

宰煥望著柳納德，聽著柳納德說話，開始陷入沉思。

對這個孩子來說，自己能成為比安徒生更好的神嗎？

他沒有把握。

他不適合擔任領導者，無論是在塔裡帶領敢死隊，或是在混沌擔任城主，都是如此。

他是一個獨來獨往的人，而人們只是單方面地追隨他。在這個過程中，他招致了許多人的反感，樹立了敵人，也遭到了背叛。

當時，他覺得這並沒有什麼大不了，因為即使沒有外人的幫助，他也有信心能獨自完成。

他總是在挑戰人們口中的不可能之事，並且總能成功。那些批評他的人，最終都會對他感到敬畏、畏懼，或者乾脆遠離他。

他一步步地向上攻塔，終於來到了這裡。不，準確來說，他一頭栽在了這裡。

他慘敗了。

「所以，那時候安徒生大人……」

聽著柳納德的敘述，宰煥的胸口像是被人揪緊了一樣難受鬱悶。

他知道該如何釋放這種憤恨。他可以立刻回到卡司皮昂，再次與麥亞德戰鬥。

就算再度失敗，戰死沙場也能讓他感到心安，但那麼做，就等於背叛了安徒生的信任。

「總之！我想說的是，這種表情不適合宰煥先生！」

「……」

「快點恢復你平時那副堅毅不屈的表情吧！」

看著爽朗高喊的柳納德，宰煥露出了一抹苦笑。

真是奇怪。

他是神，而柳納德是他的信徒。應該給予安慰的是他，應該傾聽祈禱的也是他，現在他卻在接受柳納德的安慰。

安徒生最後的那句話浮現在腦海中。

「你肯定能成為一個很好的神。」

安徒生或許錯了。

宰煥靜靜地望著柳納德，開口說道：「柳納德。」

「嗯？」

「我不是安徒生。」

柳納德的瞳孔微微睜大，顫抖的視線緩緩下移，髮絲凌亂不堪。

「我知道。」

「跟我待在一起，你會受苦。我的意思不是你無法感到幸福，而是說你會變得不幸。」

這句話宛如一道宣判。

柳納德就像被拋棄的小狗般，眼瞳不安地顫抖著。

宰煥繼續說道：「會有人蔑視你，也可能會有人憎恨你，甚至就算你什麼都沒做，僅僅是身為我的信徒，也會有人想要殺死你。」

「……」

「這樣你還願意追隨我嗎？」

柳納德緩緩抬頭，眼眶泛紅。

似乎是不想再讓人看見他流淚，柳納德遮住雙眼，動了動嘴唇。
「我願意追隨宰煥先生。」
宰煥將手放在柳納德的頭上片刻，然後轉身離去。
柳納德像是在忖量殘留在頭頂的溫度，呆呆地把手放在自己頭上，隨即追了上去。
「等等我！」
聽著柳納德的聲音，宰煥心想，安徒生果然錯了，他沒辦法成為一名好的神。
因為這世上根本不存在好的神。
他所認識的唯一一名好神，已經死了。
宰煥緊握獨存，朝森林深處邁去。柳納德踩著小碎步跟在他後方。世界上唯二能夠共享同一世界的神與信徒，步伐一致地向大樹林走去。
這本是一幅美麗的風景，對遠處觀看的人來說，卻顯得有些詭異。
位在隊伍尾端看著這一幕的凱洛班在心裡嘀咕。
「到底是在談什麼話題，要那樣脫光光耍酷？」
當然，他不會知道答案。

✢ ✢ ✢

「總而言之，接下來這段時間請多指教了。你認識我吧？我是凱洛班，人稱『酷熱的凱洛班』，呵呵。」

「昨天不是才打過招呼，為什麼又要再講一次？」

「怕你忘記嘛，我的名字就算說了兩三遍，也常有人記不住。別看我這樣，我可是伊格尼斯的代行者……」

這倒也不奇怪，與遠播的名聲相反，凱洛班確實並非一名帶給人深刻印象的男人。他的長相是路上隨處可見的平凡五官，唯一特別的，大概就是那頭火紅的尖刺髮型了，總覺得那是為了「讓人印象深刻」而刻意染的髮色。

「不過，凱洛班先生為何會一起過來？」

「正如我在飛空艇上所說的那樣，我也有我自己的目的，我要修復與伊格尼斯之間的連結。」

宰煥想起他中了德烏斯的概然性破壞。

他與安徒生的連結斷開時，凱洛班應該也失去了與伊格尼斯的連結。

那瞬間，宰煥腦海中閃過一個念頭。

如果重新建立連結會如何？

也就是說，如果能在深淵某處找到任何安徒生留下的蹤跡……

「這個地方有修復連結的辦法？」

「很有可能。」

凱洛班雖然沒有十足的把握，但隱約猜到了什麼。

「這座森林住著瘋狂之神。」

「瘋狂之神？那是誰？」

安徒生曾叫宰煥去大樹林尋找瘋狂之神，但他對大樹林和瘋狂之神都沒有足夠的了解。

妙拉克的《深淵紀錄》或許會有記載，但書本至今仍未有反應。

凱洛班回答道：「我也不太清楚，不過關於大樹林，有個故事流傳已久。」

大樹林是唯有通過第四和第八站點交界處才能進入的森林，同時也是深淵八大禁區之一。

根據凱洛班的說法，這個地方被添加了各種奇特的外號。

喪失者的墓地、沒落的古代、被遺忘的第九站點……

有人說，這裡是八大禁區最危險的地方，也有人主張，大樹林不應該被記載為禁區，而該被稱為「深淵中的深淵」。

不過大樹林之所以出名，並非因為這些外號。

「深淵最強大的配件，被遺忘的三神器……」凱洛班輕輕吸了口氣，猶如吟唱詩句般繼續說道：「古代三神留下的配件沉睡於大樹林裡。」

「你是說，這裡也有像是德烏斯．艾克斯．瑪姬娜的那種東西？」

「沒錯。」

據說只要得到傳說中的三神器之一，就能支配深淵。

至今為止，宰煥見過的三神器共有兩件，分別是卡塔斯勒羅皮的空虛劍，以及德烏斯的德烏斯．艾克斯．瑪姬娜。

如果大樹林真的藏有三神器，那麼深淵的神祇都往這裡跑也就不足為奇了。

凱洛班點了點頭。

「事實上，歷史上也有紀錄，十萬年前的神祇繁榮時代，有超過一半以上的初學神祇曾進行大樹林遠征。」

光是官方統計的數字就高達五萬，再加上代行者和信徒的數量，前往大樹林的人數恐怕有數十倍之多。

這便是俗稱「神祇文藝復興運動」的事件始末。

凱洛班一邊撥開遮擋住視線的黑葉，一邊說道：「那時候真的死了很多人。雖然我沒有經歷過，這麼說是有點搞笑啦……」

「當時有找到三神器嗎？」

「詳細情形我也不清楚，我只知道那時候有人活著回來。」

「有幾個人倖存？」

「包含我的前任代行者的話，總共五個。」

「前任？」

「嚴格來說，是前前前前前前任代行者。總之，早在我之前，就有人擔任伊格尼斯大人的代行者。包含他在內，據說只有幾個人活著回來。」

宰煥感到一頭霧水。

凱洛班見狀，笑開了嘴。

「看來你第一次聽說啊？也是，現在的神祇已經不太知道這個故事了。」

宰煥反覆思考著凱洛班的話語。

七大神座之一的伊格尼斯與其代行者曾經前往大樹林遠征，這究竟意味著什麼呢？

凱洛班再度開口。

「你已經認識那些活著回來的神祇了，準確來說，大家都認識。」

「我認識？」

「那時和伊格尼斯大人一起活著回來的，都是深淵如今最有名的神祇。」

說著，凱洛班抬頭仰望天空，宰煥也跟著望了過去。

茂密的樹林遮蔽了天空，看不見任何星星。

那一刻，宰煥意識到了某件事。

凱洛班點點頭。

「沒錯，深淵的七大神座，就是在那時誕生的。」

3.

凱洛班似乎很喜歡閒聊，他以一種莫名興奮的語調繼續娓娓道來。多虧於此，宰煥登上深淵後首次得以聽聞七大神座的詳細故事。

深淵的七位主人，亦是統治幻想樹七個黑暗地帶的七顆星。

掌管系統的老大、龍神德洛伊安、火焰之神伊格尼斯、病魔之神瘟疫、時間之神克洛諾斯、輪迴之神佛陀、瘋癲之神無名。

深淵無人不知，無人不曉的他們，即是所謂的「七大神座」。

「七大神作有一部分是與伊格尼斯大人一起前往大樹林的人，包括德洛伊安、瘟疫、克洛諾斯，以及佛陀。」

一旁聽著故事的柳納德問道：「全部都是大型站點的統治者耶？」

「是啊，不過那些傢伙以前也曾是乳臭未乾的小子——伊格尼斯大人是這麼說的。」

「伊格尼斯大人掌管的是第三站點吧？」

「沒錯，你來過嗎？」

「去過，那裡真的熱到不行。」

伊格尼斯統治的第三站點「熱帶夜」，是深淵平均氣溫最高的地方之一，究竟有多熱呢？據說在第三站點留宿，還不如到其他站點露宿。

「可是老大也是七大神座之一嗎？據我所知，老大並不算神座。」

據傳，老大是創造幻想樹的存在。

凱洛班搔著下巴，說道：「嗯，老大確實超出了常規，所以也有不少人會把老大排除在神座名單之外。」

根據凱洛班的說法，深淵的部分神祇堅信老大已經超越了神的概念，於是他們將老大以外的六名神祇統稱為「六大神座」。

「其他站點我都去過了，但就是沒去過老大所在的第一站點，我一直很想去去看。」

「你想去第一站點？」

「是啊，其他我都去過了，就只有那裡還沒……」

凱洛班突然放聲大笑。

「你在笑什麼？」

凱洛班止住前進的步伐，迅速掃視四周，然後留下一個標記，以免在黑暗的森林中迷路。

啪嚓一聲，一根樹枝被踩斷了。

「老大不在第一站點。」

「啊？他不在？」

「他在幻想樹的最頂層，一個叫作『巢穴』的地方。據說那裡有什麼初始噩夢……有些人會把那裡誤認為第一站點，但事實上並非如此，因為那裡沒有老大的信徒或代行者。」

「什麼？」

原本默默聽著談話的宰煥被這句話勾起了好奇心。

柳納德問道：「那第一站點到底在哪裡？」

「第一站點不在深淵。」

震驚的柳納德睜大了眼睛。

剛才才說老大不在第一站點，現在又說第一站點不在深淵，他無法理解這是什麼意思。

「由於第一站點規模太大，它已經脫離了幻想樹的範疇。」

柳納德一臉不可置信，似乎覺得這根本是在胡扯，宰煥的臉色卻逐漸凝重了起來。

短短一瞬，有一個疑問在他的腦中閃過，那是宰煥長期以來百思不得其解的問題。

如果老大是神，而他的「設定」是「系統」。

那麼，他的世界究竟始於何地，又終於何處？

彷彿看出了宰煥的想法，凱洛班咧嘴一笑，點了點頭。

「偉大之土，就是深淵的第一站點。」

頓時，一片死寂籠罩四周，唯有他們規律的腳步聲，在寂靜中一次又一次地響起。

宰煥早已預料到凱洛班的答案，柳納德則是花了很長一段時間才將自己的驚訝化為言語。

「你說老大的站點是偉大之土？」

「你果然什麼都不懂啊。」

「我只是個小孩，這不是理所當然的嗎？」

「深淵哪有什麼小孩？連十歲的小鬼都飽經世故了。」

柳納德似乎覺得這句話汙辱了他，開始和凱洛班進行無意義的爭吵。

就在話題短暫轉移到其他地方的期間，宰煥獨自沉思著凱洛班拋出的話題。

不出所料，適應者的神果然是老大。

第一站點「偉大之土」的主人，老大。

這個事實的含意十分明顯。

——偉大之土不屬於陽間。

一直以來，大多數人類都將偉大之土理解為與陽間相同的概念。他們認為，陽間死去的靈魂會去往陰間，而陰間即是幻想樹的混沌。

然而，事實並非如此。

原先以為是陽間的偉大之土，不過只是深淵的其中一個站點，而混沌只是一個轉移站點的等候室罷了。

打從一開始，將其區分為陽間和陰間的只有人類自己。

「果實」也是相同的道理。

深淵遠征隊苦苦追尋的果實，並非能讓人類起死回生的奇蹟果實，僅僅只是進入第一站點的通行證。

人類渴望尋求的真實人生，不過是諸神創造出的幻象。

噩夢之塔栽培出來的人類在偉大之土死去，在混沌渴求生命，在深淵陷入絕望，最終再度回歸為幻想樹的養分。

宰煥思索著創造出這個無限循環的存在。

柳納德與凱洛班又回到原本的話題，繼續聊了起來。

「老大到底有多強啊？」

「這個嘛……至少比偉大之土強吧。」

比較的單位並非個體或是神祇，而是一個「世界」。

比偉大之土還要強大的存在，那老大的實力究竟有多麼強大？

「偉大之土上也有大君主啊，他們全部加起來也比不上老大嗎？」

如同深淵存在著七大神座，偉大之土也存在著十二君主。

假設一名大君主的實力與老大以外的七大神座之一相當或略遜一籌，那麼老大已經握有一個與深淵匹敵的固有世界作為自己的站點。

「我想是的。沒人知道老大到底有多強，大家只能大致猜測。說實話，我從沒見過老大，也不怎麼想見到他。」

凱洛班似乎光是想到那個存在就感到畏懼。

這並不丟臉，老大是超越了神祇，單憑自身就能與一個世界相匹敵的存在，僅僅透過想像就感到無盡的恐懼也無可厚非。

凱洛班尷尬地瞥了宰煥一眼。

「說起來，你的目標是世界的盡頭吧？」

畢竟這也不是需要隱瞞的事情，宰煥點了點頭。

凱洛班看著宰煥，心中升起一股微妙的感慨，露出苦笑。

「你應該能充分感受到老大的力量吧，而你竟然還在說這種話，真不曉得是不知天高地厚，還是無所畏懼。」

「這不是你該關心的事。」

「這副暴躁的脾氣果然是我們伊格尼斯大人會喜歡的類型。不過，你也知道吧？以你現在的水準，挑戰老大根本是找死。除非你集齊了三神器。」

通過這次戰鬥，宰煥確實體會到了三神器的力量。即使是麥亞德這般頂尖的強者，在是否使用三神器的不同情況下，世界力差距也是天壤之別。

柳納德問道：「集齊三項神器就有辦法和老大戰鬥了嗎？」

「我只能說有可能。據說，就連老大也對古代三神的力量感到恐懼，如果當年三神聯手對抗老大，現在深淵的主人可能就不同了。」

古代三神。

他們是二十一萬年前深淵的主人，更是能夠與老大一決雌雄的神祇。

這麼聽下來，眾人也就能理解三神器的威力了。正因如此，十萬年前才會有那麼多神祇進入大樹林探險，並命喪黃泉。

為了梳理這個話題，凱洛班作出了總結。

「回到原本的話題，大樹林之所以有名，是因為這裡留有古代三神最後的蹤跡。至於『想要了解三神，就去找大樹林的瘋狂之神』，這已經是個古老的傳言了。」

「那個叫瘋狂之神的傢伙持有三神器？」

「也許吧。伊格尼斯大人曾經提過，而你朋友也說過類似的話，所以我認為很有可能是真的。更重要的是，安徒生還是古代神格式塔的繼承者。」

「格式塔？」

「嗯，不過這件事要待會再說了。」

凱洛班話音甫落，宰煥也察覺到了異狀。

兩人收斂氣息，環顧四周。

柳納德在後方緊張地問道：「發生什麼事了？」

凱洛班將食指放在嘴邊，發出「噓」的聲音。

不久後，柳納德也察覺到了異樣的氣息，有什麼正發出窸窸窣窣的聲音，朝他們慢慢靠近。

樹林各處散發出陰森的世界力，一陣又一陣的低吼聲傳來。

柳納德逐漸顯露恐懼之色。

大樹林被列為禁區的原因相當簡單，因為進入此地的人，幾乎全都有去無回。

而那些活著出來的神祇都說過同樣的話。

其中一句是，要小心瘋狂之神。

而另一句是——

「是喪失者，小心點。」

只覺得後頸一涼，某種生物凶猛地衝了過來。

宰煥的劍光與凱洛班的拳頭同時出擊。

啪嚓！砰！

兩人的攻擊同時命中，第一隻怪物倒下了。只是怪物不只一隻，多達數十隻怪物從大樹林的黑葉後方現身。

宰煥仔細觀察倒下的怪物，令人驚訝的是，那副模樣他十分熟悉。

怪物全身長滿觸手，臉上具有可怕形狀的口器。

毫無疑問，是亡者。

然而，緊接著衝上來的怪物也是宰煥熟悉的傢伙。

「嗷嗚嗚嗚！」

令混沌的適應者垂涎欲滴的野獸就在那裡。

「角獸？」

一群角獸揮舞著鋒利的獸角，衝上前來。粗略估算，數量多達數十隻。

這些角獸的獸角數量皆為七、八支以上，至少都是七角獸以上的強大個體，其中甚至有些角獸沒有攻擊宰煥，反而轉向與亡者戰鬥。

看著互相用獸角和觸手攻擊的怪物群，宰煥意識到了一件事。

原來如此。

喪失者指的是生前失去神祇，靈魂隨著時間流逝而崩潰的存在。

那些傢伙，正是「喪失者」。

4.

以機械為基礎的角獸或許曾經是德烏斯的信徒，而那些由於汙染導致靈魂變異的亡者，大概是卡塔斯勒羅皮昔日的信徒。

古代神消失的數十萬年後，它們依然生活在大樹林中，對彼此齜牙咧嘴。

雖然令人遺憾，但宰煥沒有餘力去同情它們。

呼嗚嗚嗚嗚。

凱洛班雙拳上的火焰融化了角獸的角。

世界力纏繞在斷裂的獨存上，貫穿亡者的頭顱。

然而，當九角獸或十角獸等級的角獸與亡者現身時，他們也難以招架。宰煥因為傷勢未癒而極度疲憊，凱洛班也因為與神祇的連結中斷而無法正常戰鬥。

「可惡，現在連紅焰劫都用不了。」

儘管凱洛班不須伊格尼斯的協助，也能使用其基礎設定「火焰拳」，但遺憾的是，他無法施展其經典設定「紅焰劫」。

「唉，明明是只要一招就能解決的傢伙——」

縱然是神祇的主要代行者，也無法在沒有連結的情況下使用神祇的真正力量。

凱洛班能獨自運用的世界力僅僅比高階神祇多一丁點，在洶湧而至的喪失者浪潮之下，他的世界力也逐漸見底。

雪上加霜的是，宰煥的狀態也有些異常。

「喂，屠神者，你怎麼了！」

原先正與亡者搏鬥的宰煥失去了平衡，捂著太陽穴搖搖晃晃。

宰煥本人也同樣驚訝，突然襲來的強烈既視感在干擾他的注意力。這股似曾相識的感受，絕非源於看見亡者或角獸，而是來自遠比這更深沉的記憶。

這感覺清楚地告訴他，自己曾經造訪過這裡。

毫無疑問，他認識這個地方。

然而，他從來沒有來過深淵，又怎麼會認識這裡？

亡者鋒利的觸手從四面八方襲向宰煥。

「宰煥先生！」

就在柳納德伸手衝向宰煥的那一刻。

咻咻咻咻！

穿過樹叢的箭矢接二連三地射中了亡者的觸手。纏繞著獨特世界力的箭頭融解了亡者的外皮，吃驚的亡者發出詭異尖叫聲，警戒四周。

箭雨攻勢尚未結束。

伴隨劃破緊繃空氣的聲響，比先前多出兩倍的箭矢再次覆蓋天空。

「嘰呀呀呀！」

亡者發出毛骨悚然的慘叫。

就在氣勢頓挫的亡者躊躇之際，一團黑影出現，高聲威嚇。

『德烏森，卡塔斯勒羅芬，圖勒卡！』

『圖勒卡！』

那是猜疑與理解也無法轉譯的語言，但宰煥還是能隱約聽懂他們的話。

滾出去，德烏斯和卡塔斯勒羅皮的亡靈！

滾出去！

那些話顯然是這個意思。

「嗷嗚嗚嗚……」

包圍著宰煥和凱洛班的角獸與亡者紛紛朝樹叢退去。

他們竟能夠驅逐失去理智的喪失者。

當亡者和角獸全都消失在樹林中，宰煥終於看清了驅逐者的真面目。他們每個人手持巨大的弓箭和長矛，外形乍看之下令人想起二九四世界的原始部落。

『圖勒卡！』

亡者與角獸消失後，部落族民用長矛和弓箭瞄準了宰煥一行人。

那就像是被全世界瞄準的壓迫感，就連平時膽量過人的凱洛班也不禁向後退去。

「這、這些傢伙想幹嘛……」

從外觀上來看，這些弓箭和長矛都是原始的配件，被這種東西射中根本不可能會受傷，但這股緊張感究竟是怎麼回事？

鍛鍊數千年，甚至數萬年以上所形成的奇妙殺氣。

某種自遠古至今積累而來的東西。

凱洛班喉頭咕嚕一聲咽下口水，柳納德躲在宰煥的身後。

直到看見部落族民的弓都拉滿了弦，宰煥才意識到一個事實。

這些人現身此處，絕非懷有善意。他們出現在這裡的原因，是為了將宰煥一行人從大樹林中抹去。

就在引弦的手指即將鬆開，戰鬥一觸即發之際，奇怪的話語從宰煥口中流出。

「長壽族。」

宰煥自己也不曉得為何會說出這句話，只是「長壽族」這個詞頓時浮現在腦海中，而說出這幾個字是他此刻所能做的一切。

說出來之後，宰煥才察覺到先前那股既視感的本體為何。

他在拍賣會購買的物品，《大師的隨筆》。

這本新獲得的書冊與宰煥持有的《深淵紀錄》相互銜接，新的記憶傾瀉而出。

宰煥之所以能想起這個地方和這些人的名字，原因相當簡單——

因為九百年前，妙拉克也曾造訪過這裡。

腦海中的頁面不停翻動，《深淵紀錄》正訴說著故事。

「長壽族，在被遺忘的大樹林倖存下來的瘋狂之神繼承者。」

聽見宰煥的話，長壽族互相看著彼此，開始騷動起來，周遭的殺氣也逐漸緩和了一些。

「搞什麼，你認識那些傢伙？」

凱洛班詫異地盯著宰煥。

這也難怪，畢竟就在不久前，這個傢伙還連老大和古代三神都搞不清楚，現在竟然知道大樹林最古老的部族。

「不認識。」

凱洛班用荒唐的眼神輪番望著宰煥和長壽族。

「只是偶爾會像這樣想起一些東西。」

宰煥懶得解釋，就這麼回答了。嚴格來說，他其實也沒有說錯。

「還有這種事——」

凱洛班的話沒有說完，其中一名長壽族人便走了過來。

他的皮膚曬得特別黝黑，比其他族人高出一節。

『長紹爾。納斯，梅爾卡。』

（你認識我們？你們是誰？）

「我們是……」

他貿然搭了話，卻沒想到對方竟然老實回話，令宰煥一時不知道該如何介紹自己。

他根本不曉得長壽族是怎樣的存在，《深淵紀錄》十分不負責任地只透露了他們的稱呼。

宰煥低頭望向倒在地上的角獸和亡者的屍體。

德烏斯、卡塔斯勒羅皮、格式塔，古代神的名字在宰煥的腦海中快速掠過。或許就如角獸和亡者一般，他們也是隱身於大樹林中，古代神的喪失者之一。

長壽族再度問道。

『納斯，格式塔特？』

（你們是格式塔的信徒嗎？）

這道提問彷彿讀出了宰煥內心的想法。

宰煥稍微思考了一下，誠實地回答道：「不是，我不信神。」

這對他來說確實是再恰當不過的答案了。

凱洛班問道：「怎麼回事？他們說了什麼？」

「他們問我們是不是格式塔的信徒。」

「然後你說不是？」

宰煥一點頭，凱洛班臉色煞白。

「你瘋了嗎？這種情況下當然要回答我們也是格式塔的信徒啊。」

「為什麼？」

「我們剛才對峙的喪失者是德烏斯跟卡塔斯勒羅皮的信徒啊，從現在的情況來看，這些傢伙當然是格式塔的信徒！」

凱洛班責備的聲音不斷傳來，而另一邊，長壽族也正在進行交談。

『納塔茲，梅爾倫。』

（那傢伙，說他不信神。）

『格式塔特，阿洛，格式塔特。』

（是嗎？那就沒錯了，是格式塔。）

『哈特羅！啊，哈特羅！』

（他光著身子！裸體！絕對沒錯。）

『那哈爾。格式塔特納爾加？』

（有一個沒脫，確定是格式塔嗎？）

『那加碼倫，那達囉，艾哈羅。』

（那又怎樣？我很滿意那傢伙。）

雖然能順利翻譯，但宰煥還是聽不懂他們的對話。

過了一會兒，那個似乎是領頭的人再度開口。

『納斯，格式塔特。阿爾馬雷利姆。』

（沒錯，格式塔不信神。我從你身上感受到了格式塔的傲氣。）

幾乎同一時間，凱洛班走向前大聲喊道：「喂，我也是格式塔！我信格式塔！我超愛他的！」

這句話要是被火焰之神伊格尼斯聽到，不死也得遭到雷劈。

下一秒，當雷電真的在他鼻尖落下之時，他不禁面露懷疑，難道伊格尼斯真的聽到了他的發言？

但仔細一看，降下的並非閃電，而是包裹著世界力的箭矢。

長壽族正用凶狠的目光盯著凱洛班。

驚慌失措的凱洛班連連後退，支支吾吾地說不出話來。

「什麼鬼？不是這樣吧——」

宰煥將一臉驚恐的凱洛班留在身後，獨自走向前溝通。事實上，宰煥也不清楚能否順利進行溝通，但總之只要宰煥說一句，對方就會跟著回一句。

就這樣交談了幾句後，宰煥轉身看向他的同伴。

「這些人似乎認識瘋狂之神，他們說要帶我們去部落村莊。」

「真的嗎？」

柳納德喜出望外。

就目前的情況來看，這些長壽族很可能與他們要找的瘋狂之神有關。

但有個問題——

「他們說我和柳納德沒問題，但是你不行。」

「什麼？為什麼？」

「他們說你不是真正的格式塔。」

凱洛班臉色煞白。

長壽族的箭矢仍然瞄準凱洛班。

宰煥沉思片刻，再度與長壽族代表交談後，對凱洛班說。

「脫掉你的衣服。」

「什麼？我不要！」

「想活命就照我說的做。」

凱洛班瞬間意識到了什麼。

他低頭望向自己的身體，掃了宰煥與柳納德一眼，最後又看了看長壽族。

這些人之中，只有凱洛班穿著衣服。

宰煥說道：「如果不脫，他們就會殺了你。」

在長壽族凶狠的目光下，凱洛班的臉色逐漸發白。

✝ ✝ ✝

片刻後，赤裸的宰煥與柳納德身旁，同樣裸著身子的凱洛班雙手抱頭，喃喃自語。

「現在會怎樣？裸體的人會發生什麼事？」

「別小題大作，只是脫了衣服而已。」

「不，我是說我的本質，我總覺得某個重要的東西也一起被剝掉了。」

凱洛班被長壽族粗暴地剝光了衣服，一副失魂落魄的模樣。

眾人一邊安慰著精神崩潰的凱洛班，一邊邁開步伐。

不知走了多久，他們終於抵達了長壽族的基地，這裡正是大樹林的最深處。

湧入肺部的空氣感覺很特別，溫和的世界力帶有微妙的悶熱，以一種獨特的方式拂過肌膚。

宰煥認識一股與之相似的世界力。

這正是他在安徒生的世界觀「赤身裸體的世界」體會過的感覺。

停下腳步的長壽一族成員——拉—哈瑪德轉過頭來。

『納斯，塞伊克里克波德，阿馬達爾。』

其意為，歡迎來到瘋狂之神的森林。

Episode 27. 瘋狂之神

1.

要是我再進入大樹林，我就不是人……不，就是不是神了。

—七大神座第六席，佛陀

✝ ✝ ✝

第八站點卡斯皮昂的中心是首都海希克，由於頻繁的聖戰而幾經易主的首都，目前正由取得海奇諾德大慘案勝利的主角所占據。

「裡面怎麼這麼吵？是誰來了嗎？」

站在海希克皇宮中央辦公室前方的卡西姆，聽見裡面傳來的喧譁聲，疑惑地歪著頭。中央辦公室是當今海希克最高掌權者工作的地方。

就在不久前，裡頭開始傳來喧嚷的叫喊聲，還有乒乒乓乓的物品碎裂聲響。

這簡直不可思議。

誰敢對卡司皮昂的統治者兼龜裂主大呼小叫，亂摔東西？

「啊，第四團長，您來了。」

在辦公室外待命的行政官小跑過來，向卡西姆行禮。他似乎一直在外頭觀察情況，神情焦躁不安。

「發生什麼事了？」

「那個……第二團長來了。」

「第二團長？雪荷來了？」

「是的。」

辦公室內再次響起巨響。

但卡西姆看起來並不擔心。

「是雪荷的話就合理了。」

「是。」

行政官露出求助的眼神，眼中閃爍著光芒。

卡西姆確實也能理解他的心情。

辦公室裡面，裂主和團長正在吵架——準確來說，是團長單方面砲轟裂主——一個小小的行政官根本無權插手。

卡西姆低頭望向手裡的報告，嘆了口氣。他不可能一直傻傻在這裡等下去，先進去再說吧。

看來又得鬧一陣子了。

他輕輕轉動門把，柳雪荷洪亮的聲音隨即響徹耳邊。

「那直接抓起來就好了啊！你竟然還想殺他？」

「我必須那麼做。」

「你到底在想什麼？當初說要招募他的人不是你嗎？」

卡西姆緩緩鬆開握著門把的手，但就在他的手尚未離開門把時，門就被猛地打開了。

柳雪荷如一臺失控暴走的火車衝了出來，髮梢閃爍著電流。怒火中燒的她，似乎無意間發動了其固有設定「霹靂鎖鍊」。

「嗯？卡西姆？」

卡西姆低頭看著伴隨巨響掉落的門把，尷尬地朝柳雪荷舉起手。

氣呼呼的柳雪荷瞪圓著眼睛看著他。

✣ ✣ ✣

卡西姆輕輕嘆了口氣。

「跟裂主對立又能怎麼樣？難道還要來場『龜裂戰』一決勝負嗎？」

柳雪荷沒有回答，而是拿吸管猛吸茶几上的柳橙汽水。直到喝光一半的汽水，她才開口。

「龜裂戰有什麼用？現在我的根本沒有勝算，我要怎麼打敗一個有三神器的怪物？」

「說的也是。」

武力就是龜裂的法則。若對特定議題的意見產生衝突時，可以通過龜裂戰縮小意見分歧。

「可惡，要不是有德烏斯・艾克斯・瑪姬娜……」

「裂主如果不用那個，妳就能贏嗎？」

「試了才知道啊。」

「哈哈，這種話妳也說得出口？明明跟裂主的世界力差那麼多。」

柳雪荷撇了撇嘴。

覺醒者雖然是超越系統的存在，但並未完全擺脫數字的束縛。他們擁有的世界力，終究還是有限的資源。

根據官方資料，柳雪荷的世界力為三十億左右。

另一方面，即使沒有德烏斯・艾克斯・瑪姬娜，裂主的世界力也直逼一百億，甚至猶有過之。

柳雪荷有些煩躁，她把剩下的柳橙汽水全部吸光，小小地打了一聲飽嗝。

「不過，後面那兩個傢伙是誰？」

卡西姆順著柳雪荷的指尖轉身望去，只見那裡有一對神色緊張神色的男女，站得直挺挺。

「哦，是這次進來的新人，我負責帶他們。」

「暴君卡西姆竟然當起保母，還真有趣。」

「別開我玩笑了。」

卡西姆朝新人輕抬下巴，那對男女便立刻走上前來，畢恭畢敬地鞠躬。

他們一個是笑容得體的俊俏男人，另一個是擁有迷人冷豔面孔的女人，兩人都有具有非凡的外貌。

首先開口的是男人。
「團長好，我是新加入龜裂的金允煥。」
「金允煥？」
「是的。」
柳雪荷仔細端詳著男人的臉龐。
「該不會……沒事，算了。」
柳雪荷出神地望著金允煥，隨後將頭轉向女人。
「您好，我是韓瑞律。」
「嗯。」
柳雪荷輕輕點了點頭。
「妳很漂亮，肯定過得很辛苦吧。」
「沒有。」
柳雪荷感受到韓瑞律眼神中流露出的冰冷殺氣，莞爾一笑。
「既然有這樣的眼神，想必妳自己也能處理得很好。」
「謝謝。」
「不用謝，妳不必對我獻殷勤。畢竟，我們下次見面也許就是敵人了。」
「嗯？」
韓瑞律露出困惑的表情，卡西姆露出一抹苦笑。
「雪荷，妳幹嘛？這麼快就開始打壓新人了？」

「我沒有。」

「嗯？不然呢？」

柳雪荷的神情不見任何玩笑意味。仔細盯著那張臉的卡西姆，表情逐漸凝固。

「妳該不會……不是吧？」

「……」

「別開玩笑了，快點說不是。」

「你猜的沒錯。」

「妳是認真的？」

「嗯。下次見面，你也可能會是我的敵人了。」

卡西姆用更加嚴肅的目光看著柳雪荷。他們作為戰友已經相處了超過一百年，光是看著對方的眼神，就能知道彼此在想些什麼。

「妳又要離開龜裂？」

「我只是想出去旅遊。」

「是因為裂主沒抓到的那傢伙？」

「可能是，也可能不是。」

「如果要找男人，這裡也有很多啊。」

「你在說什麼鬼話？」

「妳為什麼那麼袒護他？就因為那種傢伙……」

「我看見他的固有世界了。」

看見了固有世界。如果不是出自柳雪荷口中，這句話就只是字面上的意思而已。

然而，倘若說出這句話的人是柳雪荷，「看見」這個詞所具有的含意就不同了。

「妳該不會使用了『世界鑑定』？」

世界鑑定是柳雪荷的固有設定，能夠預見一個世界的未來可能性。

柳雪荷「看見了」某個世界，即意味著她曾經試圖鑑定那個世界。

卡西姆的語速加快了。

「他輸給了裂主，那個世界不可能會有新的可能性。」

「失敗的世界並不總是錯的。」

「妳到底看見了什麼，才會說出這種話？」

「準確來說，我不是看見了什麼，而是鑑定本身不起作用。」

一個無法進行鑑定的世界。

至今為止，柳雪荷有這麼形容過固有世界嗎？

「就算那傢伙的世界有更多的可能性，妳也不必非要離開龜裂不可——」

「卡西姆，你知道發生在恩孌身上的事情嗎？」

卡西姆頓時一驚，支吾其詞。

「我不曉得妳在說什麼。」

「覺醒者改良計畫。你也知道吧？只有我被蒙在鼓裡嗎？」

卡西姆默默地咬牙。

覺醒者改良計畫。這是龜裂內部執行的高度機密實驗，該計畫的執行甚至連部分團長都不知情。

這個實驗旨在最大限度地提高兒童的成長力和潛力，創造無限龐大的固有世界。

「雪荷，妳聽我說，那是——」

「龜裂的旗號是什麼？我們是為了創造一個沒有栽培的世界，才會聚集在一起。」

「……」

「進行那種實驗，跟那些該死的栽培者又有什麼區別？」

直至這時，卡西姆才明白柳雪荷的怒火從何而來。

柳雪荷默默抬頭仰望天空。

「你依然相信裂主也和你追求著同一個世界嗎？」

無論是以前還是現在，卡西姆始終相信麥亞德。縱使麥亞德實施了覺醒者改良計畫，他也確信這項行動的背後必定有其意義。

然而，卡西姆還是很難回答柳雪荷的問題。

「裂主的世界裡有『星星』。他是唯一能看到這個世界的始作俑者老大的人，也是這個世界上唯一能挑戰栽培根源的覺醒者。不相信他的話，還能相信誰？」

「如果還有另一個能看到老大的人呢？」

「那不可能……」

卡西姆低喃著，頓時停下了話語。

「該不會那傢伙也行？」

「我想是的。」

「不可能，只有克服疏外的覺醒者才能看到老大。那傢伙弱到不行，怎麼可能克服疏外？妳一定是看錯了……」

卡西姆不曉得自己的反應為何會如此激烈，他也搞不清楚自己的語速為何突然變快，開始胡言亂語。

他只是想反駁，但他甚至不明白自己想為什麼東西辯護。

「卡西姆，我不是說你錯了。」

在對上柳雪荷冰冷的目光後，卡西姆才闔上嘴。

「那……」

「只是我開始想相信其他東西而已。無論那個世界是對是錯，我只想選擇一個能讓我過得心安理得的世界。」

「……」

「所以，你可以像現在這樣，繼續生活在你的世界裡。」

柳雪荷逕自起身，邁著端正的步伐慢慢走遠，就像朝著自己信仰的神祇走去，步伐堅定而篤定。

不知過了多久。

「卡西姆團長？」

聽見身後傳來允煥的聲音，卡西姆才勉強回過神來。

不知不覺間，柳雪荷已經消失在他的視線中。

他低頭看了看自己手裡拿著的報告。

上面寫著這樣的標題——
唯一的世界。

✝ ✝ ✝

宰煥三人抵達長壽族的基地後，已經過去了一天。
長壽族的村莊是一片填埋地，受到比大樹林其他地區更高大且粗壯的樹木保護，特別的是，村莊中心有一座巨大的溫泉。
多虧了連日熱氣氤氳的溫泉，長壽族結束狩獵後，經常會整天泡在溫泉裡，或是在溫泉前方的小屋消磨時間。
宰煥一行人也分配到了一間客用小屋。
「為什麼只有我要做這種事？」赤裸的凱洛班戴著黃色的搓澡手套，氣呼呼地說。全身紅彤彤的他，今天已經搓了超過一百位部落族民的背部。
宰煥憐憫地看著他，說道：「他們說你不是客人，是罪人。」
「我犯了什麼罪？」
「我不感興趣，沒問。」
凱洛班用力幫剛泡完溫泉的長壽族戰士搓洗背部，高聲怒吼。
「這些傢伙的背也太寬了吧！一天來兩三次的也有。」
「……」

「到底幹嘛整天泡在溫泉裡啊！」

「……」

「要是可以使用紅焰劫……」

『納斯，索雷爾，哈坦。』

「哈哈，您心情很好吧？要不要也替您搓一下這裡？」

凱洛班擠出卑微的笑容，賣力地搓著長壽族戰士的背。

『納斯，索雷爾，哈坦。』

「是！您說這裡癢嗎？」

順帶一提，長壽族的話聽在宰煥耳中是這樣的意思——

你的手很熱，很舒服。

就這樣，又解決完一個部落成員的凱洛班氣喘吁吁，深吸了一口氣。

這是很罕見的事情。即使不借用伊格尼斯的力量，凱洛班也比深淵的高階神祇還強，光是搓幾下背，應該不至於累到這種地步。

「奇怪。在這裡力量流失得很快，光是吸入溫泉的熱氣，就覺得身體要融化了。」

「應該是能達到鍛鍊的效果。」

「那些傢伙為什麼可以沒事啊？」

事實上，長壽族在互相搓背或泡湯時，完全不露任何疲態。

他們擁有的世界壓也十分獨特，乍看之下似乎比低階神弱，某個瞬間卻又能釋放與七大神座相當的威壓。

彷彿在溫泉的蒸騰熱氣下，連衡量世界力的儀器都變得鬆軟無力。

「你快去問他們瘋狂之神的事，找到答案就什麼事都解決了！」

眼看長壽族民不知從哪得知了傳聞，絡繹不絕地上門按摩，凱洛班的眼中充滿了怨氣。

「可惡……」

凱洛班燃燒的雙手，如今似乎更適合叫「火焰搓澡」而不是「火焰拳」。

然而，世事就是如此極端，當一個人的生活走向悲劇時，另一個人的生活往往會走向甜蜜的喜劇。

「宰煥先生，這裡就是我夢寐以求的天堂耶。」柳納德開心地高喊。

看著泡在溫泉裡的長壽族美麗大姐姐，柳納德感動得眼眶泛淚。

「安徒生大人說的沒錯，世界上總會有裸體的天堂……」

雖然美麗的大姐姐都泡在溫泉裡，看不清楚身體的輪廓，但只瞥一眼也能看出她們全擁有凹凸有致的身材。

「天堂就在此時此地！」

似乎是察覺到了柳納德炙熱的視線，一名長壽族美女朝他露出足以令人心跳停止的微笑。

柳納德彷彿隨時都會噴出鼻血。

片刻後，那名與柳納德互換眼神的長壽族姐姐從溫泉中站了起來。

她的身材果然極為驚人。

宰煥靜靜地看著她的身軀，想起了二九四世界中某位偉人曾說過的話。

「遠觀人生是一齣喜劇，近看人生則成了悲劇。[2]」

一步、兩步，與柳納德看對眼的大姐姐緩緩靠近。

「什、什麼……為、為什麼！」

柳納德的悲劇開始了。

「怎、怎麼會！為什麼大姐姐她……」

柳納德大受震撼，雙唇不停地顫抖。

那位已經走到眼前的美麗大姐姐露出微笑。

『納斯，阿爾卡瑪。』

嚇得要死的柳納德緊緊掛在宰煥身上。

「宰煥先生！她剛剛說了什麼？」

「她說很高興見到你。」

宰煥說謊了。

那句話的意思其實是「你真可愛」。

一無所知的柳納德反問道：「真的嗎？」

「對。」

「那為什麼她還在靠近我？」

柳納德被美麗大姐姐一把抓住。

2 出自喜劇泰斗查理・卓別林。

「哇啊啊啊啊！宰煥先生！我們必須快點離開這裡！」
宰煥本來也沒打算在這個地方久留，但在達成目標之前，他無法輕易離開。
過去的一天裡，宰煥向長壽族提出了幾個問題。
「讓我見見你們的首領。」
『拉，米爾。圖斯。』
（凡事皆有時機。）
「你們到底是誰？為什麼生活在這裡？」
『烏洛波羅斯。』
（我們是格式塔／我們不是格式塔。）
奇特的是，這句話同時被翻譯成兩種意思。
他們既是格式塔，又非格式塔。
宰煥完全無法明白這究竟是什麼意思。
問了無論問多少次，得到的都是相當玄奧的答案。
《深淵紀錄》顯然也不打算提供正確解答，因此宰煥唯一能做的事情就是等待。
等待。
仔細一想，宰煥從未如此茫然地等待過某件事情。
過去數千年的修行生活，他總是在與時間的賽跑中度過。為了能在更短、更快速的時間內進行更多的刺擊而奮力掙扎。
如果問他為何要如此賣力地過日子，答案早就定好了。

——為了生存，為了活下去。

但那是否就是全部的理由了呢？

宰煥起身撿起地上的樹枝。

自從能透過心神進行刺擊後，他就不需要進行實體的練習了，然而他還是經常舉起劍練習刺擊。

這件事情就如呼吸般自然。如今他的生命中，進行刺擊的時間，已經比不進行刺擊的時間還要長了。

樹枝緩緩朝向天空的某一點移動。

但是那裡什麼都沒有，他甚至不知道應該瞄準什麼。

儘管如此，宰煥仍然持續刺擊，彷彿那裡存在著唯有他才能看見的東西一樣。

他一遍又一遍地刺擊。

每次刺擊，午後的空氣都會留下薄薄的軌跡。

當那些軌跡慢慢累積時，宰煥的腦海就會浮現凌亂的記憶。包括那些離他而去的人、喜愛他的人，以及替他守護他的世界的人。

宰煥想起了安徒生——與他共享同一個世界，認可他的世界的神。

安徒生是什麼樣的神？她為什麼會作出那種選擇？她想要證明什麼？

她又想藉此看到自己的何種改變？

有些答案他似乎明白，又有些答案永遠無法得知。

宰煥在已知與未知之間，反覆地進行刺擊。

即使刺擊只能劃破眼前的空氣，無法帶給他任何答案。

他依舊繼續刺擊。

即使明知終將消散，也要在空中留下軌跡，只因這是現在的宰煥所能做的唯一事情。

當進行到第一千次左右的刺擊時，有人向他搭話。

『納斯，希爾姆，修流坎。』

（你的練習真有趣。）

他是帶領宰煥一行人來到這裡，名為拉—哈瑪德的戰士。

拉—哈瑪德沒有給宰煥回答的時間，隨即說了下去。

『艾卡姆。』

（但沒什麼用。）

宰煥以淡漠的目光回應拉—哈瑪德。

長壽族是如何變得如此強大？

從外表來看，長壽族不過是脫下衣服行動的原始部族罷了，但他們散發出的世界壓，能隨意愚弄最高階神祇，這實在是一件令人無法不感到奇怪的事情。

宰煥默默地持續刺擊，直至太陽完全西沉，他才結束了一萬次的刺擊。

那是段漫長的時間，與大姐姐共度快樂時光的柳納德已經熟睡，整天負責搓背的凱洛班也因為用盡力氣而倒下。

『納斯，昂卡爾？』

（結束了嗎？）

令人驚訝的是，適才與宰煥搭話的長壽族戰士拉—哈瑪德還待在原處。他耐心地坐在那裡，觀看宰煥的刺擊直到最後，圍觀的人數也在不知不覺間大幅增加。

長壽族的視線令宰煥有些壓力，他放下樹枝。

「結束了。」

拉—哈瑪德站了起來，他的身高比宰煥高約五、六寸，那幅景象就像是一座巨大的山體騰起身軀。

拉—哈瑪德用著與其體格相配的低沉嗓音開口。

『拉，昂卡爾，多烏。』

（走吧，首領在等你。）

2.

帶領宰煥一行人的拉—哈瑪德，是長壽族唯一具有「大戰士」身分的人。乍一看，便能發現他散發著與其他族民截然不同的壓倒性氣勢。

宰煥在拉—哈瑪德的引導下，走進了村莊內部。

露天溫泉的支流沿著黑葉樹林不斷延伸，蒸氣繚繞的浴池路口，赤身裸體的長壽族戰士滿頭大汗地坐著。

幾名戰士見到宰煥和拉—哈瑪德，走過來搭話。

（偉大的戰士，你要去哪裡？）

（偉大的靈魂之路。）
（你旁邊的小鬼是誰？）
（領悟烏洛波羅斯之人。）
（原來如此，是烏洛波羅斯啊。）
真是一段意義不明的對話。
尤其是他們「烏洛波羅斯」這個詞，具有非常多種意思，讓人難以理解它的確切含意。
（祝你好運。）
（你最好把身體泡在露天溫泉裡。）
一些戰士給予宰煥忠告，也有些戰士看著宰煥赤裸的身軀哈哈大笑，但大多數人都專注在自己的沐浴中。
他們在溫泉的熱氣中，吸收適量的水分，洗去身上的汙垢後，再度沉入水中。
其中也有人將自己身上的汙垢吃掉，就如同完成蛻皮的昆蟲吃掉自身的舊皮一般。
特別的是，這些人的汙垢都是白色的，就像凍成冰塊的牛奶被搗碎的樣子。看著那些汙垢，的確會讓人覺得吃下去也無妨。
偶爾也有人在水裡打坐，沉浸在冥想之中。
宰煥跟在拉—哈瑪德的身後，問道：「你們經常泡湯嗎？」
『抱湯？』
拉—哈瑪德歪了歪頭。
也許是翻譯功能出了問題，或者是他們根本就沒有「泡湯」這個詞語。

這很奇怪，明明所有人都在泡湯，卻沒有人知道「泡湯」這個詞。

待宰煥透過簡單的手勢解釋，拉—哈瑪德這才終於明白意思，點了點頭回答。

（哦，你是說脫胎啊。）

「脫胎？」

（就是脫衣服。）

「脫衣服？那是什麼意思？」

拉—哈瑪德沒有馬上回答，宰煥又問道：「衣服是指汙垢嗎？還是某種比喻？」

宰煥一邊提問，一邊覺得自己像個笨蛋。因為這其中當然有更深奧的含意。

拉—哈瑪德說。

（衣服就是衣服。）

「我就知道你會這麼說。」

脫去越多衣服，靈魂的層次就越高。世界力增強後，即使沒有神也能活下去。衣服嗎？仔細想來，宰煥最近在關於「衣服」這方面經歷了許多複雜的事情。

「你聽說過安徒生嗎？」

拉—哈瑪德沒有回答。

宰煥再度問道：「教給那傢伙赤身設定的也是你們嗎？」

拉—哈瑪德意味深長地笑了笑。

『烏洛波羅斯。』

（任何人都可以赤裸／任何人都無法赤裸。）

這一次，他的話再度被翻譯成兩種意思。
宰煥皺起眉頭。
「烏洛波羅斯到底是什麼意思？」
拉—哈瑪德輕輕搖了搖頭，走在宰煥前方。
他沒有回答的打算。
拉—哈瑪德的腳步逐漸加快。
就在這時，遠方有聲音傳來。
起初宰煥以為那是溪水流淌的聲音，後來又以為是鳥兒的啁啾聲，但是仔細一聽，才發現那是一首歌曲。

脫了又脫，衣服永遠還有，
互相脫掉對方的衣服，
神也不重要，世界也不重要。

宰煥仔細聆聽著歌曲。
聽起來就像是整座森林在歌唱。
將身軀浸泡在露天溫泉的長壽族全都閉上了雙眼。
宰煥頓時意識到這是長壽族的歌曲。
歌曲。
宰煥想起了安徒生的歌。
而後，熟悉的歌詞傳入耳中。

脫掉最後一個朋友的衣服，

赤身神回家了，

他的家裡堆滿了朋友們的衣服。

看著那堆衣服，赤身神說——

赤身神……這首歌果然就是安徒生唱的那首。

從看見部落成員全都赤裸著身子時，宰煥就有預感，安徒生應該曾經向他們學過這首歌。而她讓宰煥前往大樹林的原因，或許就是為了讓自己和長壽族相遇。

宰煥緩緩眨著眼，認真聆聽歌曲。

接著，他有種安徒生也一起在身旁歌唱的感覺。

好孤單，我真的好孤單。

赤身神這麼說著，

撿起了朋友們的衣服穿上。

赤身神有一件衣服，

赤身神又多了一件衣服，

最終，赤身神被包裹在衣服裡，

孤單的赤身神說出了，

世界如此悲慘的原因。

那就是，

因為我們都穿著衣服，

因為我們都無法脫下衣服。
歌聲時而粗曠，時而凶猛，偶爾也有淒涼、鬱悶的時候。
任何人都無法脫去衣服，
這才是真相。
歌聲就這樣不知持續了多久，拉—哈瑪德的步伐停了下來，注視著宰煥。
『納斯，阿奇尼歐。』
（現在開始，你必須自己走。）
『迪奧布利維奧。』
（記住。）
『烏洛波羅斯。』
（衣服一定存在／衣服絕不存在。）

✝ ✝ ✝

宰煥繼續往拉—哈瑪德指引的露天溫泉內側走去。隨著腳步，世界的光景也逐漸轉變為熟悉的形態。
這不是普通的溫泉。
有些溫泉吹來蘊有鋒銳世界力的刀風，有些溫泉則從腳下湧出刺骨的寒氣。
這裡的結構有種似曾相識的感覺。

順序雖然不同，但宰煥確實曾經闖過類似的關卡。又經過了幾池溫泉，宰煥才終於意識到這些溫泉像什麼。

——賽蓮曾對宰煥施展過的魔法，地獄八門。

那是一項能在最後關卡獲得妙拉克．阿爾梅特的記憶《深淵紀錄》的毒辣幻術。

宰煥的直覺告訴他，妙拉克曾經走過這條溫泉之路。它造訪過這片大樹林，也許就是在這裡漫步時，創造出了地獄八門。

不知又走了多久，溫泉的溫度急遽上升，原本應該是地獄八門第二關的炎熱地獄，似乎是這片溫泉的最後一關。

露天溫泉的盡頭，蒸氣繚繞間，出現了一名悠閒泡著湯的長壽族戰士。

看見在熱氣中波動的氣息，宰煥第一次停下了腳步。

那人散發的世界壓，竟絲毫不亞於七大神座，甚至連顯露出真正本領的麥亞德也無法與之相比。

難道那人就是瘋狂之神？

宰煥無法僅憑世界力辨別其真實身分。畢竟一旦世界力差距過於懸殊，弱者便無法掌握強者的力量，就像螞蟻無法衡量人類的存在一樣。

「你就是首領嗎？」

對方沒有答話。

他的面孔在蒸氣中顯得朦朧不清，讓人無法看清他露出什麼表情、採取何種姿勢，只能感受到這個人存在的事實。

突然，首領的影子動了一下，像是在招手。

是在叫我過去嗎？

宰煥猶豫再三，還是朝著首領浸泡的溫泉走去。

一踏入溫泉，劇烈的疼痛就如潮水般襲來。

那股痛楚絕非「燙」字所能形容，而是像腳、腿，甚至整個靈魂都被高溫灼燒。就算是凱洛班引以為傲的伊格尼斯紅焰劫，恐怕也無法與之相比。

但是他沒有停下腳步，繼續前進。

一步，兩步……隨著腳步移動，溫泉變得更深、更熱，宰煥只能勉強露出頭部，向前走去。

不久後，宰煥意識到包裹著自己的不是水。

水不可能如此炙熱。

走了約莫一百步，或者更多，宰煥發現自己與首領之間的距離卻沒有任何變化，彷彿在無盡的滾輪裡奔跑一般。

怎麼也靠近不了……

覆蓋在靈魂表面的世界力抵達了極限。

滾燙的液體開始融化宰煥的靈魂，隨即滲透進內部，如地獄般炙熱沸騰的露天溫泉裡，宰煥的意識逐漸模糊。

真是諷刺。

費了好大一番工夫來到這裡，卻要死在高溫的溫泉裡。

這簡直是天大的笑話。

這齣荒誕的悲喜劇，卻是宰煥的現實。

隨著雙腿失去力氣，身體開始漂浮在溫泉的表面。

滾燙的液體從鼻子和耳朵灌進的體內。

意識已然在半空中飄盪，灼熱的感覺也逐漸消失。

好舒服。

就這麼放手好像也無所謂。

沒有任何對策的情況下，全身在平和的氣氛中緩緩放鬆。

當意識即將消散之際，某處再度傳來了聲音。

「喂，又是這種情況？」

「這小子，毅力好像越來越差了，沒問題吧？」

「但他還是我們之中最有毅力的那個。一百億次的刺擊還有誰做得到啊？」

「喂，那種事我也辦得到好嗎？」

這些聲音，他好像在哪裡聽過。

是什麼時候呢？

是通過地獄八門的時候？

還是剛觸及假說，開啟創世的時候？

或者是，和麥亞德進行最後決戰的瞬間？

無論是何時，宰煥能肯定的是，那些聲音從未如此刻這般清楚鮮明。

「拜託小心點，小子，沒想到你這次竟然還掉進溫泉裡了。」
「你覺得我們這次還會幫你嗎？嗯？你以為那種突然湧現力量、解決所有困境的奇蹟還會再次上演嗎？」
「你以為自己在演少年漫畫啊？橫衝直撞不能解決所有問題。現實是殘酷無情的，你跟麥亞德交手的時候不就體會過了嗎？」
這些話刺痛了宰煥的心。
他慌忙晃動頭部，大口大口地喘著氣。
他不能在這裡放棄，他絕不放棄。
「哎唷，這小子恢復意識了耶？」
「那又怎樣，就憑他那點世界力能做什麼？」
「喂，祈禱吧。如果你祈求幫助，我就……不對，我們就給你力量。嗯，不對，乾脆交出主導權怎麼樣？」
宰煥下意識地搖了搖頭。
「可惡，這傢伙還是那副牛脾氣，根本就不能溝通！」
「快點放棄吧，小子！」
宰煥仍然沒有屈服。
他再度站起身，竭盡全力，試圖再向前邁出一步。
身體不聽使喚，死亡的黑影依稀可見。
聲音又再度傳了過來。

「該死，唉，我輸了。好吧，我認可他了。」

「這些叫宰煥的小子真是拿人沒辦法。」

「喂，這次換誰來支援？」

宰煥聽完這句話便失去了意識。

過了一會兒，包裹著靈魂表面的某種東西開始一片片脫落。

那是汙垢、外殼，還是表皮？其實怎麼稱呼都無所謂，反正名稱不重要。

重要的是，它脫落了。

脫落的東西發出啪啦啪啦的聲響，化為粉末，重新被宰煥內部吸收。

某處，一股溫暖的氣息包覆著他。

宰煥認得這股氣息。

當時在地獄八門的最後一道關卡，數以千計的靈魂被他吸入體內，從而開啟創世之時，也有過類似的感覺。

極度孤獨而寂寞，卻又溫暖的感覺。

世界力至少增強了兩倍以上，靈魂變得充實，全身再度流淌著力量。感覺就像是蛻下一層殼之後，又長出了另一層新的殼。

宰煥徐徐睜開雙眼，看見一名男人站在自己面前。

——是長壽族的首領瘋狂之神嗎？

出現在宰煥眼前的並非首領。

拉—哈瑪德發出令人費解的笑聲，帶著奇妙的笑容站在那裡。

『納斯，烏洛波羅斯。』

（你，脫下了衣服。／你，穿上了衣服。）

3.

自從宰煥進入瘋狂之森，已經過了一個月的時間。

他大部分時間都將身體浸泡在大樹林的溫泉裡。

露天溫泉中升起的熱氣形成了煙靄，讓宰煥能透過霧氣一睹瘋狂之神的身影。

然而，也就僅此而已。

縱使已經過了一個月的時間，宰煥仍舊未能找到接近瘋狂之神的方法。

「你最近總是待在這裡呢。」

柳納德爾偶也會來找他。

嚴格來說，柳納德不是專程來找宰煥，而是為了躲避長壽族的大姐姐——雖然不曉得這個形容是否恰當——才會逃來這裡。

「她們看到我就想幫我搓背。再這樣下去我的皮會被搓光，只剩下骨頭了。」

長壽族的人只要見到柳納德就會大呼小叫，喊著要幫他搓背，因此柳納德的背沒有一天是不乾淨的。

看著柳納德的背被搓得光滑油亮，逐漸變成金黃色的樣子，宰煥開口說道：「總之，這對你也有好處。」

「這是什麼莫名其妙的話？」

「他們搓背的行為，潛藏著一種神祕的力量。」

「這就跟有一種設定是『穿越少力量越強』一樣，讓人很難相信。」

柳納德深深嘆了一口氣。

「凱洛班大人最近也說了差不多的話，什麼搓背哲學之類的，看來他現在還挺喜歡這裡。」

宰煥頓時想起自己很久沒見到凱洛班了。剛來到瘋狂之森的時候，凱洛班三天兩頭就會來找他，感嘆自己的悲慘遭遇。

「我一定要趕快恢復和伊格尼斯大人之間的連結，這樣我就能殺光這些混蛋！」

或是這麼說。

「那些要我搓背的人，我都記得清清楚楚，我會把他們全部吊在地獄火上面！少瞧不起紅焰劫！」

諸如此類的話。

凱洛班最後一次來訪是在上上週，所以他們已經有兩週沒有見了。宰煥原本以為凱洛班應該是時候放棄了，沒想到竟聽聞他開始宣揚奇怪的哲學，不禁有些好奇。

「凱洛班最近在做什麼？」

「跟以前一樣，幫人們搓背。最近他好像玩得很開心。」

「玩得很開心？」

「搓背即是禪。」柳納德刻意模仿凱洛班的腔調說道。

宰煥泡在溫泉裡的這段期間，凱洛班似乎成為了一名搓澡大師。

「持續地搓背去垢，你就能領悟到靈魂的祕密。你會開始理解汙垢與我、汙垢與世界、我與世界之間的關係，最終達到真理……之類的。總之，我覺得他完全走火入魔了。」

出乎意料的是，聽完這番話，宰煥的神情格外凝重。

「是嗎？無論是汙垢，還是衣服……也許怎麼稱呼它並不重要。」

「什麼？」

「看來我們還算是走在正確的道路上。」

「你是認真的嗎？」

柳納德不自覺地向後退了幾步，眼神充滿了不信任。

「那傢伙大概還在領悟『脫衣』的路途上吧。」

「脫衣？」

「長壽族將它稱為『脫胎』，脫衣只是我隨便取的名稱。」

脫衣，就是一次又一次剝去形成靈魂外殼「外衣」的儀式。

這是長壽族戰士每天都必須進行的儀式，也是他們擁有強大力量的祕密。

「那到底是什麼東西？」

「就是我每天在做的事。」

看著泡在露天溫泉裡軟化角質汙垢的宰煥，柳納德疑惑地問道：「泡湯嗎？」

「差不多。」

宰煥聳了聳肩，環顧浴池的周圍。

熱氣將露天浴池燒得灼燙，光是稍微靠近，皮膚彷彿就會熱到融化。整整一個月，他在這個浴池度過了整整三十七次生死難關。

光是坐在這樣高溫的浴池裡，就足以讓人精神錯亂。

宰煥每天頂著熱氣，穿越濃濃蒸氣，在其中練習行走。他的目標不言而喻，就是見到那名坐在裊裊霧氣中的長壽族首領，瘋狂之神。

然而宰煥至今仍未看清他的長相，甚至不能確定他是否真實存在。因為他從未真正穿越這片霧氣，走到浴池的盡頭。

他所能做的，就是不斷走向露天浴池的深處。

這樣走上一整天，就會耗盡他的世界力，靈魂也處於垂死邊緣。

這種瀕臨死亡，或者說是類似死亡的狀態，讓宰煥產生了各種幻覺。猶如臨死前的跑馬燈，他在近似死亡的幻覺中遇見了無數個記憶中的自己。

有時出現的是正在準備大學入學考試的他，有時是在軍隊裡保養槍枝的他，偶爾也會出現在噩夢之塔或混沌時期的他。

每個宰煥都來自不同世界，身穿不同衣服，流露出不同表情，過著不同生活。

「又來了！」

「給我適可而止！」

有時腦中也會響起這種聲音。

當宰煥在毒辣的熱氣中憶起久遠的記憶，他就能感覺到自己的表皮剝落，世界力隨之增強。

如同把體內的廢棄物都排淨的清爽，以及從靈魂深處新生的充實感，正是「脫衣」的高潮。

之後的過程如出一轍，拉—哈瑪德總會從某處出現，並將癱軟無力的宰煥從浴池中撈出來，然後意味深長地喃喃著「烏洛波羅斯」。

只有結束以上所有步驟，那一天的脫衣儀式才算完成。

柳納德問道：「宰煥先生，所謂的『衣服』具體而言到底是什麼？最近你這麼說，凱洛班大人也這麼說，就連長壽族也把它看得很重……但無論我怎麼想都想不明白。那肯定不是在說我們身上穿的衣服吧？」

宰煥猶豫了一會兒，不太確定該如何回答這個問題。

事實上，只要宰煥願意，他完全可以針對「衣服是什麼」的主題進行長篇演說。

例如，他可以這麼回答。

「衣服就是自我。在無數冷酷的目光下，人們透過衣服來隱藏真實的自己，以此作為保護色。」

或許也可以這麼解釋。

「衣服就是系統，它是為了將肉體蒙蔽在既定的數值中，對此欺瞞的裝置。」

要是讓長壽族聽見了，他們肯定會說「總之，就是烏洛波羅斯」來鼓舞人心。

然而，這些解釋宰煥都不怎麼滿意，他也無法辨別哪一種才是正確的答案。

衣服是自我嗎？還是系統？

「衣服」這個概念似乎沒有明確的定義，其中蘊含一些難以言喻的東西。

宰煥在苦思冥想之後，有一次終於忍不住向拉—哈瑪德提出「衣服是什麼」這個問題。

當時，拉—哈瑪德這麼回道。

（烏洛波羅斯。）

宰煥十分惱怒。

「那到底是什麼意思？你們就只會把那句話掛在嘴上。」

（烏洛波羅斯就是烏洛波羅斯。）

「有些事情不是說得讓人聽不懂，就代表它會成為深奧的真理。」

（這不是難不難懂的問題。）

拉—哈瑪德緩緩搖了搖頭，看著宰煥的眼神就像在看一隻跳出柵欄的羔羊。

（你雖然已經脫離了系統，卻仍然生活在系統中。）

這句話在宰煥的靈魂深處劃下了傷痕。

他本能地意識到，拉—哈瑪德的建言，將成為他未來對抗老大時必須銘記在心的重要指引。

「宰煥先生？」

柳納德詫異地望著宰煥。

宰煥咳了一聲，問道：「我們剛才說到哪了？」

「在討論衣服是什麼。」

竟然在談話過程中走神，看來露天溫泉的熱氣確實令他的精神有些恍惚。

不過，也有一些想法是只有精神恍惚的狀態下才會產生的。比如衣服，或是脫衣之類的，這些都是意識清醒時不會有的想法。

宰煥注視著柳納德的雙眼，內心思索。

那是一種渴求明確答案的眼神。

宰煥也曾擁有與柳納德相同的眼神，因此他覺得自己應該說些什麼。

「烏洛波羅斯。」

「什麼？」

「衣服是烏洛波羅斯。」

「那又是什麼意思？話說回來，那些戰士總是指著我的下半身說『烏洛波羅斯、烏洛波羅斯』。」

下半身？

或許是感受到宰煥的目光，柳納德連忙用雙手遮住自己的下半身。

「哎唷，烏洛波羅斯到底是什麼啦！」

「我也不知道。」

「你在跟我開玩笑對吧？」

「我也不是什麼事情都知道。」

「可是你不是一直在『脫衣』嗎？明明在脫衣，卻不知道衣服是什麼，這完全不合理嘛。」

這番話很有道理，但宰煥並沒有動搖。

「柳納德。」

「是。」

「人生是什麼？」

「嗯？」

瞬間，柳納德一時語塞。

這也是理所當然的。

突然被問到人生是什麼，如果能馬上回答出來才奇怪。

當然，若是真要回答，他還是能說些什麼，像是「人生就是如此這般」。甚至可以開一些小玩笑，比如人生就像一顆雞蛋[3]等等。

然而，柳納德無法輕易開口。

如果他認識更多的詞彙，會有辦法解釋嗎？如果他經歷更長的人生，就能定義人生是什麼嗎？

柳納德不曉得。

若是知道的詞語更多，活得更久，人生會不會越來越複雜呢？

這個充滿形而上學意味的問題，在柳納德的腦海裡描繪出一個巨大的對話框。

那麼，人生究竟是什麼？

最終，柳納德搖了搖頭。

「我不知道。」

---

3 韓文中的「人生（삶）」和「水煮（삶다）」同音，「人生就像一顆雞蛋（삶은 달걀）」發音亦與「水煮蛋」相同。

宰煥反而點頭道：「就是這種感覺。」
「什麼？」
「你和我都不太清楚人生是什麼，但我們還是努力地在過生活。」
柳納德像個傻瓜一樣，張大了嘴，彷彿認為這個解釋很了不起。
過了一會兒，他用尊敬的眼神看著宰煥，開口說。
「我突然覺得宰煥先生好偉大。」
「什麼？」
「原來如此。烏洛波羅斯，就是我們的人生啊！」
眼見柳納德又打算廢話連篇，宰煥從浴池中舉起手，打斷了他的話。
「柳納德，抱歉，我們下次再談吧。今天就到此為止。」
「啊？為什麼？」
「我感覺我快死了。」
「啊？」
看著嚇得魂飛魄散的柳納德，宰煥露出一副「烏洛波羅斯式」的表情，這麼說道：「你等個十分鐘左右，然後把我的身體撈上來。拜託你了。」
最後映入宰煥眼簾的是柳納德蒼白的臉龐，接著他就失去了意識。
就這樣，宰煥迎來了他的第三十八次死亡。
一個月後，宰煥終於抵達了溫泉的盡頭。

4.

允煥作了一個夢，一個漫長而宏偉的夢。
那場夢分明是他曾經歷的過去，卻毫無真實感。
「呃唔。」
男人在湧現的記憶中掙扎，那是一場殘酷的夢。
他在夢裡看見了某天出現在他世界中的可怕高塔，以及在那座塔中的回憶。
令無數人類選擇回到過去的石頭、在痛苦的現實中逃回過去的人類，還有為了守護當下，最終無力崩潰的伙伴們。
「走吧，允煥。」
「允煥？」
「你，該不會是想回到過去？」
那是朋友的聲音。
「你走吧。」
「對不起，宰煥。」
「快滾，趁我還沒改變心意以前。」
他的最後一位伙伴獨自走向第九十九層，那道背影總是能讓人無條件信賴且跟隨。
凌亂的斗篷下流著鮮血。
「這個世界有你真好，宰煥。」

接踵而至的是可怕的墜落。

墜落的身體觸及地面的那一刻，允煥尖叫著睜開眼睛。

「沒事吧？」

有人抓住了他的肩膀。抬頭一看，那是一張熟悉的面孔。他的記憶出現了混亂。

眼前的魁梧男子背著巨型斧頭。

這個人是誰？我到底為什麼會在這裡？

「團長？」

「幸好你沒失去理智。」

龜裂第四團長，暴君卡西姆撫著濃密的鬍鬚笑了。

「記憶再生已順利完成，恭喜你通過第一道關卡。」

記憶再生，聽見這個詞，允煥腦中浮起各式各樣的想法。

他迅速環顧四周。令人聯想到實驗室的長方形房間裡，除了允煥之外，還有幾名龜裂的新人。

他知道這個地方。

記憶再生中心，這裡是龜裂創建的新兵培訓中心。

「有很多人會在記憶再生的過程中，精神失常陷入瘋狂。你的運氣不錯，你旁邊的朋友也是。」

轉過頭，身旁是和他一起進入記憶再生中心的女人。

女人名叫韓瑞律，是和他同時進入龜裂的新人。

允煥現在知道這個女人是誰了，她竟然是和自己一同攻塔十幾年的同伴。

允煥想說些什麼，但又閉上了嘴，因為他總覺得不太真實。儘管記憶恢復了，要一下子接受這些都是事實並不容易。

「啊……」

韓瑞律似乎也處於類似的情況。兩頰濕潤的她，看著允煥的表情相當複雜。

正因是絕對不能遺忘的殘忍記憶，這些記憶的回歸反而更令人感到痛苦。

噩夢之塔、栽培、教學塔模式、等級、能力值……

允煥想起了進入記憶再生中心之前，卡西姆所說的話。

「你們運氣不錯，最近強制覺醒的成功機率上升了不少。」

「對世界的憤怒，對等級和介面系統的憎恨，這一切都是覺醒的源泉。」

沒能通過教學塔的人，或是在塔樓正式遊戲中失敗的靈魂，大多數都會遺忘關於塔的記憶。

允煥來到記憶再生中心的原因也是如此。

「而記憶再生便是其中必不可少的路程。尤其對於攻塔失敗的新人來說，這是必經的手續。」

「一切都是為了讓你們牢牢記住對栽培的憎恨。」

允煥默默握緊拳頭，接著鬆開。

不同於等級和能力值，一種截然不同的力量在他體內湧現。

他感覺自己似乎可以輕而易舉地攻破記憶中所見的那座噩夢之塔。

然而，望著允煥的卡西姆不怎麼滿意。

「才第一階段嗎？嗯……沒關係，總會有辦法達到第三階段。」

「我還可以變得更強嗎？」

「第一階段覺醒還算不上覺醒，要突破第三階段，才能發揮真正的覺醒之力。」

第三階段……

「你的話，一定能辦得到。正好我們從混沌引進了一項新技術，要到第三階段不會花上太長時間。你將有能力向那些把你扔進塔裡的混蛋復仇。」

「新技術啊，又引進了什麼？」

這句話是出自站在記憶再生中心入口處，神情犀利的男子。

卡西姆開口道：「今井，你有什麼事？」

龜裂第三團長，無形劍客今井勝己。

「聽說難得招了個新人，我就來看一下。」

「你這個保守派的？」

「還是得看看新人長什麼樣子吧？而且我也有點好奇那個新技術。」

今井簡單地回應了允煥和瑞律的問候，再度對卡西姆追問。卡西姆則是搖了搖頭。

「我想你應該早就知道了吧。你來這裡是想說什麼？」

「我不知道你搞出了什麼技術，但是龜裂不適合其他覺醒方式。真正能造就龜裂的，只有大失蹤。不斷地互相殘殺，最後倖存的極少數人成為真正的覺醒者——這才是正確的覺醒方式。」

「今井，那種方法太耗時，而且犧牲太大了。如果一直這樣下去，我們就無法增加新人。」

「你和我都是這樣成為覺醒者的，事到如今還想發揮什麼正義感？」

卡西姆無言以對，因為他也深知那份心情。

阻止今井的是一名打開記憶再生中心控制室大門的女性。

「有任何不滿請申請龜裂戰，第三團長。」

「偉大的第五團長怎麼會親臨此處？」

「記憶再生中心本來就屬於我的管轄區域。」

身穿白大衣的金髮醫生正是龜裂第五團長，米埃爾。

「就是因為有你這種人，龜裂才一直無法擴大勢力。」

「妳以為量產覺醒者，龜裂就能變得更強嗎？」

「你憑什麼說我使用的方式是『量產』？你又懂些什麼？少來插手。」

「哈，隨便想也知道，妳肯定想用那個屠神者創建的覺醒方式吧？不就是把一群孩子塞進時間倍率高的噩夢之塔，讓他們瘋狂刺擊嘛。」

聽見今井的話，米埃爾的眼中掠過了一抹異彩。

看來，他的確有聽到一些傳聞。

「屠神者創造的覺醒方式，穩定性雖高，但在固有世界方面存在著問題。以這種方式覺醒的人，都會獲得不同的固有世界，甚至還會出現無法獲得固有世界的情況。」

「這倒是，那他們就沒辦法享受到『屍山血海』的恩澤了嗎？」

「沒錯。」

始終聽著談話的允煥首次開口了。

「那個，我可以請教你們在談論什麼嗎？」

「沒禮貌的傢伙。團長在說話，你也敢插嘴。」

聽見今井的話，允煥面色變得慘白。

米埃爾像是在安慰允煥一般，說道：「閉嘴，今井，他有資格提問。金允煥團員，你想知道什麼呢？」

「……」

「沒事的，你就問吧。」

看見米埃爾的微笑後，躊躇不決的允煥鼓起了勇氣，輕輕地蠕動嘴唇。

「那個，您剛才提到覺醒者都會擁有各自不同的固有世界……」

「一般來說，覺醒者都會擁有自己的固有世界。你對這方面感到好奇嗎？」

「是的。」

「剛加入龜裂，會對此好奇也是正常的，看你提問的樣子，似乎已經對覺醒有了基本的了解。」

允煥紅著臉回答。

「我聽說那是人類為了對抗系統而創造的力量。」

「你理解得很清楚，那你知道固有世界究竟是什麼嗎？」

允煥回想起新人訓練時聽到的內容。

「據我所知，那是覺醒者脫離系統後，為了維持自我而任意創造的世界。而只要達到第三階段以上的覺醒，就能獲得固有世界……」

「看來你從負責人那裡受到了很好的教育。」

米埃爾的眼光掃向卡西姆。

卡西姆聳了聳肩，米埃爾再度開口。

「就像你學到的一樣，根據覺醒方式的不同，每個覺醒者會獲得各自的固有世界，這就是一般的『覺醒』。」

「您的一般是指……」

「正如你所知，我們龜裂不同，透過我們的方式覺醒，將會擁有相同的固有世界。而你也會是如此。」

聽到這話，允煥的表情微微一僵。

好不容易從千篇一律的系統逃了出來，結果又要擁有「相同的」固有世界？

似乎察覺到了允煥的疑惑，米埃爾先一步開口。

「你大概會感到困惑吧，既然每個覺醒者都能用自己的力量創造固有世界，為什麼非得使用龜裂提供的固有世界不可呢？」

「……」

「此外，你可能也會這麼想：所有人都擁有相同的固有世界，不就等於被另一個系統統治嗎？」

「我、我沒有這麼想！」允煥慌忙地辯解道。

米埃爾莞爾一笑。

「不用慌張，這裡的團長也都曾對此提出質疑。」

「我可沒有，別算上我。」

「當然了，因為你是白痴嘛，今井。」

「妳這傢伙！」

米埃爾無視了今井，繼續說道：「我聽說金允煥團員來自二九四世界，對嗎？」

「是的，沒錯。」

「真巧，我最近也正在研究二九四世界出版的書籍。」

允煥這才注意到，米埃爾的手臂內側夾著一本書。

《中二病研究》，允煥是第一次看到這本書。

「金允煥團員，不妨這麼想想——現在的你，年僅十五歲[4]。」

面對突如其來的話題，允煥還是點了點頭。

「你因為某種原因失去了所有家人，無法再玩喜歡的電腦遊戲，也無法再看喜歡的漫畫。更糟糕的是，你的家被奪走，失去住所成為了流浪漢。」

允煥想像著自己在十五歲時失去父母，在外流浪的樣子。

「世界突然對你不友善了，你還沒有建立一個正確的價值觀，這個世界卻要求你成為大人。要求你像大人一樣成熟，像大人一樣行事。」

「……」

4 韓國社會通常以虛歲計算年齡，故文中提到的「中二」年紀是十五歲，比臺灣認定的十四歲再多一歲。

「不僅如此，甚至還有覬覦你的勞動力和僅剩財產的豺狼虎豹，他們打著保護的名義，侵入你孤獨的心房，從而任意操縱你的價值。」

不知不覺，其他團長也開始認真傾聽米埃爾的話語。

「在這種情況下，你必須用十五歲的智慧與世界對抗。但這裡有一個問題——你擁有的資訊嚴重不足，你對世界的了解，僅限於電腦遊戲和漫畫。」

「……」

「你覺得呢？在這種情況下，你能保護好自己嗎？」

允煥沉思片刻，然後說道：「您是想說，普通的覺醒者，和十五歲的少年沒有什麼區別。」

「理解力不錯。」

「所以你們能將我塑造成與普通十五歲少年不同的存在。」

米埃爾露出滿意的笑容，似乎沒想到允煥能想到這一點。

「沒錯，我們會賦予你一種『價值觀』，讓你能保護自己，並對抗大人。」

「那個價值觀，就是龜裂將賦予我的固有世界嗎？」

「對，我們稱那個世界為『屍山血海』。」

「真是個可怕的名字。」

「要和可惡的成年人對抗，名字也該取得嚇人一點，不是嗎？」

這句話確實頗有道理。

「剛獲得固有世界的覺醒者，他們的心理狀態甚至比十五歲少年還要脆弱，但如果能得到穩定的固有世界，那就另當別論了。你會變成比任何人都更出色的十五歲少年，那樣一來，任何大人都無法輕視你。」

那句話瞬間令允煥的胸口一熱。

今井聽了好一陣子的談話，終於忍不住插嘴。

「無聊的故事。所以這次新開發的技術到底是什麼？」

「我本來就打算演示給你看了，你能不能安靜點。」

「妳就只會對我不耐煩。」

過了一會兒，在米埃爾的指引下，允煥和瑞律走進了記憶再生中心內部的小型圓頂建築。

圓頂建築的入口發出不祥的聲響，入口隨即關閉。

瑞律不安地看著允煥。

米埃爾的聲音傳來。

「不用害怕，這是所有龜裂覺醒者都經歷過的事情。」

瞬間，周圍的空間一陣波動，場景轉變。潮濕寬敞的空間裡，聚集著熙來攘往的人群。

不知從何處傳來的聲響令人頭暈目眩，允煥正握著一把劍。

這是幻覺？還是現實？

「現在，請開始戰鬥。」

米埃爾的話音一落，劍刃的交鋒隨之展開。

允煥驚恐地閃避著向他劈來的刀光劍影。

那些敵人都很眼熟，他環顧四周，發現到處都是熟面孔。

不久，他便記起了他們的名字。

科學老師坂本、劍之恐慌黃仁燦、鐵匠傑伊……他們是曾和允煥一起待在噩夢之塔的成員。

「殺光他們。」

一股寒意襲上背脊，允煥終於明白自己進入了什麼地方。

卡西姆曾說過，龜裂的成員絕大部分都是在七百年前的大失蹤事件中覺醒的。

數百萬人彼此殺戮的大失蹤，為了生產大量的覺醒者，犧牲了無數祭品。

四處不斷響起慘叫與呻吟。

允煥凝視著眼前慘絕人寰的景象，漸漸開始明白——

沒錯，這裡正是重現七百年前大失蹤現場的地方。

唯一的不同的是，這裡的每一個人都是允煥記憶中的人物。

「只要成為最後倖存的人，你就會獲得龜裂的固有世界屍山血海，而你將成為能與成年人對抗的偉大十五歲少年。」

允煥憶起米埃爾將自己推入圓頂建築時的微笑。

突然間，全身起了雞皮疙瘩。他想說這不是他要的，他雖然渴望變強，卻不希望透過這種方式。

下一瞬間，允煥感覺到背上傳來一陣銳利的痛楚，濕潤而濃稠的血液濡濕了他的背部。

允煥轉過身子，不禁打了個寒顫，眼前是一張他極度思念的臉孔。

「宰、宰煥。」

呻吟不自覺溢出，劍刃埋得更深。

「宰煥——」

允煥明白這只是幻影，因為他深知，他唯一的朋友不可能這麼做。

但另一方面，他又無法肯定。

這真的只是幻影嗎？

「別擔心，你可能會感到痛苦，但即使你在這裡死了，也不會真的死去。一切只會重新開始而已。」

允煥隱約猜想到了這種情況，但他依舊感到懼怕。

他知道這些景象只是幻覺，可是……

「記住，在成為最後的生存者之前，你都無法離開。」

那是否為幻影並不是最重要的問題，真正可怕的另有其事。

那一刻，允煥領悟到一個事實。

無論眼前的宰煥是真是假，殺了他的瞬間，自己將徹底變成另一種存在。

他必須殺死最珍視的朋友。

只有殺了他，才能獲得向世界復仇的力量。

也許是認為倒在地上的允煥已經無法戰鬥，宰煥專心忙於殺死其他人。人們的慘叫聲中，允煥看見了宰煥毫無防備的背影。

允煥緩緩站起身來，隨著視線上移，宰煥的背影變得越來越清晰。他曾無比信賴的背影，來自他最相信的人。

無數的回憶在那道背影上掠過。

噩夢之塔裡令人髮指的回憶與敵意向軟弱無能的自己襲來。

他感到絕望、悲嘆，以及憤怒，握著武器的手漸漸加大了力道。

允煥緩緩邁出了步伐。

5.

拉—哈瑪德發現，已經有好幾週沒有看到宰煥了，他用長壽族特有的曆法計算了一下時間。

兩個月了。

回想起來，過去兩個月拉—哈瑪德也是在忙碌中度過。

自從宰煥一行人出現在瘋狂之森後，宰煥只要一有空就會向拉—哈瑪德等族人提問。

「瘋狂之神真的存在嗎？」

「瘋狂之神指的是你嗎？」

「你們是格式塔的信徒嗎？」

「烏洛波羅斯到底是什麼？」

宰煥就像一個對世界充滿好奇的孩子，不斷地提出疑問。

當然，在無數的問題中，宰煥得到的答案只有一個。

烏洛波羅斯。

所有問題的答案都始於烏洛波羅斯，終於烏洛波羅斯。

而後，再度始於烏洛波羅斯。

那是無法知曉原因與結果的回答。因果關係不明的邏輯，就如同一條銜著尾巴的蛇。

唯有矛盾才能完整解釋這句名言。

就連包括拉—哈瑪德在內的長壽族，也無法清楚地解釋烏洛波羅斯。

烏洛波羅斯本來就不是能用邏輯闡釋的事物，那是一種在無數的意象、想像、直覺和頓悟中，瞬間貫通全身的感受。

拉—哈瑪德不期待宰煥能理解這一點。畢竟，即使是經歷了千萬年脫胎的長壽族戰士，也始終無法觸及烏洛波羅斯的真諦。

此刻，宰煥正身處瘋狂之森最炙熱的露天溫泉「煉獄」之中。

就算是經過鍛鍊的長壽族戰士，也難以在其中撐過兩小時。

而踏入瘋狂之森僅僅兩個月的宰煥，能夠進入煉獄，本身就已經是奇蹟般的事了。

正當拉—哈瑪德這麼想著時，一股擔憂油然而生。因為就連身為大戰士的他，也難以在煉獄堅持超過一週。

從宰煥散發的世界力來看，他應該還活著。

宰煥的世界力從前段時間開始便停滯不前，不再增長或減退，始終維持在一個穩定的範圍。

拉—哈瑪德原本打算，如果宰煥的世界力逐漸減弱或消失，就立刻衝進煉獄將他撈出來。然而，已經過了數個星期，宰煥的世界力仍然沒有任何變化。

他的腦中頓時閃過一個假設。

難道他已經完成了脫胎？

不可能。從本質上來說，脫胎是一種無法完成的修練，因為打從一開始，脫胎就不是以「完成」為目的。

那麼，這股奇妙的感覺究竟是什麼呢？

拉—哈瑪德站起身，朝著煉獄的方向邁去。

就在這時，他的視線中出現了一名年輕的戰士，是那名深受長壽族戰士寵愛的少年。

人人相傳他擁有偉大的「烏洛波羅斯」，因此最近長壽族當中，沒有人不曉得這個少年。

拉—哈瑪德微微抬起手，向少年喊道。

『納斯。』

柳納德也開心地揮了揮手。

「啊，大戰士！」

兩人互相打了招呼。

如今柳納德已經能流暢地使用長壽族的語言了，簡單的溝通自然不在話下。

拉—哈瑪德看著柳納德的靈魂，心中思索著——

真是個優秀的靈魂。再過十年，他必定會成為一名出色的戰士。

偶爾會出現像柳納德一樣，天賦遠超於常人的靈魂。

拉—哈瑪德並非僅僅是簡單地估算柳納德的潛力，這難以用言語去形容，只能說少年具有烏洛波羅斯般的可能性。

「喔，宰煥先生嗎？我也好幾週沒見到他了……」關於是否見過宰煥的提問，柳納德這麼答道。

從他的語氣可以聽出，柳納德最近也沒有去過煉獄。

「我們正好也要去那裡，您要一起同行嗎？」柳納德身旁，一名戴著黃色搓澡手套的男人問道。

拉—哈瑪德也認得這個男人，他是名叫凱洛班的搓澡師。

『納斯。阿米拉庫。』

（你還在這啊？）

「嘿嘿，當然了，我前陣子不是才幫您搓過背嗎？」

拉—哈瑪德以前也見過七大神座的代行者。在大樹林漫長的歷史中，七大神座的代行者曾數度來到這裡修行鍛鍊。

當然，那是很久以前的事了，而且大多數代行者都在中途放棄，選擇了離開……

柳納德抓住拉—哈瑪德的手，拉著他走。

「走吧，大戰士。」

就這樣，拉—哈瑪德糊里糊塗地跟著柳納德和凱洛班一起前往煉獄。

煉獄位在必須跨越無數溫泉池才能抵達的地方。

「哇，真的好熱啊。沒想到都離溫泉這麼遠了，竟然還是這麼熱。」

「他到底為什麼要去那裡啊？」

伴隨著兩人一路上的抱怨，拉—哈瑪德一行人抵達了煉獄的入口。

煉獄的中心處，宰煥靜靜地飄浮在空中，他就在距離水面恰好一寸高的位置，動也不動地盤腿而坐。

柳納德驚訝地低聲問道：「咦？他什麼時候學會了飛行系的設定？」

凱洛班也用懷疑的眼神盯著宰煥。

拉—哈瑪德則用深邃的目光洞察宰煥的靈魂。

那不是設定。

拉—哈瑪德觀察到圍繞在宰煥身軀周圍的世界力正在優雅地流動著。

使用世界力飛行其實不難，只要利用與地面的反彈力就能做到，不過要靠世界力穩定飛行，倒是件相當了不起的事情。

而要像現在這樣在空中保持靜止，更是難上加難，這需要達到世界與靈魂的平衡才能成功。

拉—哈瑪德也運用世界力，緩緩升至空中。

柳納德和凱洛班看見默默飄在空中的拉—哈瑪德，不禁睜大了眼睛。

拉—哈瑪德輕輕掃了他們一眼，徐徐靠近宰煥。

根據神祇的測量基準，宰煥散發出的世界力約五億多。儘管這已經是相當驚人的數字，但凡是有點能耐的神祇，世界力比宰煥更強大的所在多有。

但在拉—哈瑪德眼中，宰煥的靈魂並非只是單純增強世界力而已。

他赤裸的全身流淌著燦爛耀眼的光芒。

唯有經歷無止境的自我折磨與無數次的脫胎，才能淬鍊出如此崇高的靈魂光芒。

拉—哈瑪德不禁讚嘆。

——你的衣服脫得很快，從來沒有人能像你這麼快脫掉衣服。

拉—哈瑪德完全不懂得如何稱讚別人。實際上，在過去的歲月裡，唯一一位被拉—哈瑪德讚美的人，只有九百年前來訪大樹林的夢魔。

然而，此刻宰煥的成就甚至超越了那名夢魔。

宰煥緩緩睜開雙眼，凝視著拉—哈瑪德。

兩人之間似乎流動著一股奇妙的氣流，氣流隨即化成了火花。

宰煥說道：「來比一場吧。」

『納斯。吉雷比亞。』

（你不是我的對手。）

宰煥的動作不帶絲毫猶豫。

他在空中揮拳，水花濺起，向拉—哈瑪德逼近。

轟隆隆隆隆。

兩人的世界力碰撞之際，煉獄的水柱四處飛濺。隨著一聲巨響，橫掃浴池的世界力風暴猛烈襲來。

面對這突如其來的無妄之災，柳納德和凱洛班臉色大變，迅速退後。

或許是感知到強大的世界力碰撞，位在煉獄附近的戰士紛紛趕來。

『吉勒比諾克。』

（你的技巧還不夠純熟。）

拉—哈瑪德迅速在空中翻動手掌，化解了宰煥的攻擊。

強悍的世界力波動被一股柔和的力量壓制，如此從容不迫的世界力操縱技術，令人嘆為觀止。

拉哈馬德釋出世界力，游刃有餘地掌控著周圍的一切，最終撼動整座露天浴池，從四面八方朝宰煥猛烈襲去。

「宰煥先生，快躲開！」

二十億、三十億、四十億……世界力波濤綿延不絕地湧升，以輾壓之勢直撲宰煥。如果是以往的他，肯定無法承受如此強勁的力道。

但宰煥沒有退卻。這並非出於執拗或無謂的自尊心，僅僅是因為他深信自己抵擋得了。

衝擊席捲宰煥的剎那，柳納德看見宰煥的瞳孔蒙上一層金黃的旋流。

轟隆隆隆隆。

浴池終於承受不住團團落下的世界力氣壓，水柱猶如瀑布倒流一般，朝天空射去。

在其他戰士的幫助之下，柳納德勉強避開了煉獄的熱氣。

熱氣觸及的每一寸地面都被燙得焦黑。

「宰煥先生！」

柳納德滿臉焦急地掃視著浴池的每一個角落，然而大量的水柱遮蔽了宰煥與拉—哈瑪德的身影，不見兩人蹤跡。

片刻後，原本向天空激射的水柱開始落下。

霧濛濛的水氣間，兩道人影映入眼簾。

『哇哦！』

長壽族的戰士們紛紛發出驚嘆聲。

柳納德也目瞪口呆，張大了嘴。

面色平靜的宰煥穩如泰山，不遠處的拉—哈瑪德反而有些重心不穩，任誰看都會覺得拉—哈瑪德似乎屈居下風。

這實在令人難以置信，大戰士拉—哈瑪德竟然不敵對手？

柳納德向凱洛班問道：「宰煥先生贏了嗎？」

「好像是。」

「居然……明明大戰士的世界力比較高啊。」

「宰煥那小子的世界力，在最後一刻暴漲到了足以與大戰士抗衡的程度。」

拉—哈瑪德在空中抹去唇上的一絲銀光。

『的確了不起。』

宰煥疑惑地歪了歪頭，方才他聽見的並非長壽族的語言。

「原來你會說正常語言？」

『看來你已經領悟烏洛波羅斯了。』

「這就是你們所說的烏洛波羅斯嗎？」

『烏洛波羅斯有許多種。』

宰煥露出了一副「又來了」的無奈表情。

「是時候停止那種哲學問答了。」宰煥再度採取攻勢，接續說道：「希望你可以開始解釋，你們長壽族究竟是什麼，又為何會身在此處？」

拉—哈瑪德接下宰煥的正拳。

『納斯。費特。納拉塔。』

（你依舊只知道問問題。）

這次他用的是長壽族的語言。

宰煥冷笑了起來。

「想也知道是烏洛波羅斯，但為了以防萬一，我還是要問最後一次。」

『烏洛波羅斯。』

空中又響起幾度轟鳴聲，宛如輪流引爆了幾顆巨型導彈。爆炸聲結束後，戰鬥再度進入了暫歇期。

宰煥再次開口。

「既然你們不肯說，那我自己來說好了。這樣應該沒問題吧？」

『……』

「我的意思是，我要把我自己推理的結果說出來，至於你們是否要回答，是你們的自由。」

宰煥雙手微微舉起表示停戰。

就在拉—哈瑪德打算說些什麼之前，宰煥搶先開口了。

「不曉得你知不知道，我在一週前去過煉獄的盡頭。」

『……』

「那裡沒有瘋狂之神，一句短短的歌詞和一幅畫就是全部。」

露天浴池的盡頭。

宰煥在煉獄的終點發現了一幅畫，和一句歌詞形式的簡短詩句。

更準確地來說，那是一幅大蛇吞噬自己尾巴的畫，而畫的旁邊寫著歌詞。

可憐的赤身神，

神離開的地方，

留下了滿地衣物。

讀到歌詞的瞬間，宰煥意識到這便是〈赤身裸體之歌〉的隱藏段落。

而他也知道歌謠中的赤身神是誰。

這是關於古代三神格式塔的歌謠。

他認為〈赤身裸體之歌〉的歌詞，是以格式塔所處的時代為背景改編而成。

宰煥反覆咀嚼著歌詞，出神地望著圍繞在歌詞周圍的蛇形圖案。

也不知道過了多久，一個猛烈的頓悟撼動了宰煥的靈魂。

猶如一條小型銀河貫穿腦海，宰煥領悟了「烏洛波羅斯」的一個小祕密，也理解了長壽族為何會用此替代所有的回答。

聽完宰煥的說明，拉—哈瑪德開口了。

『原來如此，你已經知道了一切。』

他的聲音聽起來有些悲傷。

不知從何時起，長壽族全都聚集在了煉獄。他們注視著宰煥，目光就像等待著最後宣判的死囚。

宰煥看著他們說道：「你們曾經說過，你們既是格式塔，又非格式塔。」

準確來說，烏洛波羅斯一詞是這麼解譯的。

「你們也曾經這麼說過：我們格式塔不相信神。」

拉—哈瑪德只是靜靜地聽著。

「仔細想想，這些話非常奇怪。你們擁有格式塔的設定，甚至相當珍視疑似是格式塔獨有的『脫胎』，但你們不是格式塔的信徒，更不用說你們根本不信神。」

聽到這番話，柳納德和凱洛班表情變得有些怪異。他們顯然也察覺到了這個事實。

在深淵裡，不信神的人們被賦予了一個名字。

宰煥仔細觀察著長壽族的相貌。

放眼望去，他們的外表幾乎相同，難以區分。如此相似的容貌，就像一個人具有多重身。

「你們是神，而且還是擁有相同名字的神。」

沉重的寂靜籠罩全場。

柳納德和凱洛班微微顫抖，他們已經知道宰煥接下來將說出什麼。

一個光是提及其名，就令人心生畏懼的存在。

以深淵的古老恐懼之名，深深烙印在人們心底的古代神祇。

柳納德顫抖著聲音喃喃道：「真、真的是格式塔嗎？大戰士，還有其他戰士……全部都是嗎？」

他們是唯一且無限的神。

看著同時移動的無數顆腦袋，柳納德一副要昏過去的樣子。

拉—哈瑪德答道。

『烏洛波羅斯。』

宰煥彷彿在解釋他的話，補充道：「他們既是格式塔，但他們同時也不是格式塔。」

柳納德與凱洛班的表情充滿了不解。剛才還說是格式塔，現在又說不是格式塔，到底是什麼意思？

就在這時，其中一位戰士開口了。

可憐的赤身神，

神離開的地方，

留下了滿地衣物。

音調高低參差，歌聲缺乏節奏感，但其中那樸拙的空隙，莫名激發出人們的想像力。飽含魅力的嗓音宛如頭部銜著尾巴，一個接一個，似斷又續。

為什麼呢？聽著這首歌的柳納德和凱洛班，腦海中浮現出一條巨蛇的形象。

一條被極度的孤獨折磨，撕咬著自身尾巴的蛇。

以及，從蛇尾巴撕咬下來的無數蛇皮。

「啊……」

「天啊，難道……」

柳納德與凱洛班同時得到了相同的領悟。

沒錯，從某種意義而言，烏洛波羅斯一詞對他們來說無比貼切。

因為烏洛波羅斯正是他們的悲劇本身。

宰煥靜靜注視著拉─哈瑪德。

「你們是古代三神格式塔脫下的『衣服』。」

6.

那是一個非常古老的故事。

那時，「我」和「你」的概念尚未誕生，紛爭與競爭也無從談起，甚至「存在」本身都尚未成形。所有神祇與靈魂赤裸相見，共存於同一世界觀中的太初時期。

某一日，世界上出現了「衣服」的概念。

沒有人知道是誰先發明了衣服，又是誰最先穿上了它，人們只知道，世界上出現了衣服，而世人稱之為衣服。

衣服是什麼？根據二九四世界上某個小國出版的字典，「衣服」的定義如下。

用布匹等材料製成，用於包裹或保護身體的物品。

過去的深淵，也存在著與二九四世界相似的「衣服」概念。
然而，少數的古代神祇深知衣服並非如此單純的概念，他們意識到穿上衣服的行為，並非僅僅是為了保護身體。
根據古文獻記載，當時有些神祇提出了以下的主張。
所有「存在」皆是與衣服一同形成。
當然，這種說法也有些瑕疵。畢竟在衣服被創造出來以前，生命和靈魂的概念早已形成。
然而，這裡提及的「存在」指的並非「生命」或「靈魂」等概念的同義詞。
「存在」指的是能將「自身」界定為「我」的人。
製造衣服，並穿上衣服，保護自己免受世界的傷害。將自己與世界區分開來，這也意味著能將自己視為一個完全獨立於世界的個體。
於是，衣服誕生了，所有靈魂開始稱呼自己為「我」。

† † †

「我突然聽不懂您在說什麼，我所知道的衣服，就是可以穿脫的東西啊。」
聆聽拉—哈瑪德的講述，柳納德困惑地嘟囔。
這也情有可原，剛才分明在談論格式塔，卻突然出現了衣服、存在、世界等複雜的詞彙，難免會茫然不解。

這時，凱洛班出手救援。

「我來簡單解釋一下。」

「凱洛班大人要解釋？」

面對柳納德懷疑的眼神，凱洛班輕咳了一聲。

「你說說看，我現在看起來像什麼？」

「光溜溜的……變態？」

凱洛班的嘴唇抽動了一下，揮了揮握在手中的搓澡手套。

「你知道這是什麼吧？」

「搓澡手套。」

「這手套嚴格來說也算是一種衣服，對吧？」

「應該是吧。」

見柳納德點了點頭，凱洛班將手套戴在手上。

「現在，我看起來像什麼？」

柳納德看向戴著搓澡手套、全身光溜溜的凱洛班，露出微妙的表情。

凱洛班嚴肅地補充道：「別想太多。」

「搓澡師？」

「對，就是這樣。」

「什麼哪樣？」

「戴上搓澡手套之後，看起來就會像搓澡師。長壽族在講的就是這個道理。」

柳納德隨即明白了。戴上搓澡手套的人，看起來就像搓澡師；衣著破破爛爛的人，自然就會像一個乞丐。依據衣物，靈魂會被視作截然不同的存在。

這個道理並不難懂，反而相當的簡單。

「你是說，我們穿著什麼樣的衣服，就會被視為什麼樣的人？」

「哦，你悟性很高嘛。」

凱洛班讚許地莞爾一笑，柳納德卻是一臉不滿。

「這聽起來很牽強。世界上也可能會有看起來破破爛爛的王子，或是穿著西裝的乞丐啊？」

「呃，那是……」

凱洛班的臉色十分難看，說話時聲音也有些飄忽。

柳納德繼續說道：「同樣，如果有光溜溜的變態，那就也會有戴著搓澡手套的變態。但不管他穿什麼，本質還是『變態』啊。」

柳納德的比喻，令幾個長壽族民哈哈大笑。

正當凱洛班瞪大雙眼準備反駁時，柳納德已經迅速定下結論。

「總之，照這樣說來，衣服決定存在，這根本就是錯的吧？」

凱洛班原想隨便糊弄過去，沒想到柳納德竟比他想的更加機靈。

更重要的是，凱洛班對於衣服的認知，其實也沒有那麼清楚。

柳納德繼續說道：「再說，按照這個說法，我們這些光溜溜的人又算什麼？我們什麼存在都算不上了嗎？」

「不是這個意思。」

回答問題的人是宰煥。

柳納德轉過頭望向宰煥。

「不然呢？」

「我們現在其實並非裸體。」

「啊？」

「所有存在都穿著『衣服』。」

「可是我們現在根本……」

柳納德神色一震，從他微微張開的嘴巴看來，他似乎是開始領悟到了什麼。

宰煥再度開口之前，柳納德趕緊插了一句。

「等、等一下，我覺得我好像明白了。」

柳納德多次試圖用言語描述他的感受，卻怎麼也想不出適合的措辭。他確實有所領悟，但他掌握的詞彙太過狹隘，以至於無法全然描述他的領悟。

於是，柳納德決定一步步退回至這個話題的初始點開始思考。

剛才為什麼會談到衣服？

記憶隨即浮現。

對了，當時長壽族在談論格式塔的事情。

「你們是古代三神格式塔脫下的『衣服』。」

一切都始於宰煥的這句話。

所以，線索應該也藏在這句話之中。

柳納德苦思冥想，試圖靠自己找出答案。

凱洛班看著努力思考的柳納德，又瞥了拉—哈瑪德一眼。

「先把剛才的話說完吧，衣服有什麼問題嗎？」

✝ ✝ ✝

衣服即存在。

衣服即自我。

衣服即……

衣服一詞，可以從無數解釋中找到新的定義。

眾神並未將衣服局限於某種特定含意。相較於衣服的概念，他們更關注因衣服的出現而引發的事件，比如那些穿上衣服，並以此來區分自己與世界的人。

這意味著，世界不再是「一體」。

那些稱呼自身為「我」的存在，毫不猶豫地表現出新創造的情感，並不吝於展現自己。

他們說著……

我相信你。

我信賴你。

我愛你。

相信、信賴，或是愛，這些都是唯有「存在」才能使用的詞語。

成為「我」的存在，根據自己的意願，開始信仰、信賴，或喜愛特定的神祇，而這樣的結果便產生了偏好。

因為偏好的出現，眾神突然被搬上了實驗臺。

被靈魂選中的神祇可以獲得更強大的世界力，被靈魂遺棄的神祇則自然走向了毀滅。

對於本來享有永恆生命的諸神而言，毀滅的恐懼形成了巨大的威脅。

自然而然，一些神祇開始打造屬於自己的世界，宣布獨立。諸神盡其所能地讓更多存在信仰自己，而在這個過程中，競爭無可避免。

為了獲得更多信徒，以及更龐大的世界力，眾神失去了過往的和睦。

持續數十萬年的深淵聖戰，就此開始。

✝

✝

✝

「您是說因為區區一個衣服的概念，這個世界就變成這副模樣？」

『是的。』

聽見拉—哈瑪德的回答，凱洛班露出了無力的笑容。老大出現以前的歷史，對他來說也相當陌生，就連七大神座伊格尼斯也沒有告訴過他這些事情。

「竟然因為這種事反目成仇，那些古代神到底……」

『我們不能怪罪神祇。他們只是為了生存，作出了無可避免的選擇。』

「雖說如此……」

『由於神祇擁有了各自的世界，多樣性的概念也隨之產生，這也是過去不曾出現的概念。』

「但是這導致了戰爭，靈魂彼此刀劍相向，就只因為彼此的世界觀不同。」

『這也是無法否認的事實。』

凱洛班認為這是一個非常複雜的問題。

衣服概念誕生的同時，世界改變了。

所有存在成為了「我」，有能力去相信或喜愛他人。這確實不是壞事，但與此同時，人們也學會了討厭或憎恨他人，甚至有能力殺死他人。

一切都源自於「衣服」。

凱洛班比較了衣服誕生前後的世界。

如果所有人都擁有同樣的世界觀，但作為存在的「我」消失了，這樣的世界真的對嗎？

又或者，每個人都有不同的世界觀，卻需要透過互相殺戮維生，這樣的世界才是對的呢？

這是一道艱難的選擇題。

宰煥接著說道：「每個存在都擁有不同的世界觀，並且沒有人互相殘殺的世界才是正確的。」

「對啊，我也知道。這是理所當然的嘛。」

凱洛班附和的同時，內心一角卻感到一陣涼意。

事實上，他並未想過那個「理所當然的答案」，因為那不可能。

擁有不同世界觀的存在必然會相互敵對，無須特別驗證，深淵的歷史已經證明了這一點。

況且，這不僅限於深淵。

無論在哪個世界，差異必然會引發矛盾。為了消除衝突，人們發動了一場又一場的戰爭，試圖同化所有人。

「沒有試圖阻止戰爭的神嗎？」

拉─哈瑪德回答了宰煥的提問。

『當然有。有位神參透了衣服的真諦，並藉此獲得操縱世界的力量。還有一位神雖然生而為人，卻跳脫了天生的衣服，躍升至神的寶座。最後一位神則透過徹底脫下衣服，獲得了超越衣服的力量。』

宰煥不難猜出他們是誰。

「看來他們就是古代三神。」

古代三神，憑藉人類靈魂登上神祇之位的存在。

他們因衣服而生，對衣服的概念有著異於常人的敏銳度。

利用「衣服」，它們變得比其他神祇更加強大。而他們的特徵是，對同一個問題會作出不同的回答。

衣服是什麼?

古代三神之一的德烏斯這麼回答。

〔衣服是堡壘。〕

德烏斯最先意識到衣服可以成為抵禦其他世界侵襲的強大護盾。它收集了大量的衣服進行分析，最終打造了無堅不摧的最強外衣。

這便是日後被稱為最強配件的三神器——德烏斯．艾克斯．瑪姬娜的由來。

另一方面，對於同樣的問題，另一名古代三神也給了不同的答案。

『衣服是傳染病。』

這是卡塔斯勒羅皮的回答。

卡塔斯勒羅皮首先意識到，但凡存在，便必然會受到彼此的影響，進而逐漸穿上相似的衣服。

它利用衣服的這種特性，創造了一款能夠強制增加信徒的驚人配件，這即是三神器之一的空虛劍。

能將被劍鋒觸及的所有存在感染為「亡者」的空虛劍，正是源於這一理念。

最後，有一位神針對「衣服是什麼」的問題，給出了最奇怪的答案。

『衣服是要脫去的事物。』

他即是「赤身神」，也是創造「赤身」設定的古代三神，格式塔。

開發出強大的衣服，將自身藏匿於堅固盔甲中的德烏斯。

感染無數靈魂，擴張自身世界的卡塔斯勒羅皮。

赤身裸體在深淵中漫步，不屬於任何地方，四處飄泊的格式塔。

三位無可匹敵、眾望所歸的古代神祇，終於在某一天回應了其他神祇的懇求，終結了這場令人厭煩的戰爭。

他們聚集在今日被稱為大樹林的站點，交流著意見。

如何才能結束這場戰爭？

面對這個共同的話題，古代三神各持己見。

德烏斯主張所有人都應該穿它製作的衣服。

格式塔主張所有人都應該脫下衣服。

卡塔斯勒羅皮主張所有人都應該成為它的信徒。

眼看意見嚴重分歧，三神紛紛拔出自己的武器。

這便是發生在二十一萬年前的事情。

7.

聽到這裡，凱洛班忍不住感嘆。

「原來那就是三神戰爭的開始。」

『是啊。』

「接下來的事情我也稍微知道一些，老大就是那場大戰後出現的。」

宰煥默默地聽著凱洛班和拉—哈瑪德的談話。

從對話的進展來看，可知故事的重點在於二十一萬年前的三神戰爭，導致古代三神滅絕，老大成為深淵的主人。

拉─哈瑪德開口說道。

『那時我們就脫離了格式塔，準確來說，是我們被剝離了出來。』

這時，沉默不語的柳納德突然大叫起來。

「啊啊啊，怎麼想都想不通。」

「什麼東西？」

「所以衣服到底是什麼啊？明明都裸體了，為什麼還說我穿著衣服，這又是什麼意思？」

「你還在想那個啊？」凱洛班無語地嘟囔著。

「雖然不太清楚，但總覺得很重要！」

宰煥點點頭，同意了柳納德的話。

「柳納德說的對。如果不明白這一點，就無法理解為何長壽族會變成現在這個樣子。」

「對啊，我就是這個意思！」

他們果然是神與信徒。看著這對格格不入的組合，凱洛班不滿地撇了撇嘴。

柳納德向宰煥問道：「所以衣服到底是什麼啊？能不能簡單定義一下？」

「定義衣服是沒有意義的。」

當然，他可以用「自我」或「人格」等相似的詞語來解釋，但最終那也不過是粗略的翻譯罷了。無論用何種詞彙解釋，總會丟失部分的原意。

柳納德似懂非懂地點了點頭。

「那我換個問題。你剛才不是說過，我們穿什麼樣的衣服，會決定我們的存在嗎？」

凱洛班插嘴道：「你是說戴上搓澡手套就會變成搓澡師的說法嗎？」

「對，我知道宰煥先生或大戰士說的『衣服』，不僅僅是物質上的意思，但有一點我越想越不明白，比如說……」

柳納德稍稍停頓了一下。

「假使宰煥先生拿起刀劍，並不代表他就是劍士啊，他也有可能用刀來切菜或是搶劫，那這時候的宰煥先生是劍士、廚師，還是強盜呢？如果衣服真的能判定存在，這種情況該如何解釋？」

『真是個有趣的烏洛波羅斯。』

柳納德瞪圓了眼睛。

「什麼？」

拉─哈瑪德繼續說了下去。

『你的話沒錯，一件衣服怎麼能定義存在？』

拉─哈瑪德的話語與之前的邏輯完全相反，柳納德一時語塞。

過了一會兒，拉─哈瑪德再度開口。

『但是，衣服的確定義了存在。』

「那是什麼意思？你在跟我開玩笑嗎？」

柳納德猜到了這段對話的走向。這傢伙又會繼續這樣模稜兩可地說下去，最後再拋出一句「烏洛波羅斯」。

然而不久後，柳納德意識到自己的預測是錯的。

因為拉—哈瑪德看著柳納德，宣告了以下的內容。

『你是一個裸體的少年。』

柳納德愣頭愣腦地贊同了那句話。

「對，我是一個裸體的少年。」

『同時，你是宰煥的信徒。』

「我是善良又忠誠的信徒啊。」

『而你也是罪人凱洛班的朋友。』

「胡說八道什麼？我跟這小鬼是朋友？我可是年長他很多歲的大哥。」

拉—哈瑪德繼續說道。

『你同時也是長壽族巨大的烏洛波羅斯。』

「這個嘛……」

『你還是……』

拉—哈瑪德的話音持續不斷。

他陳述了一串串意義不明的關係。

不知從何時起，不停反駁的柳納德闔上了嘴。

拉—哈瑪德也闔上了嘴。

倏然回過神來時，一股顫慄竄過柳納德的後頸，他失神地低喃。

「天啊，原來如此……這麼明顯的事實，我為什麼會不知道呢？」

王子即使穿得像乞丐，卻仍然是王子的原因。

拿著刀劍的宰煥，可以是劍士、廚師，也是可以是強盜的原因。

沒有人能「完全」脫光衣服的原因。

拉—哈瑪德列舉這麼多關係的原因。

柳納德的腦海裡開始出現光芒，就像遮蔽視野的黑霧逐漸散去一般。

「我們不是只穿『一件』衣服。」

拉—哈瑪德點了點頭。

直到這時，柳納德才覺得自己好像漸漸明白了什麼是「衣服」。

衣服不是自我，也不是人格，但衣服仍舊是構成我們自己的核心要素。

直接就結論來說……

「我們是由無數件『衣服』構成的存在。」

柳納德的表情就像是經過長時間的祈禱後，終於得到了神的回應。

拉—哈瑪德沒有回答，只是靜靜地低喃著「烏洛波羅斯」。

「那格式塔的衣服指的是——」

「就是字面上的意思，他們是被分成無數碎片的格式塔本身。」

拉—哈瑪德用一種無法捉摸的眼神看著宰煥。

終於理解了所有事實，柳納德難掩驚駭之色，嘴唇頻頻顫抖。原來這就是他們既是格式塔，又非格式塔的原因。

宰煥開口問道：「拉—哈瑪德，格式塔為什麼脫下你們後就消失了？」

『這個……』

「難道這和格式塔的配件有關？」

聆聽拉—哈瑪德講述漫長的故事時，宰煥並未忽略一個重要的細節。在漫長的深淵歷史中，拉—哈瑪德對此隻字未提。即使在提及德烏斯的德烏斯．艾克斯．瑪姬娜和卡塔斯勒羅皮的空虛劍時，他也始終沒有解釋古代三神的最後一項配件。

宰煥現在明白安徒生為什麼把他送到這裡了。兩個月前，他敗給了擁有德烏斯．艾克斯．瑪姬娜的麥亞德。而深淵中，能對抗三神器的唯有三神器。

『你總是令人出乎意料。沒錯，我們會變成這樣，是因為格式塔之眼。』

三神器的最後一項配件，格式塔之眼。

宰煥意識到，這漫長的哲學問答終於迎來了終點。

就在這時，拉—哈瑪德開口說話了。

『這次輪到我問了。』

宰煥覺得拉—哈瑪德的這句話很陌生，因為一直以來，他都是提問的那方。

宰煥點點頭，拉—哈瑪德隨即問道。

『你認為脫胎是什麼？』

宰煥沒能立刻回答。

「脫胎」是宰煥至今尚未理解的部分之一。他對於衣服和烏洛波羅斯的概念有了一定的認知，唯獨脫胎的含意他始終無法理解。

「如字面所述，是指脫下衣物的行為吧？也可以說是『分割存在』。」

宰煥回想起每次成功脫衣時，內心深處傳來的聲音。那是累積在他體內無數件衣服的聲音。

拉—哈瑪德繼續問道。

『那你曉得我們為何要進行脫胎嗎？』

宰煥陷入了沉思。

如果非要找個理由，他可以說是為了提升世界力，但那肯定不是答案。

『看來你還不太明白。換個方式問吧，為什麼脫胎會提升世界力？』

為什麼進行脫胎會提升世界力？

這是宰煥始終沒有找到答案的問題。

要是如拉—哈瑪德所說，衣服真的是我們存在的一部分，那麼脫掉衣服的脫胎，就不該提升世界力，而是降低世界力。

因為分割存在，不可能提升世界力。

拉—哈瑪德或許是看出宰煥正在冥思苦想，於是說道。

『其實脫胎不會提升世界力。』

「什麼意思？」

『照你的方式來表達，脫胎不過是將存在分割開來罷了。』

「那我的世界力為什麼會提升？」

『深淵中，提升世界力的方法只有兩種：一是殺死其他神祇，奪取他們的世界力；二是獲得信奉自己的信徒。沒有任何例外。』

這話聽起來毫無道理。如果提升世界力的方法只有兩種，那麼該如何解釋宰煥通過脫胎提升世界力呢？

疑問不只如此。

「如果那真的是唯一的方法，那你們——格式塔是如何變得如此強大？」

宰煥回想起許久以前與安徒生的對話。

赤身神的歌謠不會殺死任何人。

如果那是事實，那麼格式塔不是通過殺死神祇奪取世界力的那種存在。

「格式塔是通過信徒獲得世界力的嗎？」

拉—哈瑪德沒有立即回答宰煥的問題，反之，他與長壽族開始唱起一首短短的歌謠。

孤獨的赤身神，

沒有任何朋友，

沒有任何信徒。

歌謠宛如安魂曲，但拉—哈瑪德和長壽族的音色出奇地清澈，也許是因為這個原因，歌詞與音色所形成的不和諧，具有某種烏洛波羅斯般的特質。

他們似乎想通過這種矛盾，向宰煥傳達某種訊息。

宰煥只陷入了更深的困惑。

「沒有信徒？」

『即使沒有信徒，信仰也可以存在。』

宰煥突然靈光一閃。

所有神祇都通過信徒的「信仰」提升世界力。而信仰這種東西，來自與自己無關的存在所給予的純粹情感，只能從他人身上獲得。

正因如此，信仰才具有崇高的價值。

那麼，「他人」究竟是什麼呢？

很簡單，就是「非我」的存在。

宰煥連忙望向拉—哈瑪德，只見他悲傷地微笑著。

再也沒有能比那更悲傷的笑容了。

格式塔是不奪走任何人世界，也不將自己的世界強加於任何人的神。這樣的神要如何提升自己的世界力量？

宰煥終於知道答案了。

還有誰能比他對自己更苛刻呢？

宰煥依序凝視著每一個長壽族人許久，他們彼此相似，卻又是獨立的存在。

他衡量著本為一體的他們，要經歷多少遙遠的歲月，才能完全成為另一個人。

「格式塔將自己分裂，創造了自己的信徒。」

那是這世界上最孤獨的信仰。

一種在不傷害任何人，也不依靠任何人的情況下變強的方法。

這就是古代三神格式塔，長期隱藏的脫胎祕密。

8.

聽著故事的柳納德和凱洛班皆是一臉大惑不解。

「所以……意思是信奉自己？」

「有點不同。」

將自己分裂成自己的信徒，從而為自身提供信仰，一行人當中，只有宰煥能夠稍微想像這個過程。

宰煥表情略顯僵硬地低頭望著雙手，回想起每次成功脫衣時聽到的聲音。

也許那些衣服也是從他體內分裂出來的存在，然後他們就像這些長壽族民一樣，從某處向自己傳遞信仰。

宰煥開始懷疑自己是不是做了一些不該做的事。

拉——哈瑪德說道。

『別擔心，你不會變成我們這樣。』

他的語調溫柔，像是在安慰宰煥。

『你應該也猜到了，脫胎不會分裂靈魂體本身，只是在內部進行分化而已。只有在脫下過多衣服，導致本體消失的時候，才會出現靈魂體分裂的情況。』

拉─哈瑪德繼續說著。

『衣服的數量會隨著時間推移和經驗積累逐漸增加，但格式塔脫下的衣物比他經歷的時光還多，也就是說，脫胎的速度超過了時間。』

說完這句話，拉─哈瑪德環顧四周，無數的長壽族民正注視著他。

『原本我們一族的人數比現在更多。』

拉─哈瑪德短暫想起了那些曾為格式塔，而如今已然消失的存在。

宰煥問道：「為什麼格式塔要脫下那麼多衣服？」

『因為三神戰爭。』

雖然是預料中的答案，但親耳聽到還是覺得難以置信。

無論怎麼說，作為古代三神的格式塔，至少生活了數十萬年的時光，甚至超過一百萬年也說不定。就算只是單純依照時間比例來算，他也應該擁有數不盡的衣服。

然而，他不得不脫下所有的衣服來提升世界力，這意味著他當時處於極度危險的境地，強大的敵人讓他不得不犧牲自己的本體。

凱洛班低聲嘀咕。

「看來是另外兩位古代三神太強了。」

拉─哈瑪德不解地左右擺動頭部，眼神像是在問「那到底是什麼意思」。

「你們不是說他跟德烏斯和卡塔斯勒羅皮戰鬥，所以變成這副模樣的嗎？既然是三神戰爭……」

『三神戰爭，並不是古代三神之間的戰爭。』

一行人不禁懷疑自己的耳朵。

這又是什麼意思？

那他們到底是跟誰戰鬥，導致整個站點化為烏有？

『看來外面依舊流傳著錯誤的傳聞，九百年前的那個夢魔也是這麼認為。』

九百年前的夢魔。

宰煥問道：「你指的是妙拉克·阿爾梅特嗎？」

拉—哈瑪德點了點頭，似乎早有預料。

『我察覺到你身上有那個夢魔曾經穿著的衣物的氣息。』

夢魔曾經穿著的衣物，想必指的是妙拉克留下的《深淵紀錄》。

「它為什麼來到這裡？」

『你穿著它的衣服，應該會有它的記憶才對。』

「記憶並不完整。」

拉—哈瑪德露出「原來如此」的表情。

『它是第一個抵達煉獄盡頭的外來人，它從這裡帶走了格式塔之眼。』

宰煥停止了說話，嘴巴微微張開。

他有猜到妙拉克來過這裡，卻不知道它在這裡獲得了東西。

「那個夢魔拿走了格式塔之眼？」

柳納德與凱洛班同樣露出驚訝的神情。柳納德更是發出了近乎慘叫的聲音，眼神中帶著一絲絕望。

『是的，你們為什麼感到驚訝？』

拉—哈瑪德問道，但無人回答。頃刻後，拉—哈瑪德似乎意識到了什麼，露出一絲微笑。

『原來如此，你們是為了格式塔之眼而來。』

柳納德迅速搖了搖頭，想要說些什麼。

他擔心他們直白的態度會讓拉—哈瑪德感到不悅，但如今再否認也只會顯得可笑。

宰煥回答道：「是的。」

拉—哈瑪德對於他坦率的肯定並無不悅之色。

『你們不必感到沮喪。』

「什麼意思？」

『你已經掌握格式塔之眼了。』

「我？」

『看來你還不太清楚。』

拉—哈瑪德晃著手指，繼續說道。

『領悟烏洛波羅斯的人，都能夠使用格式塔之眼。』

確實，他的身體相較先前更加輕盈，世界力也提升了。

但僅僅如此，還不足以讓他認為自己已經獲得了格式塔之眼。

宰煥釋放出世界力，觀察自己的固有世界，那裡仍是一片黑漆漆的荒涼景象，並無特別的變化。

拉—哈瑪德似乎也能看見他的固有世界，面帶輕鬆地隨著宰煥的目光看去。

『你認為沒有變化嗎？那也正常，因為實際上確實沒有變化。』

「你又在玩什麼文字遊戲？」

『我不曉得原因，不過你其實已經擁有格式塔之眼了，只是你不懂得如何使用它而已。』

拉—哈瑪德說著這句話，默默抬起頭。

深邃的夜空在濃密的黑葉林間顯露其貌，占據夜空中央的巨大眼睛映入眼簾。

剎那間，宰煥感覺自己腰部以下的身體消失了。

『你應該能看見那裡的眼睛吧。』

難不成……

『這樣你應該明白，只有「眼睛」能看見「眼睛」。』

戰慄貫穿宰煥的全身，蔓延到他的每一條微血管，體內有什麼東西正在甦醒。

『睜開眼吧，現在，你已經能夠「看見」了。』

宰煥的左眼射出白光。

虹膜部位，神祕的紋路描繪出一個圓形，不停旋轉。

仔細一看，那並非單純的圓形，而是一條咬著自己尾巴的蛇。

銜尾蛇（Ouroboros）[5]。

5 銜尾蛇（Ouroboros）名字含意為「自我吞食者」，是從古代流傳至今的符號，形象為一條吞食自己尾巴的蛇，形成一個圓環，象徵無限大或循環。

看見無限之環的拉─哈瑪德激動地高喊。

『那隻眼睛，就是能看見世上所有衣服的眼睛，能破壞一切規則和幻象的格式塔之眼！』

至今為止，宰煥所做的一切行為，包括脫衣和哲學問答，都是為了覺醒這格式塔之眼的安排。

宰煥試著用格式塔之眼觀察自己的內心。這時，他聽到了來自某個地方熟悉的聲音。

「喂，看什麼看？」

「現在三不五時就要脫光？」

同時，他的世界力增長了兩倍以上。

驚人的世界力波動從他身上散發出來，他的衣服也通過信仰為他提供世界力，這即是格式塔之眼擁有的力量。

如今，宰煥可以隨時隨地「脫衣」增強自己的世界力。只要他的衣服沒有耗盡，就不必擔心世界力的問題。

抬起頭，只見拉─哈瑪德露出一抹滿意的微笑。

『我想你應該還有很多問題，但我不打算再告訴你了，你將能自己找到答案。』

宰煥沒有問這句話是什麼意思。因為正如拉─哈瑪德所言，宰煥開始透過格式塔之眼，窺探妙拉克留下的衣服──《深淵紀錄》。

於是，衣服開始為他講述故事。

一個夢魔為了阻止栽培而攀登幻想樹的故事。

一個蘊含著漫長乏味的絕望、遙遠朦朧的悲傷，以及無盡蔓延卻終究無法觸及希望的久遠故事。

宰煥聽了衣服的故事很久。

很久、很久、很久。

✢ ✢ ✢

寂靜的黑暗中，時常響起陣陣哀號。

任何混沌的靈魂都知道那陣哀號的真面目。

那是亡者的哭聲。

「嗚嗚嗚嗚。」

然而，今日的哀號聲有些特別，其中挾帶著詭異的痛苦音色。

黑暗中，有什麼東西在扭動，然後傳來「砰」的爆裂聲，亡者的哭聲便消失了。

『真乏味。』

黑暗開口說話，躲在陰影中的所有亡者都瑟縮了起來。

乏味。

亡者之宮的主人，唯一王卡塔斯勒羅皮覺得從自己嘴裡說出這樣的話非常陌生，它已經不記得自己有多久沒有感受過這種情感了。

是因為那傢伙嗎？

卡塔斯勒羅皮隱約猜到自己為何最近會突然產生人性化的情感。

大概是因為最近建立的連結。

建立連結的雙方會在不知不覺中共享彼此的情感。

與情感枯竭的卡塔斯勒羅皮不同，和它建立連結的人類懷有各種情感。

那個傲慢的人類。

卡塔斯勒羅皮注視著繪製在黑暗中的巨大召喚陣。幾個月前還不存在的召喚陣，原本應該在再生宮，而非亡者之宮。

卡塔斯勒羅皮至今仍記得，當時那個厚顏無恥的人類提議設置召喚陣時的聲音。

「把召喚到這裡的傢伙統統殺死，這就是我的交易條件。」

那個「厚顏無恥的人類」當然就是宰煥。

現在想來，卡塔斯勒羅皮也不曉得自己為什麼會接受這樣的提議。

嗯，不可否認，有了這件事之後，生活確實沒那麼乏味了。

看著這些在偉大之土死後一個個受到召喚的君主，像隻螞蟻般被自己輕易消滅，的確挺有快感。更何況，數量也豐富到足以當作消遣娛樂。

由於宰煥離開混沌前的豐功偉業「君主大屠殺」，此刻的偉大之土正處於戰雲密布的情況。

隨著黑暗統治的第九地區勢力衰減，其他君主如鬣狗般瘋狂撕咬該地區。因此好一段期間，卡塔斯勒羅皮一直沉浸在虐殺君主的樂趣之中。

然而，那也不過是曇花一現的娛樂，最近幾週，再也沒有君主被召喚過來。雖然不曉得確切的原因，但對卡塔斯勒羅皮來說，這無疑是好不容易出現的樂趣消失了。

這麼說來，跟那傢伙斷開連結也已經有一段時間了。

卡塔斯勒羅皮難得地回想起那個討厭的人類面孔，靜靜地凝視著上方。

與宰煥失去連結已經是三個月前的事了。

當時它感覺有什麼東西喀嚓一聲斷掉了，隨即在心中暗道不妙。雖然曾試圖強制降臨，但待它察覺之時，已經為時已晚。

親自建立的連結竟然斷了？

縱使出現能如宰煥那般使用滅殺的對手，卡塔斯勒羅皮與宰煥直接締結的連結，也不至於脆弱到被單方面切斷。

而如果這樣的連結斷開了，那只意味著一件事——

三神器，德烏斯．艾克斯．瑪姬娜的復活。

幸運的是，斷掉的連結並非不可復原，修復方法有兩種。

其一是使用同為三神器的格式塔之眼。

如果可以使用格式塔之眼蘊含的設定「認知失調」，連結便會立即再生。

但是，目前他才剛進入深淵不久，那個小鬼不可能有辦法得到格式塔之眼。

因此，宰煥剩下的選擇只剩另一個。

那就是，漫無目的地等待。

德烏斯．艾克斯．瑪姬娜的概然性破壞具有時間限制，時限結束後，斷開的連結自然會恢復。

但在連結恢復之前，宰煥是否能撐得住，又是另一個問題了。

或許他當初應該多告訴宰煥一些事情再把他送上去。

現在後悔也沒用了，誰能想到那傢伙這麼快就會遇到使用德烏斯．艾克斯．瑪姬娜的敵人呢？

卡塔斯勒羅皮想起宰煥那頑固的牛脾氣，搖了搖頭。反正那傢伙老是不聽勸。

不過，他脾氣雖然很差，卻總有辦法找到答案。

現在只能這麼相信了。

……嗯？

正感到有些無聊，卡塔斯勒羅皮突然察覺到一絲異樣。

沉寂已久的召喚陣發出耀眼的光芒，這是召喚死去君主的信號。

它心想這真是太好了，終於可以一邊嚴刑拷打傳送來的君主，一邊等待連結重新恢復，也能順便了解外面的情況。

然而片刻後，卡塔斯勒羅皮的表情變了。

因為這次召喚來的君主不只一兩個，而且感覺都不一般。

究竟是哪些傢伙？

卡塔斯勒羅皮將宮殿內的亡者全部召集過來。

根據敵人的世界壓推斷，這些亡者在戰力上不會有太大的幫助，但有總比沒有好。

沒想到它竟會因為幾名君主的到來而緊張，這在它巔峰時期根本不可能發生。

卡塔斯勒羅皮被封印之前，即使面對數名君主的圍攻，也能輕而易舉地將其消滅。

然而現在，情況大不相同了。

尤其是現在出現的這些傢伙，無一不是強大的存在。

難道這些傢伙……

隨著世界力的形態逐漸清晰，卡塔斯勒羅皮感覺到一種不妙的預感正在應驗。它認識的君主中，擁有如此強大世界力的存在，再怎麼多也不超過十個。

片刻之後，召喚陣的光芒熄滅，十名君主現身。十股雄渾的世界力如同潮水般湧出，壓迫著整座宮殿，可憐的亡者被壓得喘不過氣。

若是沒有卡塔斯勒羅皮，這裡任何一名君主逃出亡者之宮後，都有能力獨自終結混沌。即使是登上深淵的宰煥回歸此地，也難以與他們抗衡。

在昏暗的黑暗中，傳來幾名君主的聲音。

「果然是真的，再生宮消失了。」

「所以才沒人能回來。」

「不知道有多久沒死後來到這裡了。」

「十個人……哼，還以為會有混水摸魚的傢伙，沒想到竟然都成功自殺了。」

片刻後，一道聲音迅速整頓混亂的狀態。

「各位別再發表無謂的感想了，這裡的主人正在等著我們。」

最終，君主們在黑暗中現身。

站在中間的是他們之中擁有最強大世界力的君主。

卡塔斯勒羅皮曉得那人的名字。他是許久以前與老大共同封印自己的大君主之一，主宰著偉大之土第九地帶的統治者。

「好久不見了，卡塔斯勒羅皮。」

來勢洶洶的世界力蠶食著整個空間，以黑暗君主傑洛姆為首的十名大君主現身此處。

濃重的黑暗中，卡塔斯勒羅皮無聲地笑了。

看來自己可能無法遵守與那傢伙的承諾了。

Episode 28. 龜裂

1.

直到滅亡出現以前，偉大之土和混沌的人類一直將偉大之土誤認為陽間，將混沌誤認為陰間。因此，陽間與陰間的區分，乃是偉大之土的君主最偉大且最糟糕的功績。

——摘自《滅亡前的世界》，詩人幼發拉底著

†　†　†

第八站點，卡斯皮昂的古宮。

不久前剛成為龜裂聖地的海希克，此時正瀰漫著一股不同於往日的緊張氣氛。

尤其是在團長聚集的團長辦公室裡，這種緊張感更是強烈。就連偶然路過附近的團員，也會被團長散發出的凶猛氣勢嚇得渾身一顫。

「今天終於到了。」

「是啊。」

第五團長米埃爾回應第四團長卡西姆的話，語氣中充滿著悲壯。

有人猛地推開團長辦公室的門走了進來。

「第四團長！」

踏步而入的男人相貌英俊，有著一雙溫柔的眼睛和濃密的眉毛，令人不禁對他產生好感。可惜的是，他臉頰上有一道最近才留下的傷疤，讓他的氣質變得有些凶惡。

「第四團長，這件事是真的嗎？」

「你在說什麼？」

「今天大君主會來這裡，這是真的嗎？」

「你還是這麼無禮啊，允煥。」

回答問題的是第五團長米埃爾。

這時，允煥才意識到自己的無禮，趕緊退後一步。

米埃爾越過允煥，向站在他身後的韓瑞律使了個眼色。

「瑞律，妳也來了。」

「見過第五團長。」

米埃爾靜靜地盯著她的臉龐，輕輕嘆了口氣。

「是真的，今天大君主會來。」

「來這裡嗎？」

「沒錯。」

大君主要來了。

他們竟然要來這個地方，龜裂的聖地「海希克」。

允煥緊張地問道：「我們要開戰了嗎？」

「沒有。」

「那他們為什麼要來？」

「目前應該稱之為『協商』。」

「……協商？」

協商？從允煥的角度來看，這是完全無法理解，更無法接受的事情。

對方可是大君主，是站在栽培鍊頂端的收割者，也是所有被商品化的人類的公敵。

跟那些傢伙有什麼好協商的？

「我明白你的心情，但是大君主十分強大。我們不能被當下的憤怒蒙蔽了雙眼，他們不是我們能抗衡的對手。」卡希姆看著米埃爾幫他倒了一杯茶，繼續說道：「我們的最終目標是老大，為了擊敗他，有時需要忍氣吞聲與敵人合作。」

「我不懂，偉大之土的大君主和老大不是同伙的嗎？」

「嗯？」

「您在開玩笑嗎？」

不知不覺，允煥通過龜裂的入團測驗後，已經過去了兩個月。

過去的兩個月，作為龜裂一員執行各種任務的過程中，允煥對深淵有了大致上的了解。

比如說，偉大之土與大君主的真面目。

「大君主是老大的代行者，而您的意思是，我們要和老大的手下合作，聯手擊敗老大？」

卡西姆輕笑了一聲。

「看你最近無精打采的，沒想到耳朵都有認真打開啊。」

「請不要轉移話題。」

「沒錯，大君主是老大的代行者，不過……」

卡西姆端起放在桌上的茶，輕輕地啜飲一口。

「這並不代表老大和大君主就是同伙。」

「那又是什麼意……」

「你應該也知道，前不久，柳雪荷辭去了第二團長的職務。」

第二團長柳雪荷退出龜裂的事情，在龜裂內部可謂人盡皆知，允煥自然也聽說過。剛加入龜裂時，允煥曾在卡西姆的介紹下見過她一面，她給人的印象是不亞於瑞律的冷豔和銳利。

他怎麼也沒有料到，那天的初次相見，竟成了最後一次。

「您為什麼提起這件事？」

允煥迅速地轉動腦子。

老大和大君主不是同伙，跟柳雪荷退出龜裂，這兩件事到底有什麼關係？

率先開口的是瑞律。

「擁有相同的世界觀，不代表懷有相同的理想。」

聽了這話，允煥才明白卡西姆為何提起柳雪荷。

雖然柳雪荷退出了龜裂，但她仍然擁有龜裂的固有世界屍山血海。儘管信仰相同的世界觀，她依舊決心踏上與龜裂不同的道路。

卡西姆是想藉此比喻老大和大君主之間的關係。

「您的意思是，並非所有大君主都贊同老大的理念？」

「沒錯。」

比喻歸比喻，這話也不是沒有道理。

倘若真如團長所言，一部分大君主正在反抗老大，那麼只要龜裂好好利用他們，對抗老大的效率就能提高許多。

「不過我還是無法接受。」

「你又在固執己見了。」

「這不是固執，我是在提醒您，效率和正義是兩個不同的問題。」

「你想說什麼？」

「我們不能因為世界上存在更大的邪惡，就因此容忍相對較小的邪惡。我所認識的龜裂，不是這種地方。」

面對允煥憤慨的聲音，卡西姆的目光也沉靜了下來。這股寂靜之中，允煥期待著自己的真心能夠傳達給對方。

片刻後，卡西姆露出一抹苦笑。

「你還太年輕了，那是因為你不夠了解這個世界。」

「團長，這不是那個問題。」

「就是這個問題。」

暴力以最簡單的形式呈現。

允煥頓時感到自己被無情地踐踏。

卡西姆從懷裡掏出一根香菸點燃。

「這世上沒有不妥協的正義，如果你還抱持著那種信念，那你不是個不成熟的呆子，就是個騙子。」

他知道，他當然明白這個道理，然而——

如果是那小子，就不會這麼說。

允煥的腦中不自覺地浮現出一個人的臉龐。

當所有人都說不可行的時候，當所有人都輕易放棄當下的時候，那個始終堅忍不拔的男人，直到最後也沒有放棄自己的正義。

那是他最親密的摯友。

說起來，不知道那傢伙現在過得如何？

他是否通過了塔的最後一關？

允煥也心知肚明，這個世界並非如他所想的那般美好，即便一個人堅持到底，也未必能改變這個世界。

允煥搖了搖頭，甩開湧上心頭的淒涼。

卡西姆的話語仍在繼續。

「你只是想獨自伸張正義，才會滔滔不絕地說出這麼自私的話。你心裡清楚，作為一個團員，你什麼也做不了，所以才把你的無力發洩到我們身上。」

允煥無法反駁。

或許他心裡也認同卡西姆的說法。

「你一個人這麼說，旁邊的瑞律成了什麼？還有我和米埃爾又算什麼？這裡有誰不想追求正義？」

「第四團長，夠了，他應該已經明白你的意思了。」

氣氛變得有些尷尬，米埃爾趕緊上前阻止。

卡西姆不滿地摁熄菸蒂，將茶水一飲而盡。

「如果你對現在的龜裂有所不滿，想要改變這個組織，那就提升自己的實力。變得更強，這才是重點。」

「……」

「無論你有多麼崇高的理想，沒有實力也是紙上談兵。區區一個小團員的意見，誰會在乎？」

留下這句話，卡西姆走出了團長辦公室。

砰的一聲巨響，打破了辦公室內的沉默。

米埃爾望著卡西姆離去的空位，對允煥說道：「我沒想到你這麼固執，模擬的時候也是這樣……」

「……」

「卡西姆雖然有些激動，但他其實說的沒錯，你知道吧？」

「我知道。」允煥不情願地應道。

米埃爾莞爾一笑。

「這裡沒有人不曉得你說的那些事，大家都心知肚明，只是無可奈何，所以才選擇這麼做罷了。」

允煥很想問，為何明明知道卻還要這麼做？

如果真的心知肚明，那應該做不出這種事吧？

但允煥問不出口。其實他也明白，大家不得不這麼做的原因。

並非每個人都能像「他」那般行事。

那一刻，允煥覺得自己十分可恨。

「體諒一下我們吧。」

米埃爾輕輕拍了拍允煥的肩膀，安靜地離開了房間。

直到腳步聲走遠，允煥仍舊緊抿著嘴唇，站在原地發愣。

瑞律的目光在允煥的臉上停留了片刻，隨即消失蹤影。

✝ ✝ ✝

海希克的中心，裂主辦公室內。

「這半年來招募的新兵就這些，你看看。呃，請您過目。」

麥亞德靠在舒適的椅子上，悠閒地閱讀資料。他的對面站著一名身材矮小，背上的長刀比自己個頭還高的男人。

那是龜裂第三團長，今井勝己。

「十二個人，比我預期的少。」

「這十二人都達到了覺醒第三階段，以下的當然更多……呃，未達到第三階段的人數比較多一點。」

不習慣親自彙報的今井總是常常口誤，原因是他不擅長使用敬語。他原本是負責指揮局部戰爭的指揮員，因此很少有機會與裂主進行單獨彙報。

假如是私底下，他不會刻意使用敬語，但在公開的場合，他必須對裂主維持言語上的禮節。

麥亞德輕笑出聲。

「很辛苦吧，今井。」

今井的額頭冒出了青筋。

這原本應該是第二團長柳雪荷的職責，但柳雪荷離開龜裂，彙報的工作自然而然就落到了第三團長今井的身上。

「不用拘束，我沒有特別在意那種事。」

「謝謝您。呃不，謝了。」

長官用敬語，部下用平語，這真是個奇怪的場面。

今井再次感到尷尬，但仔細想想，這才是龜裂的風格。

麥亞德翻閱著報告，問道：「如何，有堪用的新兵嗎？」

「有幾個，特別是第一頁那個女的。」

麥亞德重新翻開報告的第一頁，上面寫著「韓瑞律」的名字。

「非常心狠手辣，總共模擬了五百二十次大失蹤，其中五百一十八次都活到了最後。甚至達到第三階段覺醒後，可以毫不猶豫地刺殺熟人。再培養一下，肯定能成為了不起的戰士。」

「是嗎？」

麥亞德稍顯驚訝。

大失蹤模擬訓練是龜裂近來策畫的專案，內容為重新展現七百年前發生的大失蹤現場，強制令受試者覺醒的模擬訓練。

雖然說是模擬訓練，但麥亞德很清楚那是一場多麼殘酷的考驗。

因為該專案的策畫者，正是麥亞德本人。

縱然是假象，要在重現真實痛苦的場景中，殺光所有認識的人並存活到最後，絕非易事。

一般的覺醒候選人，會在前十次的模擬訓練精神崩潰、失去理智，接下來的十次會逐漸習慣死亡，之後再死個十來次，才能勉強將模擬訓練視為現實。

龜裂將這三十次訓練稱為「適應期」。

新兵必須通過適應期，才能跨越獲得龜裂固有世界屍山血海的第一道門檻。

而這個叫韓瑞律的女人，竟然在未經歷適應期的情況下，通過了整整五百一十八次的模擬訓練。

「真是個了不起的人才。」

「對啊，我很看好她。」

麥亞德苦笑了一下，又翻了幾頁報告。

接著，他的手指在空中停了下來。

「嗯，這一位……」

今井瞥了報告一眼，在麥亞德把話說完之前，他先露出了困擾的表情。

那頁報告的最上方寫著「金允煥」。

麥亞德問道：「有發生什麼事嗎？」

「他在模擬訓練中發生了一點意外。」

「意外？難道模擬器壞了？」

他從未聽過這種事。

大失蹤模擬訓練在龜裂內部也是相當重要的事件，倘若有任何狀況，他應該早有聽聞……

「不是那樣……這傢伙，直到最後都還是很固執。」

「固執？」麥亞德以一種懷疑自己是否聽錯的語氣反問。

「嗯，那傢伙，直到最後都沒有殺死自己的任何朋友。」

「你的意思是他沒有通關？」

「一次也沒有。」

麥亞德這才以不同的眼光重新審視報告資料。

總共挑戰一千九百五十四次，失敗一千九百五十四次。

真是不可思議的挑戰次數和失敗次數。

至今為止，龜裂從未出現過這種案例。

麥亞德歪著頭問道：「那為什麼讓他通過考核？」

「他覺醒了。在第一千九百五十四次失敗的瞬間，他突然完成了第三次覺醒，並開啟了自己的固有世界。」

「即使他沒有完成大失蹤模擬訓練？」

今井點了點頭。

「反正都完成了第三次覺醒，也沒什麼好說的。雖然程度一般，但好像也能使用屍山血海，米埃爾那傢伙就讓他通過了……」

在沒有順利完成大失蹤模擬訓練的情況下，仍舊成功達成了覺醒。

而且還獲得了固有世界？

對於麥亞德來說，這無疑是一則有趣的情報。

「這麼說來，這個人……」

麥亞德的腦海中閃過一些記憶碎片。最近太忙了，導致他徹底把這件事拋在腦後。

他看著報告左上角允煥的臉孔，眼睛瞇了起來。

就在這時，有人敲響了辦公室的門。

「搞什麼？我還在進行彙報！」今井怒吼道。

敲門聲沒有停止。

今井最終撇了撇嘴，猛地打開辦公室的門。

一名氣喘吁吁的行政官站在門口。

看見今井憤怒的臉龐後，他一臉驚恐，但仍然堅定地閉上雙眼大聲說出自己要講的話。

「裂主，大君主到了！」

2.

打從一開始，允煥就不認為這場協商能順利進行。

偉大之土與龜裂是世仇，更何況，歷代龜裂成員，也有過屠殺君主或殺害大君主的先例。

在這種情況下，大君主真的願意和龜裂進行合作協商嗎？

當允煥在大廳看見身披黑色斗篷的怪人出現時，他不安的預感達到了頂點。

整個大廳彷彿籠罩在深沉的黑暗之中，猶如被監禁在一間精密嚴實的密室，讓他感受到一種難以言喻的恐懼。

那些人，就是大君主。

斗篷的下襬掃過地面，散發出陰森的氣息。

允煥與斗篷主人目光相觸的瞬間，只覺得有一股寒意從心底升起，全身動彈不得。

他們要和這種人協商？

不可能，這些人是來開戰的。

這股想法從允煥的內心深處直湧而上，他不自覺地伸手按住腰間的短劍。

另一方面，見到允煥並未在自己的威壓下退卻，大君主眼中也閃爍著好奇的光芒。就在大君主即將爆發出更強大的氣勢之際——

「黑暗，適可而止吧。」

米埃爾出聲制止了他的動作，黑暗君主傑洛姆咧嘴一笑。

「好久不見，龜裂的小女娃。」

「你的狗嘴還是吐不出象牙，傑洛姆。」

從對話來看，兩人似乎早已認識。

黑暗君主傑洛姆望著躊躇站在會議廳邊緣的允煥和瑞律。

「那兩個看起來軟趴趴的傢伙是誰？新的團長？」

「他們是本次會議的書記官，負責記錄這次會議內容。」

「怪不得，我還想說這些團長未免太弱了。」

允煥暗自咬了咬下唇。

雖然憤怒，但他說的是事實。儘管已經突破第三階段覺醒，但是承受大君主隨意釋放的氣勢對他來說還是相當費力。

簡短的問候結束，會議廳的人陸續入座。

以中央的席位為基準，左側依序並排坐著龜裂的第三團長、第四團長和第五團長，而對面則是來自偉大之土的四名大君主。

允煥對照名單，確認參加本次協商的君主名字。

第一地區，森林君主伊利奧內斯。

第二地區，毀滅君主齊克弗里特。

第四地區，龍之君主巴爾坎特。

第九地區，黑暗君主傑洛姆（代表）。

原本說好要參加的大君主有十位，眼下怎麼只有四位到場？

黑暗君主傑洛姆開口說道：「前不久參加被遺忘之土討伐戰的時候，我曾派手下尋找龜裂的總部，結果怎麼找也找不到，原來你們已經搬到深淵了。」

「搬來一段時間了。你什麼時候才要談正事？」第三團長今井奚落道。

對話結束後，現場陷入了一片寂靜。

團長和大君主的目光在空中交會，互相試探對方的實力。

僅僅身為第三階段覺醒者的允煥也能感受到，此刻會議廳的中心正上演著一場驚心動魄的世界力較量。在這種肅殺的氣氛中，他得竭盡全力才能控制自己的雙腿不要顫抖。

這似乎是進入正式協商之前的前哨戰。他這種實力的人如果貿然插手，靈魂恐怕會被這股狂暴的世界壓生生撕裂。

就這樣不知過了多久，首先打破沉默的是龍之君主巴爾坎特。

「那個拿鎖鍊刀的丫頭去哪了？我還想狠狠教訓她一番呢。」

令人難以置信的從容語氣讓允煥意識到，大君主在這場前哨戰中占據上風。

沒想到竟然連龜裂團長都會在世界力較量中敗下陣來。

第三團長今井皺起眉頭。

「鎖鍊刀？你是指雪荷嗎？」

「我聽說殺死上一任第四地區大君主的人就是她。好吧，雖然那傢伙本來也沒資格當大君主……區區一個君將級的傢伙竟然擔任大君主。」

半人半龍的巴爾坎特伸出長長的舌頭，舔了舔嘴唇。約莫四百年前登上第四地區新任大君主寶座的他，屬於現今十二地區大君主的新興勢力。

「雪荷退出龜裂了。」

「是嗎？真是可惜。」

巴爾坎特彷彿真心感到惋惜。

允煥在巴爾坎特的話語中感受到濃濃的殺氣，不禁屏住呼吸。

也許他真的是為了跟雪荷一較高下而來。

這些傢伙簡直瘋了。

允煥為了不讓自己顫抖的手腕被發現，緩緩地深呼吸。

就他的程度而言，連團長的世界力都難以估量，更遑論是大君主。

不過，他也通過傳聞大致了解了團長的實力。據說，在場的三位團長中，最強的是今井，其次是卡西姆，最後是米埃爾。

既然卡西姆的世界力量指數約為三十億上下，允煥可以很容易地推測出其他團長的數值也大概在這個範圍之內。

那麼這些大君主究竟有多強？

團長的臉色不佳，可見主導權已往大君主那方傾斜。

實際上，允煥也逐漸感到呼吸困難。

由於龜裂在世界力較量中落居下風，那股壓力也開始一點一滴地傳遞至允煥身上。

黑暗君主傑洛姆泰然自若地逐一掃視著幾名團長，漫不經心地問道：「麥亞德為什麼沒來？」

「那不是你可以隨便叫的名字。」

「他不來，就沒有協商的餘地。」

「裂主已經將協商的一切權力交給團長了。」

「就憑你們這些傢伙？」

傑洛姆的聲音充滿了嘲諷。

「你們沒有資格代表協商。」

與此同時，會議廳的所有人都開始劇烈顫抖，就連一身蠻勁的卡西姆和自尊心強烈的今井也臉色煞白。

眼看傑洛姆釋放的世界力不斷壯大，卡西姆洩了氣似地嘟囔著。

「偉大之土的戰爭突然停止，看來另有隱情。你一直在隱藏自己的力量嗎？」

「事情比我預期的更早發生。有個奇怪的傢伙出現在混沌，把那裡搞得天翻地覆。」

「君主大屠殺……」

允煥不曉得大屠殺指的是什麼，他費力地移動手指，將那個詞記錄下來。

「是啊，君將的位置突然出現了大量空缺，那些像鬣狗一樣的傢伙湧入第九地區，讓我很頭痛啊。」

傑洛姆望著坐在自己身旁的三名大君主，笑了起來。面對他的獰笑，其他大君主也不禁避開了他的目光。

「不過嘛，現在反倒成了件好事，省去了我一個個『勸說』那些傢伙的麻煩。」

「……」

「在沒有果實的情況下，大家還殺得你死我活，真是個令人頭疼的局面。不是嗎，齊克弗里特？」

「咳、咳咳。就、就是啊，那時候我們確實做得不對。」坐在傑洛姆身旁的第二地區大君主齊克弗里特，小心翼翼地應道。

於是，允煥立刻明白了。

那個名叫傑洛姆的男人，是十二地區大君主中的佼佼者。無論是大君主還是團長，都不是他的對手。

那麼究竟誰才能與他抗衡？裂主可以嗎？允煥不得而知。

「總之，麥亞德在哪裡？」

「他不會來，傑洛姆，他已經不在這裡了。」

「不在？不會是落荒而逃了吧？」

「閉嘴吧，你們的人不也沒有全來嗎？如果按照約定十個人都來了，裂主肯定也會在這裡迎接你們。可是現在只有四個人到場，我們才想問你們到底在搞什麼鬼？」

「出了些狀況，我們本來也打算全員出席。」

「狀況？看來是重要到值得你們放棄協商的狀況啊？」

「別裝蒜了，小女娃，你們心裡有數。」

米埃爾閉上了嘴。

片刻後，她慢慢眨了眨眼睛，開口說道：「看樣子，卡塔斯勒羅皮沒有乖乖地讓你們通過。」

卡塔斯勒羅皮，守護混沌與深淵通道的守門人，也是最強大的古代三神之一。

傑洛姆咬牙切齒地說道：「不只不讓我們通過，它甚至直接封鎖了入口。你為什麼沒有告訴我們？」

「我怎麼會知道它想攔住你們？卡塔斯勒羅皮原本對君主的通行漠不關心。」

「別說謊了，你們不可能不知情。」

「所以你們和卡塔斯勒羅皮正面交手了？」

傑洛姆慢慢調整呼吸，周圍的氧氣似乎都被抽走了一般。

「十大君主死了四個，還有兩個受了重傷，無法上來。」

團長們互看了一眼。倘若傑洛姆的話屬實，那麼對偉大之土而言，這將是一次慘重的損失，他們失去了一半的主要戰力。

龍之君主巴爾坎特補充道：「不過，要殺死你們還是輕而易舉，最好別打什麼歪主意。」

米埃爾無視他的話，再度問道：「那卡塔斯勒羅皮怎麼樣了？」

「它暫時處於完全封印狀態。真是可笑，十大君主一起出手，竟然也沒能殺死它。現在負傷的黃金君主正守著它的封印。」

允煥下意識地把玩著筆，耳中聽進這段對話，心裡卻不知道該相信多少。

在他看來，團長和大君主已經是無可匹敵的強大存在。那麼，足足需要十名君主共同出手才能封印的存在，究竟是何等怪物？

傑洛姆繼續說道：「總之，為了和你們協商，我們已經付出了足夠的代價，你們還打算逼我們遵守那不像樣的禮儀？明明是我們該要求賠償才對吧。」

「你們想要什麼補償？」

「交出你們獨占的果實。」

「那是這次協商的交易條件，我們不可能因為這點小插曲就交給你。」

米埃爾的話令傑洛姆臉色沉了起來。

「這點小插曲？」

猛然爆發的驚人世界力讓一眾團長面色驟變，幾乎同時拔出了自己的獨門兵器。

傑洛姆的臉上浮現出嘲笑。

「果然一開始就該這麼做，跟你們這種傢伙沒什麼好談的。」

面對超越團長防護範疇的殺氣，允煥逐漸精神恍惚，一旁協助記錄的瑞律也咳出銀光。

龜裂和大君主之間的全面戰爭一觸即發，就在這時，一個男人走進了會議廳。

「看來你們完全沒有協商的意願。」

意識矇矓間，允煥望向那個穿著破舊麻衣的半裸男人。

允煥原本還抱有一絲期待，但對方不是裂主。

「這就不妙了，傑洛姆。」

男人的話音剛落，全身便散發出的龐大世界力，一下子將其他人的世界力推開，原本壓迫會議廳的沉重壓力也瞬間消失。

幾個大君主臉色蒼白，尤其傑洛姆的表情更是難看。

「你這傢伙為什麼會在這裡，佛陀？」

佛陀。允煥想起自己曾在某處聽過這個名字。

這分明是他在新兵訓練時，從教材上讀到的名字之一。

難道他就是八大神座的佛陀？

八大神座是被公認為深淵最強的神祇。事實上，官方名稱是七大神座，但隨著龜裂主麥亞德成為第八站點卡斯皮昂的主人，名稱也隨之更改。

「輪迴之神」佛陀，是當今八大神座排名第六的神祇。

「八大神座為什麼會出現在這裡？」

瞬間，允煥望向目前仍空置的座位。

除了最高席的麥亞德之外，龜裂一側仍有兩個空位。就算算上已經退出龜裂的第二團長，仍然還剩下一個位置。

一股寒意緩緩襲上允煥的背脊。

不會吧？這想法占據了允煥的大腦。

佛陀咧嘴一笑。

「看來你們不曉得——我也是覺醒者。」

「你是覺醒者？」

聽見這句話，傑洛姆臉色大變。

「難不成，你……」

「你猜對了。」

佛陀就是龜裂的第二把手，也是除麥亞德之外，龜裂最強的存在。

幾名團長一個接一個地收起武器，向佛陀簡單問候。

「好久不見，佛陀。」

「好久不見了。」

「您來晚了。」

「是啊，抱歉。」

一一回禮後，佛陀徑直經過他們身邊，來到自己的座位上。

喀啦一聲，佛陀拉開椅子坐下，翹起二郎腿看著傑洛姆。

「看來你終於有意願好好協商了，傑洛姆。」

咬牙切齒的聲音在廳內迴盪。

一直以來，就連允煥也未能知曉，籠罩在神祕面紗下的龜裂第一團長究竟是誰。

沒想到，他竟然就是八大神座之一的佛陀。

「那麼，我們重新開始協商吧？」

† † †

宰煥睜開眼睛，是在藉由格式塔之眼復原《深淵紀錄》所有內容之後的事了。完整的歷史滲進腦海，宏偉的故事的悠長餘韻，在宰煥心中留下了靜謐的光芒。

「你醒了。」

當他睜開雙眼時，柳納德、凱洛班以及所有長壽族族民都聚集在周圍。

宰煥問道：「過了多久時間？」

「快一個月。大戰士說你應該今天會醒，果然是真的。」

一個月，比他預估的時間長多了。

但是花費這段期間研究《深淵紀錄》非常值得，光是閱讀完所有紀錄，宰煥就擁有了與以往全然不同的視野。

事實上，宰煥整個人也散發出前所未有的高深氣息，作為信徒的柳納德更能感受到這一點。

然而，他也在宰煥的內心深處，感受到了一股與之相伴而生的情感。

宰煥看起來很孤獨。

也許是因為他獨自一人領悟了這個世界悄悄隱藏的祕密。

柳納德很好奇宰煥到底知道了什麼，但他無法輕易地開口詢問，因為總覺得有一堵難以言喻的厚牆矗立在他和宰煥之間。

以前雖然也有過這種感覺，但從未像現在這麼強烈。他們看似望著同一個世界觀，卻彷彿已成為了截然不同的存在。

不久後，宰煥一行人來到了瘋狂之森的入口。

柳納德和凱洛班先在一旁等待，宰煥則是在最後和長壽族以及拉—哈瑪德簡單地打了個招呼。

具體內容不得而知，但似乎許下了某種承諾。

「沒想到我竟然花了一百天才踏出這裡。」

凱洛班脫下搓澡手套，伸著懶腰。他在宰煥的幫助下，正在逐漸恢復與伊格尼斯的連結。

不愧是八大神座的代行者，他恢復連結後釋放出的世界力，絲毫不遜於宰煥。

「你在這裡也成長了不少嘛，都能感覺到我的世界力了。」

「我只是認真背誦烏洛波羅斯而已。」

「說起來，我很好奇那到底是什麼意思。」

「我不想知道。」

遠處，宰煥逐漸走近。

柳納德開口說道：「我們要立刻出發嗎？」

「還沒，我在等人。」

「等人？誰啊？」

「我的伙伴。」

柳納德心想，自己剛才是不是瞬間不小心露出了失禮的表情，但這也無可厚非。

伙伴？宰煥哪來的伙伴？

從登上深淵起，宰煥始終都是孤身一人。

他在途中遇見了安徒生和柳納德，又在元宇宙結識了一些追隨他的緣分，但他們都在先前的海奇諾德大慘案命喪黃泉了，怎麼還會有其他同伴？

柳納德心中升起一股微妙的被背叛感。

「到底是誰——」

「我有預感，他們很快就會到了。」

就在那一刻，天空彼端出現了一道巨大的陰影。

凱洛班吹起了愉快的口哨。

「啊，是當時那幾位朋友嗎？看來他們平安無事。」

一艘漆成黑色的巨大飛空艇飄在空中。

柳納德張大嘴巴，呆呆地仰望著飛空艇。

這麼說來，在進入瘋狂之森以前，他確實曾經登上那艘飛空艇。

那時他剛失去安徒生，正感到心慌意亂，所以沒有仔細詢問，只知道先前一起攀登元宇宙的卡頓也是那艘船的一員。

看到船體邊緣貼著滅亡的標誌，柳納德才想起飛空艇的名字。

「這個名字聽起來真響亮。」

隨著宰煥淡淡的微笑，遠處傳來了聲音。

「宰煥！」

飛空艇的名字叫作「滅亡號」。

「小鬼！」

「城主！」

空中同時響起幾個人的呼喊聲。

柳納德能感受到那些呼喊蘊含的情感。那是一種等待某人很久很久，深深掛念著對方的感覺。

他看到那些人跑向宰煥。

原來他們才是宰煥真正的「伙伴」啊。

柳納德突然有種奇怪的感覺。

明明身處同一空間，卻彷彿置身於兩個不同的世界，他無法理解他們的笑容、他們的歡樂、他們的喜悅。

直到此刻，柳納德才明白，自己隱約從宰煥身上感受到的隔閡究竟是什麼。

那是時間的壁壘，也是一道他無法介入的情誼之牆。

原來自己一直以來感受到的，就是這道牆嗎？

柳納德頓時有點想念安徒生。

少年的本能告訴他，自己永遠無法進入那道牆內。眾人開心的聲音在排山倒海的疏離感和深刻的絕望中逐漸遠去。

緊接著，下一瞬間——

「柳納德。」

一道嗓音泰然自若地呼喚著少年的名字。

他抬起了頭。

「走吧。」

毫無絲毫猶豫的呼喚中，柳納德意識到自己輕而易舉地跨越了某道牆。與此同時，他也意識到，從此以後，將會有某種新的開始。

柳納德不自覺地回頭望去。

送行的長壽族身影已然消失無蹤，黑葉林和瘋狂之森亦逐漸遠去。

在那片森林中，他學到了許多，也送走了許多事物。他緩緩轉過頭，看著朝自身奔來的宰煥的伙伴們。

那一刻，柳納德似乎稍微理解了烏洛波羅斯的含意。

如同人們不停穿脫衣服，他身邊的某個人離去後，也會有另一個人到來。

柳納德不清楚這是否就是完整的含意，但即使如此，他也絕不想隱藏這種心情。

少年閉上了眼睛。

接著，歌聲從某處傳來。

那是安徒生曾經唱給他聽的、安靜而溫暖的歌謠。

可憐的赤身神，

獨自一人回家的路上，

一直在想。

總會有那麼一人……

總會有那麼一次……

柳納德專注聆聽著歌聲，輕聲低喃。

「烏洛波羅斯。」

3.

宰煥、柳納德與凱洛班依序登上了滅亡號。這次不像先前那樣遭到追擊，因此他們有時間互相寒暄。

「卡頓大哥！」

「柳納德，好久不見了。」

卡頓和柳納德早已相識，兩人握著彼此的手，表達重逢的喜悅。

然而，一旁的清虛和凱洛班形成了一股微妙的緊張氣氛。

「你是誰？」

「老頭，我們之前見過，我是伊格尼斯的代行者，你不知道嗎？」

「你真的是那個伊格尼斯的代行者？」

「我之前不是都把火焰圖紋秀出來了嗎！」

「這長得不像火焰啊，而且你說話的語調好像也變了。」

清虛顯得有些不知所措，畢竟凱洛班的氣息與他之前登上滅亡號時相比，的確有很大的不同。

凱洛班原本的世界力恢復到了一定程度，再加上與長壽族一起進行修行，他的靈魂境界也得到提升，會出現這種情況也不足為奇。

同時，每當被介紹給其他伙伴時，柳納德都驚訝得像是眼睛要掉出來一樣。

「清虛？你就是那位好色神仙？」

「那個稱號不是事實……」

「聽說賽蓮TV的賽蓮也在這裡，是真的嗎？」

「呵呵，那丫頭現在在駕駛艙……但你之前不是見過嗎？」

要是不阻止大家，這種無謂的對話似乎永遠不會結束，宰煥於是開口。

「老頭，你怎麼找到這裡的？」

「這麼久不見，一上來就先問這個問題？」

清虛隱約表現出些許不快，宰煥露出了一抹苦笑。

從混沌一直到深淵，倘若沒有清虛，他們就無法越過一路上的重重難關。清虛是多次面臨生死險境，卻仍舊追隨著他的人，如今宰煥也不得不承認他的重要性。

「嗚嗚嗚！小鬼！」

終究忍不住淚水的清虛，跳起來抱住宰煥。

宰煥默默低頭看著他，有些無奈地用手指輕輕將人推開。畢竟卡頓和柳納德正默默排在清虛後面，他不得不這麼做。

凱洛班看著柳納德，問道：「你幹嘛排隊？」

「不是大家都要抱一下嗎？」

清虛向宰煥娓娓道來這段時間的一切。

從在卡塔斯勒羅皮打開的深淵通道與宰煥分離的事，到大家等待著宰煥，最後決定一起冒險的經歷。

還有遇見數百名中階神和數十名高階神，到處被痛扁的事。

在賽蓮的幫助下，他們在第五站點的工匠協會建造了滅亡號。

為了提升世界力，他們遍歷深淵各處，刻意挑選並解決惡劣的中高階神祇，因此獲得了廣為流傳的綽號——滅亡引導者。

雖然並非源自古代三神，但他們也獲得了一些古老神祇的配件，眾人的固有世界得到了飛躍性的成長。

幾個月前，他們在卡斯皮昂附近偶然得知宰煥的消息，並跟隨他的足跡進入了海奇諾德的拍賣會……

一切都發生在說短不短，說長不長的兩年又三個月之間。

主要說話的是清虛，聽的則是宰煥。

「大家都成長了不少。」

宰煥感受到了眾人身上散發出的氣息，體會到他們在過去的時間裡付出了多少努力。尤其是清虛和卡頓，現在僅憑世界力總量，就足以與普通的最高階神相匹敵。滅亡引導者的稱號並非浪得虛名。

「現在跟我較量會更過癮的。等你看到我的固有世界，肯定會大吃一驚，嘿嘿。」

「是嗎？聽起來很有趣。」

雖然是殺氣騰騰的對話，語氣中卻沒有絲毫敵意。

在彼此信任和團結的氛圍中，柳納德罕見地沉浸在安詳舒適的感受裡。

「哦，你來啦？」

從駕駛艙內現身的賽蓮打了個招呼，宰煥也輕輕點頭。

總算一睹賽蓮的美貌，柳納德與凱洛班大受震撼。上次情況特殊，所以沒能仔細端詳，小兄弟偶像的外貌果然相當驚人。

卡頓就算是整個深淵屈指可數的美男子了，而賽蓮華麗的容貌，幾乎可以用「豔冠群芳」來形容。

清虛大笑著挖苦道：「喂，臭丫頭，妳也太晚出現了吧？明明一小時前還宰煥宰煥地叫個不停。」

「沒有啊，我哪有。」

「小鬼，你知道你在拍賣會出意外的時候，那個夢魔有多擔心嗎——」

「閉嘴，臭老頭。」

賽蓮偷偷瞄了宰煥一眼，嘴唇動了好幾次。

她也很想跟宰煥說話。

如果她想，當然能輕易地找到話題，比如可以聊聊在神祕異界遇到的那個小宰煥，也可以聊聊養父妙拉克的事情。

但賽蓮不像喋喋不休的清虛或笑臉盈盈的卡頓，能夠臉不紅氣不喘地融入這股氣氛。

與清虛和卡頓不同，她本來就不是宰煥的伙伴，真要說起來，她更接近宰煥的敵人。

賽蓮是建造塔的夢魔，而宰煥是為了終結栽培而登上幻想樹的覺醒者。

賽蓮也重新意識到，過去這兩年又三個月以來，她心中恣意橫生的情感不應該存在。

自始至終，宰煥只是為了利用她才將她帶來深淵，就算現在突然將她排擠在外也不足為奇。

宰煥不在的這段時間裡，賽蓮放任自己對他的感情日益滋長，這完全是她咎由自取，怪不得人。

為什麼身為夢魔的她會陷入這種感情遊戲的泥沼呢？

賽蓮低著頭躊躇了許久，然而先開口的是宰煥。

「謝謝。」

宰煥的語調平靜而淡然。

聽見聲音的那一刻，賽蓮心中升起了一種無法理解的情緒。

不公平。

為什麼作為夢魔的她，會在此刻被這種情感淹沒？

為什麼宰煥的一句話，會讓她覺得自己得到了這世上一部分人的原諒？

「笑什麼？」

「我沒笑。」

看著宰煥那張老實的臉，賽蓮再度意識到，這個人仍然是「宰煥」。

無論過了多少年，世界如何變化，他仍然是那個宰煥。

如果他是「宰煥」，那麼自己只需要作為「賽蓮」就夠了。

賽蓮短促地深吸了一口氣，開口說道：「聽說你都光著身子，我才抱著期待來的，結果現在卻穿上衣服了？」

她原以為這是一個合適的玩笑，沒想到宰煥反而用認真的語氣回應。

「現在也是赤裸的狀態。」

「什麼？」

「我說我現在光著身子。」

賽蓮迅速上下掃視了一遍。

無論怎麼看，宰煥都披著皮革大衣。她甚至懷疑宰煥的意思是他只有穿著大衣，因此仔細查看了大衣裡頭，但他明明還穿著破舊的T恤和戰鬥服。

「你在開玩笑吧？」

「我是赤裸的，雖然解釋起來有點困難。」

「沒錯，如果硬要說，宰煥先生現在算是一種烏洛波羅斯的狀態。」

柳納德的話令賽蓮瞪大了眼。

「烏洛波羅斯？」

「對，烏洛波羅斯。」

宰煥默默地盯著柳納德，彷彿突然想到了什麼，輕輕抓住他的肩膀。隨後，柳納德的身上也自動出現了一件皮革大衣，與宰煥身上的是同款設計。

賽蓮驚訝地問道：「怎麼回事？你怎麼做到的？這是操縱系設定嗎？」

「相近，又不太相同。」

方才宰煥製作的衣服，是透過三神器格式塔之眼產生，他現在隨時可以創造衣物或讓其消失。

獲得格式塔之眼後，宰煥完全跳脫了單純「穿脫衣物」的概念。正因如此，他才會在穿著衣服的同時，說出自己其實處於赤裸狀態。

不過如此複雜的概念，要用語言解釋太過麻煩。

賽蓮眼神空洞地嘟囔著。

「這段期間到底發生了什麼……」

「事情就是這麼複雜，夢魔女士，如果覺得難以理解，妳也可以直接視為操縱系的設定。」

凱洛班小心翼翼地遮住了下體——跟宰煥和柳納德不同，他仍然是全裸狀態——狡猾地笑著。

從剛才開始，他就刻意鼓起全身肌肉，炫耀自己的身材。

賽蓮問道：「話說，你是誰啊？」

「我叫凱洛班，是伊格尼斯的代行者。」

「是喔……」賽連漫不經心地應了一聲，隨即慌忙地反問，「等等，伊格尼斯？」

「呵呵，是的，看來妳似乎認識她。」

看見賽蓮的反應，凱洛班露出了自豪的表情。

「不可能不知道吧，畢竟是伊格尼斯。」

「嗯哼。」

凱洛班的臉色變得更加開心了。像是要撫平這段期間受到的委屈，他得意洋洋地俯視著柳納德。

看好了，小鬼。這就是七大神座，不，是八大神座之一的伊格尼斯的代行者，也就是我的威嚴。

就連在對面的清虛和卡頓，也正在低聲談論關於伊格尼斯的話題。

緊皺眉頭的柳納德撇了撇嘴。

「看來八大神座確實了不起。」

「哼，現在才知道已經太晚了，臭小子。」

「就算這樣，你也還是全裸。」

這麼說來，他都忘了這件事。

瘋狂之森的每個人都光著身子，現在出來後，看到大家都穿著衣服還真是不太習慣，甚至連原本也裸體的宰煥和柳納德都穿上了衣服。

在賽蓮帶著異樣蔑視的眼神下，凱洛班猛地縮起肩膀。這種情況下，不論是七大神座還是八大神座，都毫無尊嚴可言。

「喂，宰煥，也幫我弄一件像你那樣的衣服吧。」

「你不是我的信徒，我辦不到。」

「信徒限定嗎？」

「目前是這樣沒錯。」

正當凱洛班猶豫著是否該為這片刻的羞恥心拋棄自己的神祇時，柳納德笑嘻嘻地開口。

「裸體又怎麼了？幾天前你不是還大聲宣揚裸體才是究極的真理嗎？」

「……」

「你就跟赤身神一樣帥氣呢，我們不是還一起唱歌了嗎？從前從前，有一位赤身神。」

宰煥唱那首歌的時候明明看起來很酷，這小鬼唱起來怎麼就這麼討人厭，還讓人感到很羞愧？

當凱洛班漲紅著臉氣到發抖時，有人替他披上了一件外套。

「不介意的話，請披上吧。」

是卡頓。

「哦，謝謝，你真是個好人。」

凱洛班內心感動不已。

一開始他還對這個長得像小白臉的傢伙有點戒心，現在才發現，這個小白臉是這裡最善良的人。

卡頓帶著和善的笑容，回答道：「沒什麼。您是伊格尼斯大人的代行者，現在肯定很辛苦吧。」

「啊？」

短暫的沉默降臨。

凱洛班問道：「辛苦？我？」

「您不是說自己是伊格尼斯大人的代行者……嗎？」

「呃，是這樣沒錯。」

儘管接受了宰煥的幫助，凱洛班與伊格尼斯的連結仍未完全恢復。世界力與設定的連結雖然接通，但與神祇直接進行溝通的連結仍處於不完整的狀態。

看著喧鬧的清虛一行人，凱洛班陷入了沉思。

難道他們驚訝的不是他身為伊格尼斯的代行者，而是另有其因？

凱洛班簡短地交代了一下來龍去脈。

他之前因為某種原因與神祇失去連結，現在雖然已處於恢復階段，但仍無法直接與神溝通。

卡頓勉強理解了那段前言不搭後語、雜亂無章的說明。

「原來還發生了這些事。」

凱洛班心想，這個小白臉或許比想像中還要聰明。

小白臉親切地開始解釋。

「那麼，接下來我說的話可能會讓您感到驚訝。」

「什麼事？難道伊格尼斯大人出事了？」

「伊格尼斯大人應該沒有什麼問題，但從某些方面來說，出現了更嚴重的狀況。」

「更嚴重的狀況？」

「我記得伊格尼斯大人統治的是第三站點熱帶夜，沒錯吧？」

「嗯，是沒錯。」

凱洛班覺得自己被這個小白臉牽著鼻子走，他完全無法理解對話的脈絡。

為什麼突然提起站點？

「等等，難道說——」

一股不祥的預感掠過凱洛班腦海。

卡頓沉著的聲音化作平靜的絕望，傳入凱洛班耳中。

「一個月前，熱帶夜被龜裂攻陷，從深淵消失了。」

4.

不知不覺，龜裂與大君主之間的協商，已經是三個月前的事了。

三個月說長不長，說短不短，而不論時間長短，這三個月對於深淵和生活在深淵的存在來說，都是一段可怕的時光。

第五站點「諸神黃昏」的天空下，允煥正靜靜地抬頭仰望。他突然聽到身邊傳來聲音，轉過頭去。

「中隊長。」

一名氣宇不凡的中年人注視著他，對方是中隊的副隊長。

允煥呆呆地看著副隊長，內心暗自低喃。

中隊長啊……

他再度對這個頭銜感到陌生。

允煥最近之所以能夠獲得大幅度升遷，是因為龜裂獨特的等級制度——覺醒階段越高，就能擁有較高的階級。

克服大失蹤模擬訓練，一舉成為第三階段覺醒者的允煥，目前正擔任龜裂第二十四中隊的中隊長職務。

「您在想什麼？」

說話的是副隊長阿德爾。

第二階段覺醒者阿德爾作為龜裂的一員，與允煥一同參加了這次的深淵征伐大戰。

「沒什麼特別的。」允煥對於自然脫口而出的平語感到陌生，繼續說道：「就是覺得不知道還要持續多久。」

「快結束了。」

允煥俯瞰著周圍癱倒在地的無數靈魂。

他們曾為第五站點諸神黃昏的信徒，曾擁有召喚雷電、劈開大海之力，如今卻淪落為幻想樹的養分。

「救、救我……」

幾個奄奄一息的靈魂朝允煥伸出手，恐懼充斥在他們眼中。

允煥下意識伸出手，但又停了下來。

砰！

正在搜索戰場的龜裂士兵了結了倖存者的性命。噗滋，銀色的光芒噴湧而出，那隻顫抖的手無力垂落地面。

允煥無法將目光移開。

不知何處傳來了雷鳴，那聲音或許是在預示著這場戰爭即將迎來終結。

「大君主那些傢伙，弄得可真熱鬧。」

諸神黃昏的中心地帶，最後倖存的神祇大舉發動設定，展開戰鬥。

激戰區投入了兩名大君主與一名團長的兵力。

敵方是八大神座之一，第五站點諸神黃昏的統治者，時間之神克洛諾斯。

透過代行者降臨的克洛諾斯，反覆倒轉時間，展現了驚人的武力。半徑數公里範圍內的空間一再地扭曲又展開，世界力與世界力相互碰撞，接二連三發出巨大的爆炸聲。

這確實是一場不同凡響的戰鬥。

但無論克洛諾斯再怎麼強大，終究是孤軍奮戰。八大神座雖然比大君主強，但他們也無法同時對付兩名以上的大君主，更何況這次還加上了一名龜裂的團長。

遠處，城堡崩坍的模樣清晰可見。

森林君主伊利奧內斯的設定「森林巨人」摧毀了克洛諾斯的聖域，毀滅的齊克弗里特揮動格拉姆之刃，再度無效化克洛諾斯的操縱系設定。第五團長米埃爾抓住機會，對克洛諾斯發起了猛攻。

克洛諾斯發出撕心裂肺的慘叫。

大名鼎鼎的八大神座跪倒在地。

阿德爾不停悄聲讚嘆。

「更令人驚訝的是，這是第三次勝利了，也許深淵征伐真的有可能實現。」

在過去三個月，允煥目睹了兩座超大型站點的毀滅。

龜裂從火焰之神伊格尼斯暫時不在的第三站點熱帶夜開始攻陷，並擊敗了病魔之神瘟疫統治的第四站點症候群，隨後抵達的地方就是這裡，第五站點諸神黃昏。

「針對第二站點地獄的征伐應該也開始了。據說那裡有龍神德洛伊安，進攻起來相當困難。」

「德洛伊安就是使用黑焰龍設定的神嗎？」

「是的，負責那裡的是第一和第二團長。第一團長也說過，單獨一人很難對付。」

允煥至今仍記得三個月前出現在會談現場的第一團長。

輪迴之神佛陀，憑藉一己之力就能擊敗兩位大君主的強悍八大神座，也是威脅著最強大君主「黑暗的傑洛姆」的存在。

由於佛陀出現，三個月前的談判桌形勢發生了一百八十度的轉變，所有談判條件都對龜裂一方極為有利。

「這麼說來，中隊長擔任了協商的書記官。」

「是啊。」

允煥憶起當時協商的條件內容。

那日，龜裂提出了三項主要條件。

第一，偉大之土與龜裂結盟。

第二，支援大君主的深淵戰爭。

第三，龜裂進攻老大時，大君主不得出手。

聽見允煥的話，阿德爾的臉色微微一變。

「我知道與大君主結盟這件事，但沒想到竟會要求他們不准介入與老大的戰爭。大君主答應這個條件了嗎？」

「事實上，談判就是在這個條件下開始的。」

「大君主不可能輕易背叛自己的主人吧？」

「對方也提出了條件。」

允煥沉思片刻，決定將那天談判的全部內容告訴阿德爾。

若是有人聽見了這個決定，可能無法理解，畢竟即使對方是副隊長，書記官洩漏談判內容仍然違反了保密原則。

儘管如此，允煥還是覺得自己必須說出來。他覺得將這個故事告訴阿德爾，可能會為自己創造一個重要的契機。

說不定，他的想法並沒有錯。

不知過了多久，聽完完整故事的阿德爾沉重地說道：「原來進行了這種協商。」

聽見他平靜而沉穩的聲音，允煥不自覺地緊張起來，感覺自己就像一個等待老師打分數的孩子。

「定期提供果實、放任再生宮重建、協助清理混沌。粗略來說，這就是大君主一方的重點條件。此外，還涉及到與栽培相關的討論。」

「沒錯。」

在重述故事的過程中，允煥再度意識到自己對談判的某些條款一頭霧水。

例如，涉及果實和再生宮的條款，允煥就因為缺乏知識而無法理解。

阿德爾則表現出截然不同的態度。

「事情嚴重了。今後龜裂將對混沌的事情袖手旁觀，老實說這與龜裂至今為止的行動截然不同。如果真的照談判的方向進行下去，恐怕龜裂無法再打著拯救人類的旗號了。」

「最後一項條款最讓我震驚。」

「您是指關於栽培的條款吧。」

「是的。」

撇開其餘的不談，從允煥的角度來看，有一項條款絕對不能讓步，那就是大君主與龜裂協商的最後一條，有關栽培的內容。

「未來透過栽培收割的所有商品，都將由龜裂和偉大之土對半分配。」

就算是為了擊敗那個什麼老大，而與該死的大君主結盟；就算龜裂承諾會滿足大君主提出的怪異要求，並持續提供果實，讓他們在偉大之土繼續進行戰爭……

但那到底是什麼鬼話？

說要瓜分「商品」，這不就等於默認了栽培的行為嗎？

「金允煥團員，我知道你在想什麼，但是請將眼光放遠，思考我們該如何擊敗老大，消滅大君主。」

「可是，團長！」

「龜裂不能只滿足於現狀，我們必須承受犧牲，透過部分的妥協創造巨大的變革。」

允煥非常厭惡無力跪倒在那道沉穩聲音面前的自己。

聽完所有故事的阿德爾點點頭。

「原來如此。」

龜裂的成員引領著俘虜。他們曾是在死亡和掠奪的恐懼面前瑟瑟發抖的信徒，如今已是選擇拋棄自身神祇並投降的喪失者。

允煥望著他們。

「過去三個月，我每天都在思考。」

「……」

「我一直相信自己做的是正確的事，一切最終都會回歸正軌。我相信只要等待，正義的結局總有一天會到來。」

「這樣啊。」

「但剛才我突然有了一個想法。」

士兵踐踏著倒在地上的俘虜，那雙彷彿在乞求幫助而伸出的手，正可憐兮兮地顫抖著。

允煥注視著那雙手，說道：「其實，這一切的結局可能與我期待的不同。」

「……」

「只要還存在著這些景象，那麼正義的結局或許永遠不會到來。」

那一刻，允煥抱著一絲期待。

他希望阿德爾，這個目睹龜裂失去人性的老輔佐官，能稍微認同自己的想法。

「那是您的錯覺，中隊長，結局還未到來。」

「什麼？」

「只要打倒老大，一切肯定都會解決。」

允煥微微張開嘴，隨即又闔上了。

一股深深的失望湧上心頭。

果然，這個人也是這麼想的嗎？

允煥壓抑著內心湧上的反駁，問道：「難道老大會復活死去的靈魂嗎？會將所有人的傷口都恢復原樣嗎？」

「也許吧，如果我們打敗老大，抵達初始噩夢，我們就能控制這個世界的一切——甚至包括時間。」

「時間？」

「是的。」

阿德爾凝視著遠處要塞的戰鬥。

曾經多次倒轉時間的克洛諾斯聖域正在崩塌。

「即使是八大神座的力量，也只能控制小範圍的時間，但在幻想樹的盡頭就不同。我們可以倒轉所有時間，甚至找回我們失去的一切。」

倒轉時間？

噩夢之塔的回憶掠過允煥腦海。

他咬牙切齒地喊道：「這麼做根本解決不了任何問題。即使我們可以倒轉時間，讓人們『以為』自己遭受的傷害從未發生，但那不意味著傷害真的『未曾發生』。即使沒有人記得，那段時間也確實存在。」

「……」

「你明白我的意思嗎？我是說……」

允煥逐漸語無倫次，洶湧的情緒麻痺了他的舌頭。

「原來中隊長是這樣想的。」

為什麼呢？允煥突然覺得阿德爾話語中的沉著與以往不同。

阿德爾拿出香菸點燃。

「剛加入龜裂的我也曾和中隊長有差不多的想法，認為或許龜裂才是唯一能改變世界體系的組織。」

「你說『曾經』，你現在不這麼想了？」

「是的。」

「那你為什麼……」

「您是問我為什麼還留在龜裂嗎？」

允煥閉上了嘴。即便存在著所謂的上下級關係，這個問題仍有點冒犯。

「我待在這裡太久了。」

頓時，阿德爾看起來就像一頭被困在動物園柵欄裡，度過漫長歲月的年老猛獸。

「我在龜裂待了七百年，在這段時間，我看見了許多，也失去了很多。我看到了曾經珍視的事物逐漸變化的景象，也一次又一次地目睹，那些曾被稱為人性的東西消失無蹤。」

七百年。面對這段久遠的歲月，允煥不禁倒吸一口氣。

任何龜裂成員都不可能不知道七百年前發生了什麼。

眼前的阿德爾副隊長，正是大失蹤的倖存者。

「也許曾經有機會可以改變。如果那些東西還沒有消失、還沒有被時間的洪流捲走，因而放棄一切的話。」

「不，現在還來得及，你還……」

允煥說到一半就停下了。他意識到這句話有多麼不負責任，多麼缺乏同理心，又是多麼拙劣的安慰。

允煥對阿德爾度過的七百年一無所知，對他所經歷的痛苦、悲傷，全然不知。

阿德爾微微一笑，說道：「您很像我朋友。」

「朋友？」

「她是我很珍惜的朋友，也是最後一個和我聊得來的朋友。她曾告訴我，我還來得及，所以要我跟她一起走。」

允煥小心翼翼地問道：「那你的朋友現在……」

「她前不久退出龜裂，去尋找自己的道路了。那是件很了不起的事。」

允煥只覺得心頭一涼。

龜裂不存在「退出」。

在這裡，退出只意味著死亡。

然而此刻阿德爾的「退出」並不是指死亡，也就是說，那個朋友還活著。

而允煥知道一個活著離開龜裂的女人。

「還不算晚——我很感激你們這麼對我說。無論是那位朋友，還是中隊長您。但我自己最清楚，已經太遲了。」

阿德爾說到這裡，停下來喘了口氣。

「不過，也許有人還來得及。」

可怕的寂靜頓時籠罩了兩人。

允煥用顫抖的聲音問道：「你現在是……叫我離開龜裂嗎？」

「我有說過那種話嗎？」

允煥環顧四周。

他看見龜裂的成員在戰場四處搜索，還看見了被他們踐踏的俘虜。伸向允煥的手被無情地踐踏，銀光四濺。

允煥再次用顫抖的聲音問道：「你、你也一起……」

「哎呀，難道您自己一個人就什麼也做不到嗎？」

允煥閉上了嘴。

他走得了嗎？他能越過無數的龜裂成員，抵達想去的地方嗎？

不，他知道自己想要去哪裡嗎？

允煥慢慢地轉身背對阿德爾，小心翼翼地邁出了一步。

一步，又一步。

好可怕，好恐怖。

無論這個世界有多不合理，他仍舊畏懼離開這個自己所信仰的世界。

緊握的拳頭彷彿快要被捏出血，他的腳步卻遲遲無法邁出。最終，允煥的身體又緩緩轉向阿德爾。

他是如此悲慘，又卑劣。

然而，當身體轉到一半，允煥的眼前出現了一幅畫面。

那是一個人的背影。

允煥僵硬地轉過身，茫然地凝視著那道背影。

眼淚差點奪眶而出。

那是他曾經無比信任的背影，面對所有逆境都毫不退縮，堅持守護同伴的男人背影。

允煥不由自主地走向那道背影，就像個醉漢或瘋子一樣，搖搖晃晃地前行。

不知道走了多久，待他清醒過來時，才意識到自己已經走了數十步。

數名龜裂成員瞄向他。

允煥在銀光之間俯視著那隻向他伸出，卻慘遭踐踏的手。他看著那隻手，慢慢地跪下，靜靜地握住了那名俘虜的手。

戰場上所有人都看著這一幕。

此時，阿德爾的聲音從後方傳來。

「中隊長，作為您告訴我機密情報的回報，我可以告訴您，我的朋友去了第七站點。」

閉上雙眼的俘虜化為銀光消逝而去。

允煥緩緩站起身，再次邁開了步伐，而這回，他沒有絲毫猶豫。

他背對著阿德爾說道：「保重了，阿德爾。」

那一刻，只有阿德爾意識到允煥語氣的轉變。

他點點頭。

「小心點，希望我們能再見面。」

「我希望不會，因為到時候我們將會是敵人。」

允煥再度邁開步伐。

如今，他已經看不見朋友的背影了，即使如此，他也知道自己現在該往哪裡去。橫越茫茫的戰場，他彷彿能看見朋友走過的道路。

還能再見到那傢伙嗎？允煥邊走邊搖頭。

他開始一步一步地沿著老友走過的道路前行。

5.

與清虛一行人會合後，宰煥大致聽說了深淵的情況。目前龜裂與大君主結盟，而麥亞德已經發動了深淵征伐大戰。

「原來如此。」

面對這個令大部分人感到驚訝的事實，宰煥只是淡然地點了點頭。

覺醒者組織龜裂與大君主聯手這事確實令人震驚，但就麥亞德的作風而言，他的確很有可能做出這種事情。

「小鬼，你也知道，現在立刻攻入第八站點是不可能的。」

擔心宰煥會立刻去找麥亞德戰鬥的清虛率先出聲勸阻。

宰煥注視著清虛一會兒，然後問道：「拍賣會裡的人怎麼樣了？」

「他們……」

清虛談到了海奇諾德大慘案之後四散的人們。根據他的說法，當時為了拯救宰煥而來的元宇宙眾神大部分都活著，其中一部分被龜裂抓住，另一部分正在逃亡，慶幸的是他們都還活著。

「烏鴉之王下落不明，可能是被龜裂抓住或暫時躲起來了。馬爾提斯和命運女神率領的明日之神正在跟龜裂打游擊戰。還有……」

包括老天施俞、死天塔納托斯、深海之神拉塞爾在內，與宰煥保持友好關係的神祇都遭到龜裂的追捕。

宰煥問出了他一直以來的最關心的問題。

「安徒生呢？」

柳納德猛地抬起頭，清虛沉默了片刻。

滅亡號的船員顯然也都通過小兄弟認識了安徒生。

「我們沒能找到赤身裸體的安徒生的遺體，她的代行者也是。」

最後一刻，安徒生降臨至其代行者瑞秋．英身上，保護了宰煥。

宰煥低頭看著自己的拳頭，久久不語。

清虛安慰道：「其他傢伙應該在第七站點附近。現在深淵能藏身的地方屈指可數，第八站點的居民大多也搬到了那裡。」

賽蓮拍了一下手，問道：「我們正好在第七站點附近，要不要去看看？」
宰煥俯瞰著飛空艇下方的風景。與其他站點相比，這裡散發著獨特的古老城市氣息。看著眼前的景色，宰煥的腦海浮現出一個又一個幫助過他的人的名字。
沒有他們，他就不會站在這裡。
「我稍微逛逛就回來。」
卡頓和柳納德兩人彷彿在比賽一樣，迅速從座位上站了起來。
「讓我陪同吧，城主。」
「宰煥先生，我也一起去。」
「我把飛空艇停在附近，然後跟上你們。」
宰煥搖頭。
「我一個人去，其他人視情況加入。」
「你一個人又想闖什麼禍——」
宰煥一言不發地看著清虛。
清虛輕嘆一聲，重新坐下。
「好吧，小鬼，但只能待一下子。」
宰煥輕輕點了點頭，離開了飛空艇。

✝

✝

✝

武林客棧最近在第七站點開了第二家分店，但這並非是因為它的生意蒸蒸日上，而是因為總店和第一家分店都倒閉了。

「怎麼這麼快就倒閉第二次了啊。」在廚房製作包子的萬里神通忽然嘀咕道。

白午一邊打著哈欠，一邊嘟囔。

「如果是因為難吃而倒閉，那也就算了。」

「就是啊。」

總店所在的塔倒塌了，他們也自行逃離了第八站點。仔細想想，元宇宙的坍塌，以及逃離第八站點，都是萬里神通的選擇，所以他也沒有什麼好抱怨的。

只是，昨天也罷，今天也罷，他依然在包包子，並且等待著那個喜歡他包子的男人再次回來。

就這樣，專心致志地包著包子的萬里神通，突然停下了來。他年邁的雙手上，放著一顆又大又晶瑩剔透的包子。

白午問道：「那是『今天的包子』嗎？」

「對。」

今天的包子。不知何時開始，萬里神通每天都會包一顆「最好的包子」。他沒有把這個包子賣掉，而是將其保管在蒸籠的最上層。

白午知道那是為了誰做的包子。

「師父。」

「白午。」

「是。」

「你的實力為什麼一直沒有提升？」

「我怎麼知道？」

白午發著牢騷，放下包子皮，走到了門口。

有客人來了。

「歡迎光臨。」

兩名客人掀開客棧的門簾，並排走了進來。

一名男人面容消瘦，缺少一隻手臂，另一名男人則戴著單邊眼罩。真是奇怪的組合。

「一份包子，一碗素麵。」

「我跟他一樣。」

白午看了看兩名男人。

第七站點「艾波格」的居民由於天生的特性，腦袋都少根筋。而眼前的兩個男人雖然身體殘缺，看起來不像是少根筋的樣子。

難道是外地來？

白午偷偷將世界力集中在丹田附近，問道：「請問兩位是一起的嗎？」

「不是。」獨臂男回應道。

兩個男人互相看了一眼，隨即各自坐到離彼此最遠的角落。

白午再次提問。

「素麵會附上雞湯，可以接受嗎？」

「我知道，就照平常那樣。」

他知道？是來過店裡的人嗎？

白午沒有放鬆警惕，點點頭走進廚房。

這也在所難免，畢竟這兩個男人都是非常強大的高手。

「師父，好像出了點問題。」

「是龜裂的人嗎？」

「不曉得，他們都遮著臉。不過他們知道雞湯，以前應該有來過店裡。」

「他們知道我們的雞湯？」

「別太期待，我很確定不是那傢伙。」

白午的話讓萬里神通沮喪地皺起眉頭，他不耐煩地舀了一勺雞湯，然後拿出包子放在盤子上。

「端出去吧。」

「是。」

白午迅捷地利用輕身術將食物端上客人的桌子。

兩個男人同時夾起包子，互相較勁似地把包子放進嘴裡，然後同時嘟囔。

「好吃。」

「不錯。」

就在白午思考該回應哪一方的時候，兩人再次嘀咕起來。

「還是一樣的味道啊。」

「也算是不枉此行。」

兩個男人的目光在空中交會，一股不尋常的世界壓開始流動。

就在白午以為他們快要打起來，準備上前勸阻時，客棧門口出現了一個人。

「歡迎光——」

白午的話沒能說完。因為闖入客棧的男人釋放出的冷冽世界力，令他四肢僵硬。

「這裡是萬里神通的店嗎？」

聽到那人的聲音，白午頓時汗毛直豎。對方背上背著一把巨大的環刀，而能使用這種尺寸環刀的神祇，只有一位。

七星，千斤神阿亞托。

白午強忍著翻騰的氣血，應道：「是又如何？」

「叫萬里神通出來。」

「你找我師父有何事？」

下一刻，白午感覺肩膀一沉，他還沒來得及發出聲音，身體就已經倒在了地上。

猶如整個空間無情地壓在了他的身上。

白午臉色慘白。他的實力絲毫不遜於普通的高階神祇，竟然如此輕易地被制伏。

就在白午吐出銀光，費力蠕動嘴唇之際。

「放開那孩子。」

萬里神通走了出來。

千斤神輕輕一揮手，壓力頓消，白午坐在地上咳嗽。

千斤神直勾勾地盯著萬里神通，問道：「你就是萬里神通。」

「正是。」

「說出空虛劍的位置。」

「我也不清楚。」

「你的萬里眼難道查不出來？」

「萬里眼也無法看見所有事物。」

「我數到三，如果你還是找不到方法，你和這間客棧都會在深淵消失。」

龐大的世界壓再度壓迫整座客棧。

萬里神通抬頭看著搖搖欲墜的屋頂，就好像有人在臨時加蓋的客棧屋頂上蹦跳，測試屋頂的耐重程度。

「夠了。」

獨臂男吃完碗裡的東西站了起來，與此同時，千斤神的世界壓也消失無蹤。

看來獨臂男是一名能抵消七星世界壓的強者。

萬里神通似乎已經知道他是誰，回頭望向他。

獨臂男說道：「萬里神通，多謝款待。既然吃了飯，就得付錢。」

獨臂男脫下了頭上的斗篷，他正是在海奇諾德大慘案協助宰煥的深海之神拉塞爾。

千斤神驚訝地瞪大雙眼。

「拉塞爾，你在這裡幹什麼？」

「千斤神，三秒之內滾蛋，我就饒你一命。」

千斤神和拉塞爾的世界力在客棧內形成漩渦，相互碰撞。

千斤神阿亞托和深海之神拉塞爾都是七星的一員，但是拉塞爾先前在大慘案所受的傷尚未完全恢復。

千斤神語帶嘲諷地說：「一個殘缺不全的獨臂廢物……」

作為反駁，拉塞爾的世界之變得更加狂暴，千斤神的臉色一黑。

即使這場戰鬥對敵人有利，拉塞爾仍擺出要與對方同歸於盡的氣勢。照這樣下去，千斤神縱然贏了戰鬥，也不可能毫髮無傷。

打斷對峙的是走進客棧入口的其他神祇。

「看來你一個人還是不太行啊，千斤神。」

「砰。真是丟人現眼！砰。」

另外兩位七星走進客棧內，他們是強化之神格雷德，以及砲神卡諾尼爾。

拉塞爾的眼睛瞇了起來，他聽說過這兩人的傳聞。

海奇諾德大慘案中，標槍之神庫里斯和霙之神巴奧死去後，成為新任七星的兩名神祇。

卡諾尼爾開口道：「砰。拉塞爾，三秒之內不滾蛋，我就開砲了。砰。」

「七星的威信真是跌落谷底了，連這種雜碎都能當上七星。」

面對拉塞爾的挑釁，身材矮胖的卡諾尼爾開啟了聖域。他的背後出現了無數砲管，這即是砲神的固有設定「神機箭」，據說他曾經獨自夷平了一個中型站點。

強化之神格雷德也將世界力注入了從腰間拔出的長劍。

+183 新手之劍。

這把劍是強化至極限的新手武器，重量雖輕，卻能發揮出無與倫比的破壞力，是一個極度不合邏輯的配件。

千斤神開口：「一起上。」

拉塞爾握緊了拳頭。就算他是七星著名的惡霸，一個人要對付三個七星也還是太勉強了，何況現在的身體狀況不甚理想。

要是平時，拉塞爾恐怕早就逃離戰鬥了，但今日的他有些不同。

「再繼續坐著，你最喜歡的包子店就要消失了。」

「……」

「看來失去元宇宙還不夠啊，總司令。」

聽到這句話，在客棧一角默默吃著包子的男人輕聲道：「好久沒人這麼稱呼我了。」

「好久？頂多也才三個月。」

三位七星這時才察覺到那個男人的存在，紛紛瞪大了眼睛。

總司令卮杜克西尼，他是元宇宙的主人，更是曾為七星之首的男人。據說擁有接近八天實力的他緩緩站起身，客棧的局勢再次逆轉。

大吃一驚的卡諾尼爾瞪圓眼睛。

「砰。什麼……該不會？砰。」

「沒想到總司令也在這裡。」

總司令僅僅是站起身來，砲神卡諾尼爾和強化之神格雷德的世界力便瞬間蒸發。

拉塞爾咧嘴一笑。如果總司令出手，他一人就能對付兩名七星。
「這樣的話，我倒是可以試試看。」
然而，即使總司令登場，七星也沒有退縮。
總司令注視著他們，眼神深沉。情況已經發展到如此地步，他們仍不見退卻之意，這證明他們背後也有人在撐腰。
片刻後，最後一位客人終於出現在客棧門口。

6.

一位身材高眺纖細的女性，身高看起來至少有八尺。她高傲的目光掃視著客棧內部，很快就發現了總司令。
「原來元宇宙的老鼠躲在這裡啊。」
「天龍。」
女子是八天的一員——約天，契約之神天龍。
沒想到這裡會出現八天級的存在，拉塞爾的臉色不禁沉了下來。
總司令從容地說道：「妳已經淪落到要依附龜裂了嗎？妳的腦袋沒問題吧？」
「如今的深淵，還有神是清醒的嗎？」
天龍高深莫測地笑了笑，隨即釋放出世界壓，頓時周圍的擺設和桌子都被吹飛，雄渾的世界力讓整座客棧嘎吱作響。

白午驚呼一聲，躲到了萬里神通的背後。

萬里神通說道：「白午，守住廚房。」

「我連自己的命都保不住了。」

「那裡有今天的包子。」

「現在還管什麼包子？」

天龍身上散發出藍色的光芒，說道：「不必浪費時間，迅速解決吧。」

隨著天龍的指示，客棧屋頂爆炸，四具巨人被召喚出來。巨人製造的狂風橫掃了附近所有店家，也把那些呆愣地望向此處的第七站點居民捲到空中。

幾乎在同一時間，拉塞爾展開了聖域。

聖域開顯——心海。

總司令在洶湧的波濤上疾奔。

配件，金屬灰套裝。

鋼鐵盔甲從憑空飛來，包裹住總司令的身體，不知從何流淌而出的灰色光芒在其右手上形成了一把長長的刀刃。

他結合配件灰燼之劍與設定灰燼五邊形，施展出曾將宰煥逼入絕境的獨門招式。

在灰燼五邊形內，創造出一對一對戰的局面，展開一場絕不敗北的戰鬥，這即是總司令厄杜克西尼的王牌技能。

契約之神天龍開口。

「發動契約之力。」

天龍的巨人族身上閃爍著火花，她的設定「專屬契約」啟動了。

「在這片區域，立下『多對一戰鬥』的契約。」

訊息聲隨之響起。

〔半徑五公里內，將受到『多對一戰鬥』的契約限制。〕

〔該半徑範圍內，無法使用『一對一戰鬥』為條件的設定。〕

〔作為契約條件，多對一的少數方將獲得20％世界力的提升。〕

總司令皺起了眉頭。乍看之下，這項契約對人數較少的他和拉塞爾更有幫助，在己方不利的情況下，他們獲得了提升百分之二十世界力的效果。

但問題在於代價。

天龍說道：「我知道你的設定全僅限於一對一專用。你所擁有的灰燼之劍和灰燼五邊形，都是在一對一的情況下才能發揮效果的技能。」

總司令的金屬灰套裝與天龍的巨人族相互牴觸。

曾經令無數神祇犯愁的灰燼之劍，此刻卻毫無用武之地。觸及一切化為灰燼的設定沒有發動，而灰燼五邊形也無法使用，更無法強行創造單獨對決的局面。

轟隆隆隆隆！

天龍的巨人族釋放的世界力砲火鋪天蓋地襲向總司令，他引以為傲的金屬灰套裝也逐漸出現裂痕。

「他們說你是元宇宙的主人，看來也不過如此。冒牌的三神器就只有這種程度嗎？」

總司令沒有回答。

他還擁有時間回溯器這個殺手鐧，但遺憾的是，現在這個設定已經無法使用了。這要歸咎於他在元宇宙和宰煥交戰時，與克洛諾斯的連結被切斷了。

當然，即使連結依然存在，這個設定現在也無法使用，因為克洛諾斯如今已不再是深淵的八大神座。

「廢話真多。」

總司令將純粹的世界力灌注在劍上，對天龍的巨人族發動連續劍擊。雖然主要設定遭到封鎖，但失去設定的總司令並非一無是處，好歹他也曾是龜裂的團長。

問題是天龍屬於深淵的八天，甚至還駕馭著能增幅世界力的巨人族。

砰轟！

天龍全力揮出的一拳擊中了總司令。

伴隨著巨響，總司令飛了出去，一頭栽進附近的廢棄的建築裡。

他迅速從廢墟中爬出來，但似乎受了內傷，口吐銀光。

「該死。先過來幫忙，總司令！」

同時應付三名七星的拉塞爾手忙腳亂，忍不住大吼出聲。他揮舞單臂拚命抵擋三名七星的世界力，但已經接近極限了。

「砰。磅！砰。」

「去死吧，拉塞爾。」

同時應對砲神的砲擊和千斤神的牽制，還要警惕強化之神趁空檔發動強攻，確實並非易事。

幸運的是，千斤神以外的兩名新七星並未展現出卓越的戰鬥直覺，但隨著時間推移，戰鬥結果已經顯而易見。

天龍說道：「這兩個傢伙也是龜裂的通緝犯，砍下他們的頭，帶給裂主。」

看著逐漸逼近的四具巨人，拉塞爾緊抿嘴唇。

他凝聚於單臂的世界力化作波浪，向敵人襲去，波浪中現身的鯊魚露出利齒，瞄準巨人的盔甲。

喀喀喀！

四具巨人輕易將鯊魚一分為二，持續向前突進，拉塞爾勉強移動腳步，躲過了第一擊。

問題是，天龍的拳頭擊中了廚房。

隨著巨響，萬里神通的包子飛向空中。

「今天的包子！」

「師父？不，該死。」

白午代替伸手抓包子的師父衝上前。

天龍的第二擊，正好落在「今日包子」所在的位置。

感覺時間的流逝像是忽然變慢，白午淡然一笑。

沒想到自己竟然會為了救包子而死。

然而嘆息很快地化為了解脫。

反正他這一生沒有什麼目標，也沒有什麼動力。

白午很了解自己的天賦，無論他怎麼努力，也無法成為像總司令或宰煥那樣的強者，就連他的廚藝也不算特別好。

他的人生就只是過著平凡的生活，然後迎來平凡的死亡，而此刻正是他死亡的瞬間。

看著不遠處的萬里神通，白午對著他的師父苦笑了一下。

再找個好徒弟吧。

白午暗暗想著，然後用雙手護住包子，緊閉雙眼。

就在這時，黑暗中迸發出耀眼的光芒，溫暖的世界力猶如被咬開的包子裡噴湧而出的湯汁，將他包裹起來。

白午原以為是天龍的攻擊已經落下，但無論過了多久，都沒有感覺到任何疼痛。

當他小心翼翼地睜開眼睛時，與萬里神通四目相對。

萬里神通正好開口道：「你來晚了。」

白午緩緩睜大眼睛。

滋滋滋滋。

有人在他鼻尖前方擋下了巨人的巨大拳頭，全身被金黃色光芒環繞。

看見那道光芒的瞬間，白午突然意識到，他的師父是萬里神通，是全深淵看得最遠的人。

直到這時，白午才明白師父為什麼要準備那麼多包子。

萬里神通透過萬里眼，預見了這一刻。

「好久不見。」

曾經，白午很討厭那個男人，因為他是毀滅元宇宙的罪魁禍首。
因為他所經之處，人們生活的世界都會崩塌。
即使如此，白午現在很樂見那樣的毀滅降臨到自己身上。
「我等你很久了。」
白午搖搖晃晃地站起來，將包子遞給了男人。
男人用一隻手抓住巨人的拳頭，另一隻手接過包子。他默默地看了看，咬了一口。
「是今天做的嗎？」
「是，師父總是在等你回來，每天都在包包子。」
宰煥毫不猶豫地又咬了一口。
「好吃。」
看著眼前悠閒地吃著包子的宰煥，天龍吃驚地說道：「你到底是誰？」
另外兩名七星給予了答案。
「那、那傢伙是——」
「屠神者，是屠神者宰煥！」
聽見屠神者一詞，天龍急忙後退了十餘步。
現在整個深淵，沒有人不曉得屠神者的名號。
他是僅僅半年就登上深淵頂端，與眾神並肩齊名的覺醒者，亦是那個摧毀元宇宙、屠戮神明，更與那位偉大的裂主正面交鋒的存在。
拉塞爾無力地笑了笑，抬起手。

「好久不見了，屠神者。」

「你還活著。」

「我運氣不錯。」

「是你保護了他們？」

「包子很好吃。」

聽到拉塞爾的話，宰煥輕輕地點了點頭。

他在元宇宙時也感受過，拉塞爾是一位相當豪爽的神。

總司令從廢墟中爬了出來，他披著殘破的金屬灰套裝，腳步踉蹌地走向宰煥。

「天龍交給我，你們對付七星三人組。」

無論過去還是現在，總司令依然我行我素。

宰煥說道：「休息吧，我一個人就夠了。」

總司令勃然大怒，拉塞爾趕緊上前攔阻。

總司令後知後覺地回過神來，掃了宰煥的背影一眼，表情愕然。

「每次看到都覺得驚訝，他到底變強了多少……」

隨著拉塞爾的低語，宰煥向前邁去。

宰煥全身流淌著另一次元的世界力光輝，雖然並不如裂主或其餘八大神座那般華麗，拉塞爾和總司令卻從那極度節制的氣勢中，看見了不可逾越的壁壘。

那是一道他們以前也曾見過的壁壘。

八大神座。

這怎麼可能？就在三個月前，那傢伙的實力不過是比肩八天。就算他抱著必死的決心修練，也才經過三個月而已。

短短三個月，就能變得如此強大嗎？

「上啊。」

感覺到不對勁的天龍和七星同時向宰煥衝去。

他們也十分熟悉屠神者的威名，但他們畢竟有四人，還是一名八天加上三名七星，縱使對手是八大神座，也值得一戰！

轟砰砰砰砰！

當宰煥的拳頭與巨人族碰撞的瞬間，巨人族的外殼傳來喀嚓喀嚓的聲響。

「呃啊啊啊啊！」

千斤神與宰煥相撞的那條手臂直接報廢，發出了撕心裂肺的慘叫。

赤身，那是安徒生的固有設定。

面對穿著「衣服」的對手，能發揮無敵力量的設定，此時正透過宰煥的全身展開。

驚訝的強化之神以凶猛的氣勢朝宰煥的側腹揮出劍刃。

啪喀喀喀。

「什麼？」

強化之神格雷德頓時被震驚的情緒籠罩。他引以為豪的+183新手之劍與宰煥的拳頭相撞後，竟然斷裂了。

宰煥冰冷的目光掃過噴飛的劍刃。

「跟玩具差不多。」

膽戰心驚的眾神迅速拉開距離，高聲喊叫。

「那傢伙的設定很危險！從遠距離轟炸他！」

以擅長砲擊的卡諾尼爾為首，天龍和三位七星從遠處瘋狂地發射世界力。

宰煥毫不慌亂地拔出獨存，一一擊退飛來的世界力氣波。

「砰。去死！去死！去死吧！轟砰砰砰！砰。」

也許是只剩半截的獨存難以施展完整的世界力，宰煥的前進速度有些緩慢。

卡諾尼爾不可置信地低語道：「砰。怎麼可能……那傢伙到底是什麼東西？砰。」

方才發射的砲火，是他傾注了全部世界力的一擊，縱使對手是八天，也不可能安然無恙。

宰煥卻毫髮無傷地擋下了所有攻擊。

「不敢相信，我們的世界力被壓制了。」

「不是因為世界力，是那傢伙的設定！赤身是唯一能對付巨人族的設定。」

咬牙切齒的天龍迅速大喊。

「簽訂封印設定的契約！」

同時，天龍與宰煥的全身火花四濺。

〔半徑五公里內，『赤身』設定將受到契約限制。〕

〔該半徑範圍內，無法使用『赤身』設定。〕

〔作為契約條件，『赤身』持有者的肉身能力將暫時提升，契約施展者天龍的世界力將減少一半。」

以高達半數世界力為代價簽訂的契約正式生效，但為了封印宰煥的赤身，這也是無可奈何的選擇。

目睹宰煥的設定之力消失，天龍露出了會心一笑。只要沒有那項設定，就算是屠神者，也沒什麼好怕的。

「現在——」

這時，天龍的巨人族開始出現異常反應，身體不斷扭曲。

「嗯？」

光是維持契約的運行，就讓天龍的七孔溢出了銀色的光芒。

天龍在巨人族的駕駛艙中痛苦地大喊：「快、快殺了那傢伙！」

七星這才意識到事情不對勁，面面相覷。

「卡諾尼爾，我們把世界力借給你。」

千斤神和強化之神同時向砲神提供世界力。

強化之神卡諾尼爾強化了砲彈，千斤神則讓砲彈更加沉重，卡諾尼爾的砲管開始流竄著三名七星的世界力。

看著這一幕，宰煥低頭望向自己斷裂的獨存。遺憾的是，這把劍已經無法施展出正常的刺擊了。

他輕輕嘆了口氣，無奈地擺出戰鬥姿勢。

「接著！」

遠處的萬里神通扔來了一把劍，劍柄完美貼合他的手掌，猶如天生為他而鑄造。

握住劍的瞬間，宰煥察覺到一個事實。

嗡嗡嗡。

是獨不。

「夢魔把這個留在客棧就離開了。」

夢魔指的應該是夜幕的伊格內爾。他原本還打算去拿回獨不，沒想到原來伊格內爾已經先把劍交給了萬里神通。

宰煥輕輕握住劍刃，擺出了刺擊的姿勢。

吼嗚嗚嗚。

確實，他感覺到這柄劍能讓他施展出真正的刺擊。

金色光芒在宰煥眼中流轉，獨不的劍尖凝聚起驚人的世界力。

卡諾尼爾瞪大了眼睛。

千斤神說道：「別害怕，砲神，我們三個聯手，就算是八大神座也能對付！」

聞言，宰煥回答道：「看來你沒和八大神座交手過。」

宰煥用沉靜的目光注視著天龍和七星。

如果是在三個月前，這些敵人的確不容小覷，但現在，他們對宰煥來說與高階神祇並無區別。或許他至今遇見的八大神座，都有過類似的感受。

在深淵的王者眼中，神祇只有八大神座與非八大神座之分。

縱然數名七星或八天的強者一起上陣，也無法戰勝八大神座。

憤怒的卡諾尼爾猛然發射砲擊，足以將周圍夷為平地的世界力迸發出震耳欲聾的轟鳴。

宰煥慢慢閉上雙眼，再度睜開。這個動作並沒有什麼特別之處，他輕輕地吸氣，然後吐出，就只是日常生活中的動作。

宰煥睜開眼睛，猶如平靜的湖面上泛起一圈漣漪。

世界刺擊。

然後，眼前的聲音全都消失了。

極度壓縮的刺擊中心出現一個黑洞，周圍的光線都被吸了進去，世界的光芒瞬間熄滅。

直到宰煥將劍收回劍鞘，光線才像閃電過後的雷聲般轟然炸開。

那景象彷彿是一個世界破滅，又重新誕生。

在白午的攙扶下，萬里神通勉強看清那幅景象。

宰煥的刺擊掃過的地方，什麼也沒有留下。強大的契約之神天龍，以及七星都不見蹤影，神祇、信徒、信仰，甚至世界也可能不復存在。

刺擊席捲而過的世界猶如破裂的畫布搖搖欲墜，畫布的另一頭，宰煥的固有世界正蠢蠢欲動。

望著那一幕，萬里神通重新意識到——

滅亡回來了。

而在那滅亡後的世界中心，宰煥開口道：「萬里神通，召集元宇宙的所有伙伴。」

宰煥的金色瞳眸直視著懸掛在他天空中的那隻眼睛。

「我要發動戰爭。」

7.

深淵的第七站點，艾波格。

柳雪荷倚靠在中央宮殿「埃德蒙德」的露臺，俯瞰著站點的風景，回想起她方才讀過的書中句子。

這裡是時間停止的地方。無論是神祇、靈魂，還是其他一切事物。正如此處的名稱所示，是那些厭倦了生活並放棄判斷的存在所聚集之處。

這個句子出自攏絡誘騙之神皮耶爾所著的《舒適的絕望》。

攏絡誘騙之神皮耶爾是個一生都在幫助深淵低階神祇的怪胎，凡是在深淵經過歷練的神祇，不可能不知道這名神祇的稱號。

因為他所著的《初學神的一百零一個小技巧》、《神二病贊歌》，是新手神祇為了生存而必讀的書。

尤其《舒適的絕望》是皮耶爾創作的最後一本書，這是一本關於第七站點艾波格的著作。

據說皮耶爾發現了這座第七站點，並因此迎來了永滅。

順帶一提，書中的最後一段文字如下。

深淵的希望消逝之處。

柳雪荷看著窗外的風景，反覆咀嚼著這段文字的含意。

靜謐的景色中，幾個靈魂零星傳來的對話輕輕地撓著她的耳朵。

交談的兩個靈魂，分別是兩個上了年紀的男人。

「喂，你也知道吧？現在的深淵完全不對勁。」

「沒錯，完全不對勁。」

「這世界到底怎麼了？」

「完蛋了唄。」

「這世界很快就要毀滅了。」

「對，很快就會毀滅。」

「那再見了。」

「你也保重。」

兩名男子就此分別。

五分鐘後，分開的兩名男子又回到了同一個地方，接著開始對話。

「喂，你也知道吧？現在的深淵完全不對勁。」

「沒錯，完全不對勁。」

「這世界到底怎麼了？」

「完蛋了唄。」

「這世界很快就要毀滅了。」

「對，很快就會毀滅。」

「那再見了。」

「你也保重。」

他們重複著完全相同的對話，又同樣以五分鐘前的方式分開。五分鐘後，兩名男子再次出現在同一個地方。

「喂，你也知道吧？現在的深淵完全不對勁。」

「沒錯，完全不對勁。」

……

這段對話無止境地重複。

柳雪荷偷聽著這段對話的同時，內心也感受到一股不明的悲傷。

無論是話者，還是聽者，他們都已經失去了某種情感，而唯獨她能感覺到。也許那是古老的絕望，或者，是曾經被稱作絕望的話語的影子。

第七站點，艾波格。所有生活在這個地方的存在，都與那兩名男人相同，猶如罹患短期記憶喪失症的病人，重複生活在相同一段時間裡。

艾波格（Epoche）[6]。

令眾神中止對一切事物的判斷，並且抗拒未來。

那些長期保持清醒，以至於記憶迴路出現嚴重問題的神，將自己囚禁在這裡，無法離開。這裡的大多數神祇，已經沒有照看他們的信徒，也沒有足夠的信仰來支撐自己。

6　Epoché（懸置）為源自古希臘的哲學術語，意指不對事物作出判斷或預設立場，以避免被過去的觀念及成見影響。

聚集在此處的神祇，只能在過去的碎片中苟延殘喘，靜待將至的永滅。
這就是第七站點，艾波格。
柳雪荷翻開桌子上的《舒適的絕望》的最後一頁。
艾波格，深淵的希望消逝之處。
這是攏絡誘騙之神皮耶爾留下的最後一段文字，也是柳雪荷必須否定的最後一句話。
她為了尋找尚未消逝的深淵「最後希望」，而來到了這裡。為了那僅存的一絲希望，她已經在中央宮殿停留了三個月。
時間到了嗎？
柳雪荷走向中央宮殿的謁見廳。
四處積滿白色灰塵的謁見廳內，有一個人坐在王座上。
乍看猶如壽衣的白色衣襟，男人從頭到腳都是蒼白的，就像一個很久沒有照到陽光的病人。
就在柳雪荷的眉毛微微蹙起時，他蒼白的嘴唇動了起來。
「好……好！好！」
「……」
「好久！不見！雪荷。」
「什麼好久不見？我們昨天才見過。而且每次都要這樣開始嗎？」
「不過！真的好久不見了。」
「這你昨天也說過了。」

「再見到妳！很開心。」

「這句話我三個月裡聽了應該有一百次了。」

「這！樣啊。」

「你要重複說這些話到什麼時候？我都要神經衰弱了。」

男人沒有回答。他的嘴唇微微顫動，似笑非笑。

柳雪荷並沒有笑。

「無名，你在模仿那些人嗎？你又沒得艾波格症。」

她認識眼前的這名男人，不對，應該是說很少有人不認識這名男人。

深淵為這個男人取了個稱號。

瘋癲之神，無名。

他是統治深淵第七站點艾波格的八大神座之一。

——必須借用無名的力量。

柳雪荷退出龜裂，並與清虛帶領的「滅亡引導者」暫時分開後，立刻來到了這座站點。

無名是目前唯一有能力對抗龜裂的存在。

柳雪荷相當有把握，倘若能借助他的力量，或許這場不利於己的戰鬥，也將有一搏的價值。

然而，要說服他比想像中困難許多。

就這樣過了三個月，柳雪荷與不停瞎扯的無名打交道時，只覺得壓力越來越大。

「呼……」

柳雪荷深吸一口氣，決定要有耐心。反正這也不是一兩天就能解決的事情，她本來就有心理準備不是嗎？

「雖然昨天和今天都談過這件事了，但我還是想再說最後一次。」

「隨時！歡迎。」

「龜裂已經跟大君主聯手開始討伐深淵了，你也知道吧？」

「知！道。」

「目前為止，已經有三個站點被攻陷了。分別是第三站點熱帶夜、第四站點症候群，還有第五站點諸神黃昏。而且根據我剛剛獲得的情報，就連堅守到最後的龍神——第二站點地獄也即將面臨戰敗的命運。」

「這！樣啊。」

「你這是什麼意思？你不知道現在是什麼情況嗎？」

她煩躁的聲音在空蕩蕩的謁見廳裡響亮地迴盪。

「你以為龜裂的下一個目標會是哪裡？就是這裡！你的第七站點！」

「他們！不會來。」

「為什麼？你為什麼這麼想？」

無名沒有回答。

於是，柳雪荷輕笑著問道：「啊哈，因為無名你曾經是龜裂的一員嗎？」

「……」

「不，應該說你曾經是龜裂的創始者才對。」

創建初代龜裂的三個存在，分別是裂主麥亞德、第一團長佛陀，還有眼前的神祇，無名。

「他們！不會來。」

「不，他們會來。他們會摧毀你的站點，然後把你帶回龜裂。」

「……」

「你為什麼可以一副無所謂的樣子？你不也是對龜裂感到失望才離開的嗎？你不是說要對抗龜裂嗎？」

「不！是。」

「那你幹嘛離開？」

「就！想。」

柳雪荷裝作沒聽到那句話。

他在離開龜裂的同時也拋棄了自己的名字，因此成為了「無名」的存在。

然而他仍舊過於強大，於是成為了深淵八大神座的第七席「無名」。

「我們必須立刻建立聯合戰線。我有自己的勢力，他們是一些反對龜裂的神和覺醒者，以及海奇諾德大慘案的倖存者，而且我昨天也和正在抗爭的第二站點神座聯絡上了。如果再加上你的勢力，就算是龜裂也——」

「沒有！意義。」

「哪裡沒有意義！」

聽到這句話，無名緩緩閉上雙眼，再度睜開。

「奇怪了！雪荷。」

「哪裡？」

「妳！為什麼要跟龜裂作對……喔！喔！喔！」

「你突然這樣是在幹嘛？」

無名喘著粗氣，然後開始在空中寫字。

—我不能一次說超過十個字。

「是嗎？」

柳雪荷稍微思考了一下，自己是否曾經聽過無名說十個字以上的句子。

「那你乾脆用寫的，我都要悶死了。」

—妳！什麼要反對龜裂？

「前面那個字就算用寫的也非得強調嗎？」

無名忽略柳雪荷的話，繼續寫著字。

與他那笨拙的說話風格不同，無名的字跡相當優美。

—他們！無論是要統一深淵還是與大君主聯手，龜裂的目標始終都是推翻老大。妳！沒有理由阻止他們。

柳雪荷頓時愣了一下。

無名現在說的，是柳雪荷過去三個月裡從未聽過的話題。

他正在提出一個新式的「提問」。

柳雪荷感到一絲微妙的期待，同時也有些不安。

「裂主贏不了老大。」

無名立即從她肯定的語調中察覺到了某件事。

—是世界鑑定！嗎？

「沒錯，就是你傳授給我的世界鑑定。」

—妳！應該知道，那個設定不完美。

「但通常會是對的。」

無名似乎在思考，久久沒有說話。

—那個！解釋還有不足之處。

「不足之處？」

—就算！裂主無法擊敗老大，這也不足以成為妳離開龜裂的理由。

「……」

—裂主！是少數能看到老大的存在。目前為止！他是唯一有可能接觸老大的……

默默觀察著柳雪荷的無名停下了書寫的動作。

他發出了奇怪的笑聲。

「妳看到了！其他的希望啊。」

「……」

「是誰！那個希望？」

「那個不重要。現在重要的是阻止裂主和龜裂，減少不必要的犧牲。」

「不必要的！犧牲。」

無名的嘴角微妙地上揚。

「真是！充滿人性的話。」

「我也很驚訝，我竟然還有人性。」

「可！笑。」

無名似乎覺得很荒唐，輕笑了一聲，然後又開始寫字。

—我也知道！裂主贏不了老大。因為我也！擁有世界鑑定。也許！他會選擇成為幻想樹表面上的統治者，而不是擊敗老大。

「搞什麼啊？你知道這件事？那你為什麼……」

—我！是說沒必要阻止裂主。

「什麼？」

—如果！不打敗老大並摧毀系統，一切都不會改變。而且！老大是連古代神都無法打敗的怪物。我不知道！妳所看見的「希望」是什麼，但那是不可能的。沒有人！可以打敗老大。

面對刻劃在那工整筆跡上的深刻絕望，柳雪荷也不由自主地退後了一步。

無名繼續寫道。

—無論是裂主！還是八大神座，或是其他任何人，深淵！表面上的統治者一直都在更迭。一切！都只是龐大循環系統的一部分。深淵！發生大屠殺並不是第一次，這只是！短暫的現象而已。

「難道你要我就眼睜睜地看著嗎？」

—反正！什麼都不會改變。

「會變的！只要我們不放棄，就能改變！現在還不算太遲，我們可以阻止龜裂，只要重新培養勢力就行了。等我們壯大起來就可以向老大發起挑戰，到時候——」

柳雪荷自己都被自己激動的語調嚇了一跳，她對於自己竟然還有如此的熱情感到驚訝。向來悲觀的她，到底是從何時、何地重新找到了希望呢？

柳雪荷知道答案，但她努力不去想。

無名笑了起來。

—妳的！七百年，看來比我想像中還要短啊，雪荷。

柳雪荷沉默不語。

—不過！等妳也活了幾萬年就會知道。渴望改變！有時，只是因為絕望太久了而已。

「靠，你跟我朋友說的話一樣。」

柳雪荷想起了不久前離開龜裂時，最後見到的朋友阿德爾。當時她提議阿德爾一起離開龜裂，但阿德爾拒絕了，而且他的眼神就跟此刻的無名一模一樣。

無名的表情卻有些怪異。

—朋！友啊。

「嗯？」

面對一臉茫然的柳雪荷，無名微微一笑。

—我也有！一個朋友，說過跟妳很像的話。

「我？我嗎？」

——和現在的！雪荷一模一樣的朋友。那時候！我還很會說話。

無名以前有朋友嗎？

柳雪荷默默地專注於無名的敘述。

——曾經！有一個夢魔來找過我。我們！很談得來，追求的世界也很相像。它是一個！很特別的朋友。它！雖然是夢魔，卻譴責栽培這種行為，並將建造塔的自己視為罪人。

「譴責栽培的夢魔？」

——它也！說了跟妳很像的話。它說只要不放棄！這個世界就能改變。

柳雪荷突然覺得自己好像知道那個夢魔是誰了。

——它！雖然是夢魔，卻比我認識的所有神還要強大。這個！深淵同時擁有兩件三神器的，只有它一個。

竟然收集到兩件三神器？那個夢魔竟然是如此強大的存在？

柳雪荷覺得難以置信。

——這！件事鮮為人知，妳不知道也正常。幾百！年前，它曾經和現在的麥亞德有著相同的目標。然後！它獨自一人前往老大所在的巢穴。

「然後呢？後來怎麼樣了？」

——妳也！知道吧？那已經！是九百年前的事情。到目前為止！我從未聽說過它回來的消息。而且！世界也沒有改變。

柳雪荷覺得自己好像能夠理解無名內心深處的絕望。就連擁有兩件三神器的夢魔都無法戰勝老大，這名年邁的神祇，正是在夢魔失敗的那一刻，放棄了所有的希望。

——總之！如果無法打敗老大，那麼誰是深淵的主人都一樣。所謂的歷史！就是這樣。這種事！根本不算什麼。

僅存的希望被抹殺，柳雪荷頓時心灰意冷。

在積累了數萬年的絕望面前，誰還能捍衛自己的希望呢？

在如此宏大的視野與深廣的洞察面前，她覺得自己的希望卑微無比。

無名說的對。無論誰成為深淵的主人，若是不打破系統本身，問題就永遠無法解決。歷史會一再重演。

而她只不過是歷史長河中一介短暫的存在，猶如一隻渺小的螢火蟲。

「但是……」

她是人類。她以人類的身分存在，也以人類的身分來到這裡。

她必須為自己辯護，但她不知道該說些什麼。

就在這時，中央宮殿外傳來一聲巨響，一股壓迫著整座宮殿的強大世界力襲捲而來。

柳雪荷嚇得臉色慘白。

如此強大的世界力，來者的身分已昭然若揭。

「該死，那些傢伙不會動作這麼快吧？」

這一切都比她預想的還要快。她聽說第二站點很快就會淪陷，但她以為不會這麼快就輪到第七站點。

柳雪荷拔出了雷鬼。

下一刻，謁見室的門被撞開，現身的是一名男子和一名少年。

「哇，我從來沒看過宰煥先生用手開門耶！」
少年輕率的聲音。
隨即，當柳雪荷確認那名男子的臉孔時，她的表情非常精彩。
「你、你……怎麼會來這裡？」
他本不應該出現在這裡，不對，他不能出現在這裡。
他到底為什麼會在這裡？
「好久不見。」
她的答案就站在那裡。

8.

稍後，柳雪荷將闖入的宰煥和柳納德推出謁見廳外，然後在附近的長椅上坐下。
「喝吧。」
「謝謝。」
柳納德恭敬地接過杯子，喝了一口咖啡，宰煥則是一臉不悅。
柳雪荷說道：「那是無咖啡因的。」
「所以呢？」
「意思是喝了也不會死。」
宰煥低頭看了眼咖啡，用著依然不悅的目光舉起杯子，喝了一口。

「看你生龍活虎的，身體恢復得不錯吧。」

「託妳的福。」

自從在大樹林分別後，兩人是第一次見面。當初若沒有柳雪荷攔阻追捕者，宰煥現在不可能會站在這裡。

宰煥正在對此事表達感謝，柳雪荷尷尬地避開了視線。

柳雪荷充耳不聞，掃了他的全身一眼。

他變了。

從表面上來看，似乎沒有什麼特別的變化，不過對於直覺敏銳的柳雪荷來說，還是能感受到一股微妙的差異。

就如同咖啡因和無咖啡因之間的區別。

「等等，現在不是擔心這個的時候。」

待心情稍微平復下來，柳雪荷才想起宰煥闖下了什麼大禍。她費煞苦心想說服無名，讓對方跟自己站在同一陣線，沒想到這傢伙卻突然闖進謁見廳，還把門給砸了。

「喂，你——」

「妳退出龜裂了嗎？」

「嗯？呃……事情就是這樣。」

「為什麼？」

面對宰煥的提問，柳雪荷面帶困惑地闔上了嘴。這個話題她實在無法以誠相告，因為她退出龜裂的決定性原因，是看見了宰煥的世界。

柳雪荷幾度掀動著嘴唇，卻遲遲說不出話，而來救場的正是從走廊走來的清虛。

「搞什麼，你們還沒進去啊？門明明都砸開了。」

「師父也來了？」

「因為小鬼頭說他要來第七站點辦事。」

「我才想問你，你們來這裡要幹嘛？不是說好由我來說服無名嗎？」

退出龜裂之後，柳雪荷立即加入了清虛一行人。一方面是無處可去，另一方面也是她認為如果宰煥回來，最先接觸的應該是他們。

然而，即使宰煥回歸了，滅亡號的船員也無法僅憑一己之力對抗龜裂。

「所以無名說要幫忙了嗎？」

「還沒，但再稍微說服一下應該就可以成功了。」

「在我們把謁見廳的門砸成這副慘樣的情況下？」

「這又不是我做的！而且我正要向你們追究這件事——」

伴隨著咕嚕咕嚕的聲響，喝完整杯咖啡的宰煥抬手隨意擦過嘴唇，從長椅上站起身來。看著那雙散發冷酷氣息的眼瞳，柳雪荷不由自主地向後退了一步。

怎麼回事？為什麼她現在會感到畏懼？

「你們在這等著。」

猛然起身的宰煥，朝著謁見廳的方向走去。

「等等，你到底要——」

「姐姐，妳就交給宰煥先生吧。」

柳雪荷對柳納德身上散發出的恢弘世界力感到一陣驚訝。

這小子又是什麼時候擁有這種力量的？

清虛也插上一句。

「小鬼說的對，既然妳花了三個月都無法成功，還是交給那傢伙比較好。」

「可是，你知道那傢伙會幹出什麼——」

宰煥踹開破爛的謁見廳大門，一步一步朝無名的王座走去。

柳雪荷正要出聲斥責他無禮，宰煥卻用傲慢的聲音開口了。

「你就是皮耶爾嗎？」

無名臉色大變。

「你！你是誰？」

一旁觀望對話的柳雪荷，竟忘了要說什麼，只是張大嘴巴。

她輪番看著無名和宰煥，內心思索著。

皮耶爾？那傢伙是在說什麼？

隨即，無名開口了。

「怎麼會！知道我的本名？」

柳雪荷發出近似哀號的聲音。

「皮耶爾？什麼，你就是那個皮耶爾？」

清虛不識時務地問道：「皮耶爾是誰啊？」

「攏絡誘騙之神皮耶爾，師父你沒看過《神二病贊歌》嗎？」

「這書名就不會讓人想讀啊。」

「你應該多看點書……不對，等一下。可是皮耶爾寫的書裡明明沒有這種奇怪的語氣啊？」

柳雪荷與清虛在一旁吵吵鬧鬧，而無名則再次向宰煥發問。

「我問你！怎麼會知道我的真名？」

「你朋友告訴我的。」

「朋友？」

「妙拉克．阿爾梅特。」

無名似乎受到了極大的驚嚇，他那瞠目結舌的表情維持了好長一段時間。

無名沉浸在短暫的感概之中，輕聲低喃。

「妙拉克！你認識它？」

「我從未見過它，但我能肯定它是我在這世界上最了解的夢魔。」

聽見這含糊不清的回答，無名瞇起眼睛，盯著宰煥。

在操縱系設定方面，無名在八大神座中可謂首屈一指。然而，即便他透過世界鑑定及真實之眼，也無法看透眼前這名男人。

「熟悉！妙拉克之人啊，你！為何而來？」

「我在思考要不要跟你借點力量。」

「你是！雪荷的同伴嗎？」

皮耶爾瞥了謁見廳入口的柳雪荷一眼。

「我也告訴過她！我不會加入你們。」

「我還沒說要借。」

「那是！什麼意思。」

「我必須先看看你的力量值不值得。」

無名聽到這話，瞪大了雙眼。

不知過了多久，皮耶爾低沉的笑聲在空間中迴盪。

不，那能說是笑聲嗎？

「哈！」「哈！」「哈！」「哈！」「哈！」「哈！」「哈！」「哈！」「哈！」「哈！」「哈！」「哈！」「哈！」

一個個笑聲音節在空中飄浮。那股寄託於音節之上的瘋狂，令柳雪荷一行人的臉色紛紛緊張了起來。

「真是！狂妄之徒——」

無名還沒能將自己的話說完，宰煥便用全身爆發出的強大世界力率先吞噬了他的聲音。

他意識到，自己很久以前也曾感受過與這相同的世界力。

難不成……

久遠的記憶接二連三地浮現。

「看樣子是想起來了吧？」

佛陀、妙拉克、還有一群赤裸著身體的神……

偌大的黑葉林、露天浴池。
與他們一起脫胎的記憶。
瘋狂之森。
「大戰士拉—哈瑪德請我代為問候。」
「拉！哈瑪德。」
皮耶爾嚇得渾身顫慄。
宰煥繼續說道：「他叫我問你是否還有持續進行脫胎，還有……」
宰煥的左眼裡，一道蛇影如漩渦般轉動。
「如果你疏於修行，他會讓你付出慘痛的代價。」
謁見廳裡，一股不祥的氣息蠢蠢欲動。
那正是滅亡的氣息。
臉色劇變的無名立刻從座位上站了起來，他的雙眼裡也開始閃爍著與宰煥相同的光芒。
耀眼的世界力光輝籠罩了整座謁見廳。

✝ ✝ ✝

片刻後，除了宰煥以外的眾人站在了第七站點中央宮殿的入口處。
「有人可以跟我解釋到底發生了什麼事嗎？」

率先開口回答柳雪荷的是清虛。

「妳想聽長篇大論，還是簡短的版本？」

「簡短的就好。」

「嗯，要簡短來說有點困難。」

「那你幹嘛問？」

清虛咯咯笑著，開始講述事情的經過。當然，這是長篇大論的版本。

柳雪荷聽了他扯東扯西一陣子，終於忍不住惱火地打斷清虛的話。

「你聽聽看我理解的有沒有錯。」

清虛點點頭，柳雪荷便開始了她的統整。儘管如此，那其實根本稱不上是一個完整的故事。

「師父的意思是他們一行人去了一趟大樹林，是吧？」

「沒錯。」

「在那裡遇到了古代三神之一格式塔？」

「不是我遇到的，是宰煥。」

「從格式塔那裡獲得了力量是什麼意思？三神器又是怎麼回事？」

「嗯，其實我也不太清楚，因為我是從一個叫凱洛班的傢伙那裡聽來的。」

柳雪荷臉色微變。

「凱洛班？你是指伊格尼斯的代行者凱洛班嗎？」

「對啊。」

「搞什麼啊，你又是哪時候見到那傢伙的？我為了找他費了多大的勁你知道嗎？」
「他一直都跟宰煥待在一起啊。」
「你的話我到底可以信多少？」
看著神色慌張的柳雪荷，清虛聳了聳肩。
「所以凱洛班現在在哪？」
「他先去第三站點了，說是要找回自己的站點。」
「什麼？你就這麼放他走了？他之後可是會成長為一股強大的戰力啊！而且伊格尼斯只有一個代行者——」
「我們說好很快就會再見面了，妳不用太擔心。」
面對清虛平靜的語氣，柳雪荷扶著額頭。
「你知不知道我們現在的狀況有多麼危急？你清楚龜裂的陣容有多龐大嗎？四位大君主、三位團長、兩位八大神座，再加上那些投靠他們的神——」
「我知道，情況很緊迫。」
「那你為什麼這麼做？」
「事情還不到絕望的程度。」
清虛靜靜地笑著，說道：「他出來了，有疑問就直接問他吧。」
一行人的視線同時望向中央宮殿埃德蒙德的入口。
只見宰煥悠閒地走出城堡，他的神情與剛才現身在謁見廳時如出一轍。
看著那令人捉摸不透的表情，柳雪荷低聲咕噥。

「該死的是，我也只能相信那傢伙。」

柳雪荷猶豫了一下，小心翼翼地詢問走近眾人的宰煥。

「喂，結果怎麼樣？」

「打了一架。」

「真的？」

當謁見廳裡爆發出世界力風暴時，她也曾猜想過事情會朝這方向發展。

宰煥與八大神座無名之間的戰鬥。

從柳雪荷的角度來看，這是一場結果顯而易見的戰鬥，他們等於錯過了一場有趣的好戲。

眾人之所以不得不放棄這齣戲，是因為無名強制下達了逐客令。

無名利用自身的操縱系設定，將宰煥以外的所有人逐出了堡壘。

打了一架？

柳雪荷仔細打量宰煥的全身，卻找不到任何激烈戰鬥的痕跡。

賽蓮就像是讀懂了她的疑惑。

「你看起來也太正常了吧？根本不像打過架，剛才明明還一副要把他打爛的氣勢。」

「我們雙方都沒有全力以赴。」

「搞什麼，真無聊。然後呢？」

「我已經充分了解那傢伙的力量了，他可以幫得上忙。」

「等等，你是什麼意思？無名說要幫助我們？」

「是有條件的。」

柳雪荷在心裡數著今天震驚的次數，咬緊了牙。

「你到底在裡面做了什麼？我為了說服那傢伙，可是在這裡待了整整三個月！」

「我說了，打了一架。」

「打了一架又怎麼樣？難道你還打贏了無名？就算你的世界力增加不少，對無名來說——」

這時，宰煥的身後蹦出一名少年。

少年莞爾一笑，問道，「對無名來說怎麼樣？」

「咦？你剛才沒有被趕出來嗎？」

「不曉得為什麼，那個神的設定對我好像不管用，可能因為我是宰煥先生的信徒吧。」

一行人從柳納德得意洋洋的語氣中讀出了什麼。這麼一看，原來大家都待在外頭啊。」

「哎呀，你們沒看到那個場面，實在太可惜了。」

最先發問的是卡頓。

「原來你看見城主戰鬥了。」

「什麼？你有看到？發生了什麼事？」

「你真的看到了？」

柳雪荷與清虛如連珠炮般相繼提問。

柳納德要是有尾巴的話，現在肯定驕傲得快要翹到天上。

「是嗎？所以是怎麼回事？你快說說。」

「當然看見啦！」

眾人的追問令他露出心滿意足的表情。

柳雪荷下意識轉頭看向宰煥。

……不會吧？

宰煥一言不發地凝視著堡壘外圍的邊境地區，他彷彿看見了眾人看不到的未知景象。

不知何故，柳雪荷總感覺宰煥似乎已遠遠離去。

「喂，你，真的打敗了無名……」

接著，柳納德的聲音傳了過來。

「就是到處出現一堆光溜溜的宰煥先生，大家攪成一團刺擊……」

「你到底在說什麼？」

隨之而來的是卡頓和清虛的聲音。

不知何時悄然加入的賽蓮也跟著追問。

「光溜溜的宰煥在幹嘛？」

「就是衣服到處亂飛啊，光溜溜的宰煥先生們跟那個叫無名的神搏鬥……」

柳雪荷瞇起雙眼，聽著這段讓人一頭霧水的對話。

衣服飛來飛去？光溜溜的人在幹嘛？

對此失去興趣的柳雪荷搖了搖頭，想必柳納德是受到操縱系設定的影響，看見了幻影吧。

她再次看向宰煥。

他仍然在凝視著同一處。

柳雪荷問道：「喂，剛才你不是說無名幫助我們是有條件的。」

「是啊。」

「那個條件是什麼？」

「那個。」

「那個？」

宰煥一聲不吭地舉起手指向某處。

柳雪荷望向宰煥指的方向。

「那是什……唔？」

一股戰慄從腳尖蔓延至全身，柳雪荷感覺到自己的指尖在顫抖。她曾是龜裂的團長，能讓她如此恐懼的存在，翻遍整座幻想樹也是屈指可數。

眾人紛紛聚集在柳雪荷的身邊，他們不知不覺都朝著同一個方向望去。

「小鬼，我們辦得到嗎？」

一行人能本能地察覺到，此刻從遠方逼近的敵人並非他們有能力對抗的存在。

因為對方是這座幻想樹之中「最強神祇」的代行者——十二地區的大君主。

「就算你變得再強，現在要對抗他們也是……」

眼見龐大的世界力擊垮第七站點的外牆步步逼近，清虛將話嚥了下去。

宰煥也凝視著同一處。

「無名已經答應協助我們，條件是我必須擊敗他們。」
宰煥默默抽出獨不。
縈繞在孤獨劍刃上的滅亡光芒，替周遭染上了一層色彩。
清虛看著那道光芒，眼神有些迷濛。
「是嗎？我們已經走到這一步了啊。」
在靜謐的決心中，所有人都明白了一個事實。
原來如此，他們現在不必逃了，也逃不掉。
「老頭，是時候戰鬥了。」
那瞬間，清虛意識到自己為了這句話已經等待了整整一千兩百年。
他努力壓抑著淚水。
「好，那就試試吧。」

9.

凝視著謁見廳窗外遠方逼近的敵人，無名又接著低頭看了看自己的左手。
剛才迎面接下宰煥世界力讓他的左手燒得焦黑，這是他成為八大神座之後第一次受傷。
無名已經記不清有多久沒遇到能夠傷害他靈魂本體的對手了。
他默默地抬頭仰望天空，他的天空裡懸掛著一輪明月。

那輪明月並非總是呈現月亮的樣貌。對某個人而言，它是星星；對另一個人而言，它是太陽。

而對某個人而言，它是眼睛。

老大，深淵這麼稱呼這顆既是星星、太陽、月亮，又是眼睛的存在。

它的本體為何，無從得知。唯一能確定的是，只有極少數被選中的覺醒者才能看見老大。

對麥亞德而言，它是星星；對佛陀而言，它是太陽。

老大顯現的形態，或多或少包含了覺醒者個人的感受。

從無名察覺到麥亞德將其視為星星的那一刻起，他便意識到麥亞德無意對抗老大。佛陀也是如此。

打從一開始，他們就未曾以負面的眼光看向老大。

無名問自己。

那我呢？

他不自覺露出苦笑。

無論是星星、太陽還是月亮，龜裂的核心幹部全都高喊著要擊垮老大，卻又同時承認它的必要性。這種人聚集在一塊，怎麼可能會發起真正的革命？

他們想要的，終究不是系統的崩潰，而是另一個系統罷了。

無名再次緊握左手，然後鬆開。

於是，劇烈的痛苦鮮活地重現，遺失已久的陳舊情感片段在心中熊熊燃燒。

那是老大尚未被視為星、日、月之時的情感。

無名見到了映照於宰煥眼中的老大殘影，那股凶惡的形象深深烙印在他的腦海中。

竟然還有覺醒者能以這種視角看待老大，真是稀奇。

真的太奇怪了。

皮耶爾對於心底突然冒出的一絲火苗感到陌生。沒想到僅僅是因為有人尚未放棄這個世界，便讓他產生了這樣的情感。

「很好！我找到答案了，雪荷。」

無名露出一抹意味不明的微笑，靜靜地笑了起來。

✝ ✝ ✝

平原上，塵土飛揚。

大型傳送陣的彼端，士兵們接二連三現身，來自各階級的神祇代行者一一出現在戰場上。

每個人的面孔皆顯露出一種疲倦且虛弱的神情。他們的臉上看不出此次進軍究竟是神的意志，自身的意志，抑或是某種悠遠歷史的意志。

不，事實上他們心裡都明瞭，這並非任何人的意圖。這場戰爭毫無意義，也沒有人能看見終點。

然而，他們沒有足夠的餘裕與知識將這股空虛化為言語，公諸於世。

他們只不過是這永無止境的戰爭的俘虜。他們以俘虜的身分奮戰，最終死去。

縱然如此，他們仍舊無法停止進軍的步伐。

軍隊的最前沿，有著龜裂的覺醒者們。他們是不屈不撓的戰士，在所有戰場的最前線對抗，擊潰無數站點的戰士。

龜裂如此鮮明且堅定的思想，令他們的敵人也不禁為之動容。

眾人所相信的，就是真理，真理則成為權力。

權力重新構築了這個世界。

不知不覺，世界的統合已近在咫尺。如今，他們只剩下深淵最後一個站點了。

「就是那裡嗎？」大君主傑洛姆問道。

隨即，第三團長今井回答。

「對。」

第七站點艾波格的全貌逐漸顯露而出。

傑洛姆仔細地觀察著艾波格的景色，失望道：「失敗者的站點，果真如此。」

「……」

「我聽說統治這座站點的神座是龜裂過去的成員，你們沒成功拉攏他？」

「他已經不屬於龜裂了。」

聽見那略帶消沉的嗓音，傑洛姆呵呵笑著。

「哦？看來你們引以為傲的血腥世界也不完美嘛。算起來，已經有兩名核心人物離開了。」

今井在心裡小聲地咒罵，卻沒有表現出來。若是在這裡與大君主大打出手，豈不是功虧一簣。

傑洛姆望著朝向第七站點中心進軍的士兵。

「直接進攻嗎？」

「不，再等等。」

「為什麼？」

「無名可不是一般的神。再等一下，只要第二站點的援軍抵達……」

聽見這番話，一旁聽著談話的大君主巴爾坎特插嘴。

「哼，那個神再強又能怎樣？」

「你們不了解他。」

「我們這邊有兩名大君主，神座再強也打不過我們，而且我們還有……」

巴爾坎特看著傑洛姆，語氣漸漸變得冷冽。

此刻站在邊上的黑暗君主傑洛姆，在十二地區大君主之間被冠以最強者的稱謂。

「最強的黑暗。」

正是他在頃刻間結束了因宰煥而掀起的偉大之土戰爭，同時他也在重新封印卡塔斯勒羅皮的行動中扮演最重要的角色。

名符其實的第一代行者，無庸置疑的最強大君主。

傑洛姆開口了。

「嗯，不，龜裂那傢伙說的對，最好再等一下。」

「什麼？」

正當巴爾坎特對傑洛姆的話感到訝異時，傑洛姆咯咯笑了起來。

「似乎出現了一些餘興節目，開始之前看一下也無妨。」

傑洛姆的目光停留在第七站點外圍的邊界處附近。

今井也朝那裡望去。過了一會兒，他的表情僵住了。

傑洛姆笑了笑。

「真是太有趣了，你們這些龜裂的傢伙。」

† † †

一名人類在精神正常的情況下，最多能殺死多少人？十個？一百個？還是一千個？

允煥認為自己不知道答案，因為他顯然也尚未探究出那數字的盡頭。

允煥永遠不會忘記他第一次覺醒的那瞬間。沒有任何人流血，但濃重的血腥味還是撲鼻而來。

在虛擬的大失蹤模擬訓練中，允煥遇見了無數人。

那些都是曾一同攀塔的同伴。其中有些人背叛了他，有些人還沒來得及和他變親近就喪失了性命，但他們都曾經為了相同的目標而前進。

他們都曾是為了守護人類而攀塔的塔行者。

可是在模擬訓練中，他們不再是同伴，大家彼此刀劍相向，甚至朝著允煥衝去。

允煥看著那些明顯懷著敵意向他奔來的人。

「啊啊啊啊！」

有時他會號啕大哭。

「求你了，拜託！」

有時他會苦苦哀求。

「可惡啊啊啊啊！」

有時他會憤怒。

而最終，他會挺身與他們戰鬥。

殺死一個又一個人。

他知道模擬訓練出現的存在是假的，但每次殺死他們時，允煥都感到自己的心靈產生了奇怪的扭曲。

怎麼說呢？就好像他一直以來所認知的世界，其外殼正在瓦解崩塌。

道德及倫理，或是能以正義及價值之名代稱的所有事物，一切框架在允煥的體內逐漸崩塌。

當一切都被摧毀時，他心中只剩下瘋狂。

那股瘋狂這麼說著。

——你相信的「人類」是系統的殘渣，不過是被強加上名為「人性」的外殼而已。

通過不斷反覆進行自己所能做出的最低道德行為，他脫去了人類的外殼，超脫環繞著自身系統的渺小無力。

一千九百五十四次的模擬訓練將其化為可能。

殺了又殺，永無止境……直到某一刻，允煥突然停了下來。

「不對，不是這樣。不該是這樣。」

當允煥看見某個朋友向他衝來時，他停止了殺戮。

對方是他無比信賴的朋友，允煥認為這位朋友最接近自己所理解的正義。

而那個朋友此刻正手持刀刃，朝允煥衝了過來。

「如果要做到這種地步才能獲得力量。」

望著那名朋友，允煥咬著牙。

「我寧願不成為覺醒者……」

下一秒，朋友的刀刃刺穿了他的腹部。

極其恐怖且殘酷的記憶，就這樣經歷了一千九百五十四次。

眼前的視野不斷扭曲，周圍景象開始崩潰。

允煥發出尖銳的慘叫聲，從夢中驚醒。

「啊！」

身體各處疼得彷彿要被撕裂一般。

他勉強撐起身子，環顧四周。周圍是一片荒涼的原野，遠處大型站點的輪廓隱約可見。

「我昏倒了嗎？」

允煥仔細檢查了傷痕累累的身體。他還能走，還能戰鬥。

他仍能感知到附近傳來了追擊者的殺氣。

「沒想到這麼快就追來了。」

一週前，允煥在第五站點與阿德爾進行最後的談話後，便離開了龜裂。他迅速撤離了戰場，之後也沒有採取任何可能引起懷疑的行動，為了不暴露行蹤，他甚至沒有使用大型傳送陣。

然而，龜裂的追擊隊仍在頃刻間追上了他，就好像他們完全知道他要去哪裡一樣，這與柳雪荷當時的情形全然不同。

龜裂是一個對人員進出管控相當嚴格的組織。

背叛者將會遭受徹底的掃蕩，這也是龜裂至今能維持極高安全度的原因。

如果可以見到柳雪荷團長……

如果沒有阿德爾，他也許不會經歷這場冒險，他也許會躲在某個安全的地方，伺機而動。

然而，他無法這麼做。

一聽見柳雪荷在第七站點的消息，允煥的心中便有了目的地。

柳雪荷與滅亡引導者是反抗龜裂的唯一勢力。

允煥一直很想知道，那名在他之前離開龜裂且倖存下來的人，究竟抱持著什麼想法。

他很想問她。

妳為什麼離開龜裂？原因和我相同嗎？我們還有資格問什麼是對的，什麼是錯的嗎？

他就這麼步履蹣跚地走著。

終於，第七站點的景象映入了他的雙眼。
可惜的是，喜悅的心情只維持了片刻，允煥的眼神隨即黯淡了下來。
「我來晚了嗎？」

10.

城堡爆炸的殘骸飛向允煥周圍。
龜裂的軍隊勢如破竹地湧了進來。
儘管他拚了命地奔跑，還是比透過傳送陣直達的龜裂慢了一步。
看見坍塌的城堡與四處飛濺的火花，允煥咽了口口水。
動作得加快了。
要是想幫上一點忙，要是想將掌握的情報告訴他們……
「可惡。」
然而，允煥的努力似乎只是徒勞。
就在他稍稍鬆懈的瞬間，陌生的氣息包圍了他，並且逐漸逼近。
鏘鏘鏘鏘！
允煥擋下襲來的刀刃，急忙旋身。
從黑暗中現身的敵人正是龜裂的追擊隊，其中甚至包括一些熟面孔。
「夠了！別打了！我不想傷害你們！」

但沒有人理會允煥的話。

那些覺醒者眼中不見任何同情，攻擊的動作更沒有絲毫猶豫。

這也在所難免，畢竟他們也和允煥一樣，經歷過大失蹤模擬訓練。此外，其中的大多數人待在龜裂的時間都比允煥長。

眼見對方毫無妥協的意願，允煥咬緊牙關，集中心神。

縱使一切將在這裡結束，他也不能退縮，因為他就是這麼走過來的。

屍山血海。

允煥全身緩緩流瀉出固有世界的光芒，世界力開始湧動。

腥紅的世界力包覆在潔白刀刃上。

這股力量便是龜裂追趕允煥的原因，他們絕不會坐視自己創造的固有世界輕易外洩。

轟隆隆隆隆。

如波濤般湧動的世界力捲走了數名覺醒者，他們帶著慘叫聲飛向空中。強勁的攻擊之下，追擊者的氣勢銳減，這是他好不容易抓住的機會。

「抱歉了。」

允煥迅速轉身，身體卻不受控制地停了下來。

「站住，允煥。」

隨著冰冷的聲音落下，屍山血海的世界力朝他襲來。

允煥反擊那股世界力的動作幾乎可以用神乎其技來形容。他在空中旋轉了兩三圈，消耗大量世界力之後，才勉強擋下那股力量。

持劍的手腕傳來劇痛，彷彿骨頭斷裂一般。

那股世界力的力量凌駕於他之上。莫非對方是團長？不對，還不到那麼強。

那麼這股世界力是——

「停手，回去吧。」

「瑞律？」

正是掌管龜裂第四大隊的韓瑞律。

他不曉得自己該說些什麼。

就算問「為什麼」、「怎麼會」也都無濟於事。

這一刻，允煥明白了一切。無論是韓瑞律阻止自己的原因，抑或是龜裂刻意將韓瑞律編入追擊隊伍的用意。

允煥緊咬著嘴唇。

他明白自己的努力將付之東流，但他還是想說點什麼。

「瑞律。」

許久未曾呼喚過這個名字，令他感到有些陌生。

他好想跟她聊聊天，就像以前他們一起登塔的時候一樣。

他明明無法解釋自己為何身在此處，朝著何種目標前進，但他還是想說點什麼。

「妳不也知道嗎？這是不對的。」

允煥的聲音在經過漫長的追捕後顯得十分疲憊，猶如即將熄滅的火焰。

他比誰都清楚，僅憑這些話根本無法說服或讓任何人理解。

但也許會有奇蹟發生。

瑞律回答。

「我也知道。」

「什麼？」

「我說我也知道。」

這大概是他加入龜裂後，第一次與瑞律進行真正的對話。

這是他們克服過去深重創傷後的第一次對話。

允煥看著瑞律的眼神，他意識到對方顯然也察覺到了某些事情。

「所以我才會追到這來。」

「……妳的意思是？」

允煥內心抱持期待。

也許事情會比他預想的還要順利？

他心中的疑問，不就找到一個合適的答案了嗎？

也許這世界比他想的更公正、更公平——

「跟我回龜裂吧。」

接踵而來的話音，頓時令允煥從幻想中清醒過來。

「我聽團長說，你現在抱有危險的想法。」

「……」

「團長應該也對你說過了，我再說一次。他們明白，我也明白，所有人都明白。什麼是對的，什麼是錯的，大家心裡都清楚。」

「夠了。」

瑞律繼續說道：「聽著，金允煥，你忘記塔裡發生過的事情了嗎？你要去的那個地方，什麼也做不了。就像我們再怎麼努力，也無法通過那座塔一樣。」

這句話狠狠鑿入了允煥的內心。

是嗎？原來她也一直在思考這件事。

允煥想起了瑞律的死亡。

她死在第七十六層。

「有些事情光憑正義感是行不通的。」

塔中的回憶接二連三地浮現在腦中。

最終剩下他與宰煥兩人共同攀塔的回憶。

以及他們最終未能實現的夢想。

他突然覺得頭痛欲裂。

「沒有力量的正義毫無用處，沒有前景的理想一文不值。你應該比任何人都清楚不是嗎？經歷過那些事情，你難道還不明白嗎？」

不明白。允煥不懂那麼複雜的事情。

然而，他深知一件事情。

「瑞律。」

「……」

「妳知道我爬到第幾層嗎？」

瑞律猶豫了一下，回答道：「不知道。」

「我爬到了第九十八層。」

對此，瑞律似乎隱隱感到驚訝，但還是板著臉說道：「無論你爬到了第幾層，最終你還是……」

「宰煥也到了第九十九層。」

瑞律的表情首次出現了劇烈的動搖。

自從來到深淵以來，他第一次看見她做出這樣的表情。

允煥沒有錯過這個機會。

「妳也記得吧，我們花了多大的力氣才爬到那裡？我們克服了多少生死難關，戰勝了多漫長的時光。」

「……」

「妳覺得那一切都沒有意義嗎？這是妳的真心話嗎？那所有的一切都是徒勞無功、毫無意義嗎？」

瑞律緊抿著嘴唇。

「我知道你在說什麼，可是——」

「不，妳還搞不清楚。」允煥斬釘截鐵地說道：「因為妳不明白，所以才會到現在還站在那裡。」

瑞律沉默了。緊閉的嘴唇間，情感的浪濤正在翻騰。

聽見宰煥的名字，瑞律的眼神逐漸產生動搖。

允煥內心思索，或許他還有希望。

不僅是他自己，瑞律也一樣。

於是，他下了最後的賭注。

「就殺了我吧。如果妳一定要把我帶回龜裂，那就帶走我的屍體。」

這是個賭上性命的賭博，允煥期望她還留有一絲人性。

瑞律繼續保持沉默，如此飽含情感的沉默一點都不適合她冷酷的性格。

「看來你以為我做不到。」

世界力在瑞律鍛造鋒利的劍上燃燒起來。

瑞律用殺氣騰騰的嗓音開口。

「你覺得我殺過你多少次？」

允煥的手臂上慢慢起了一層雞皮疙瘩。

這時，他才重新意識到一件事。

眼前的女人並非他所熟識的韓瑞律。她是在五百二十次的模擬過程中，徹底完成

五百一十八次訓練的女人。

為了變得強大，她捨去一切事物，扼殺所有記憶，最終成為龜裂新銳翹楚。

那正是現在的瑞律。

看著四肢僵硬的允煥，瑞律笑了。

「少裝好人了，你也殺過我。」

確實如此。在模擬訓練中，他也曾殺過瑞律。

「你就是個偽君子。」

瑞律的劍刃暴長，腥紅的世界力傾瀉而出。

屍山血海。

血雨從天而降。

允煥竭盡全力抵擋血紅的世界力。

噗，銀色的光芒從他的嘴裡噴湧而出。

「來這裡之前，我從第五團長那裡聽見了奇怪的事。」

瑞律輕輕地喘著氣，她的劍刃上流轉著鮮紅的光芒。

「聽說你在模擬中沒有殺死最後一個『男人』。」

「……」

「那麼做有什麼不同？除了那個男人以外，你還是殺光了其餘所有人。說到底，你也是龜裂的覺醒者，所以少再噁心地裝模作樣了。別裝得好像只有你一個人有正義感，一副光明磊落的樣子。」

瑞律的劍劃傷了他的大腿和腰部，銀光一湧而出。

允煥心想，她說的對。也許自己不是一個正義的人，也許自己是一個無比卑鄙虛偽，內心醜陋的人。

但是……如果就此放棄一切，拋下所有苦惱，放棄身為一個人的身分……

在那之後，他還剩下什麼呢？

每當允煥被瑞律的世界力擊中時，他的全身就像豆腐般被搗碎。
逐漸模糊的意識中，允煥仍在尋找著些什麼。
「我……」
他在迷茫的視線中想起了某個人的名字。
隨後，那人的背影出現了。那是一道個過於清晰的幻象。
看著眼前的幻象，允煥輕聲低喃。
「你還在登塔嗎？」
拋下所有事物的同時，始終牢牢抓住的回憶。令允煥相信自己是人類的，就是這個男人。
「我也想像你一樣。」
幻象崩潰消散，瑞律的劍疾飛而來。
那劍勢鋒利冷酷，彷彿在與漫長的過往告別。
鬱悶的寂靜降臨。
在那一片漆黑中，允煥感覺自己的生命在流逝，腰間不斷湧出的銀光正在奪走他的生命力，死亡的陰影籠罩著他。
漫長而煎熬的一切，終於來到了盡頭。
周遭是令所有靈魂屏息凝神的靜默。
一把劍落下，發出冰冷的金屬聲。
女子的聲音傳了過來。

然而……

我為什麼還沒有死呢？

允煥緩緩睜開眼睛，看見了瑞律的神情。

向來沉著的瑞律如同失了魂般，頻頻向後退去，彷彿看見什麼不該看見的東西。

就算世界毀滅，她應該也不會露出那種表情才對。

「全都給我上！」

隨著瑞律一聲怒吼，在她身後待命的追擊隊隨即朝允煥撲了過來。多達數十名的龜裂覺醒者，形成了一道血紅浪潮，洶湧而至。

然後，下一刻，那道浪潮一分為二，本是堅不可摧的龜裂固有世界，如今卻無力地崩塌。

那是幅足以令屍山血海黯然失色的場景。

無數名炸得粉碎的覺醒者。

不知從何處湧來的暗黑世界力，使黑暗遍布於雙方之間。看著腥紅浪潮無力散去的景象，允煥瞬間被一股奇異的情感籠罩。

為什麼看著這幅場景，他卻感到安心？

允煥最後看了一眼視線中的畫面，緩緩倒在地上。

他的眼瞳中，映著一名男人的身影。

肩膀被牢牢抓住，傳來了疼痛的感覺。

允煥不由得失笑出聲。

這肯定是幻覺吧？否則怎麼可能會發生……

宰煥怎麼可能會出現在這裡？

如果不是幻覺，那這裡就是死後的世界。也許他還身處在大失蹤模擬訓練之中。

這也不是的話，這個地方就是過去的……

「允煥。」

隨著那聲呼喚，允煥的意識回到了現實。

一個如此顯而易見，任誰也無法否認的現實。

他感到一陣哽咽，說不出話來。

宰煥，是宰煥。

「辛苦你了。」

簡短的一句話，允煥卻聽懂了他的意思。

他看見了宰煥的固有世界，他們曾夢寐以求的，這座世界的盡頭。

儘管所有伙伴都已回歸，他們也未曾放棄追求最終的景色。

允煥用盡最後的力氣，掀動著嘴唇。

「宰煥，你……」

「對，沒錯。」

此刻，允煥終於安心了。

每座塔，肯定都有最後一層。

那瞬間，允煥眼前那扇夢寐以求的世界之門終於為他敞開。

他費力地抬起手指，輕輕拂過宰煥的臉龐。

允煥微微一笑，閉上了雙眼。

11.

四周逐漸恢復平靜，戰場上的樣貌一覽無遺。到處皆能看見倒下的龜裂團員，銀色光澤從裂開的傷口中湧出。

宰煥靜靜地低頭望著失去意識的允煥。

終於遇見了苦苦尋找的朋友，看著他這副慘不忍睹的模樣，宰煥不難猜測他在這些日子以來經歷的事情。

某人落地的動靜從身後傳來。

那是股熟悉的世界力。

宰煥將允煥靜靜放在地上，沒有回頭，開口說道：「老頭，允煥就拜託你了。」

「又是男的啊？」

清虛一邊嘟囔著，一邊檢查著躺在地上的允煥身體。清虛快速移動手指，瞬間便已診完靈魂的經脈。

「這小子還活著啊，只是裝死而已。」

「一定要救活他。」

「放心吧，小鬼。」

事實上，與清虛的話相反，允煥的氣息十分微弱。

宰煥也知道，允煥的靈魂隨時都可能泯滅。即便如此，清虛仍以無關緊要的口吻回應他。這份用心，宰煥其實也明白。

清虛是混沌最優秀的神醫，是能將亡者變回人類的絕望神醫。

咻——啪。

伴隨著落地的聲響，一行人陸續現身。

「搞什麼啊，這麼快就——」

「噓。」

賽蓮想要衝向宰煥，一旁的柳納德拉住了她的衣袖，食指抵住嘴唇。

「幹嘛？」

柳納德只是搖了搖頭，注視著宰煥的方向。

柳納德其實不怎麼了解他的神。他對於宰煥是如何活在這世上，克服了多少磨難才走到這一步，幾乎一無所知。

但即便是這樣的他也能察覺到，此刻的宰煥顯然與平時不同。

宰煥一言不發地橫越戰場。

他的視線盡頭，有一名女人跪倒在地。

「怎麼會，這到底是……」

瑞律的眼神中充滿了不可置信，她蜷縮著身體，抬眼望向宰煥。

帶著那對絲毫無法理解現況的眼瞳，她用顫抖的雙唇問道：「真的是……宰煥？」

宰煥默默點了個頭。

那單純而明確的動作，令瑞律劇烈動搖。

她數度搖頭，似乎無法相信這個事實。

瑞律就猶如方才的允煥，堅信自己仍深陷於大失蹤模擬訓練之中，臉上滿是篤定的神色。

像是為了打破她的疑慮，宰煥開口。

「是我。」

瑞律登時喘不上氣，嘴唇頻頻顫抖。

她所認識的宰煥，分明在攀登噩夢之塔的過程中死去了。

「怎麼會……」

宰煥怎麼會出現在這裡？

附近的一名覺醒者攙扶住她。

「副隊長，請退下，他是屠神者。」

屠神者？

「胡說八道什麼？他才不是屠神者——」

瑞律說到這裡，頓時停了下來。

轟隆隆隆！宰煥全身釋放出強勁的世界力。

被那股氣息震懾的覺醒者紛紛尖叫著向後退去。宰煥散發的世界壓，顯然已經逼近龜裂的團長。

這實在令人匪夷所思。

假如宰煥和瑞律或允煥相同，是通過釣點被拖入深淵，那麼根本無法解釋宰煥現在的力量。這種程度的世界力，可不是單純成為強大神祇的代行者就能獲得的。

剎那間，瑞律的腦海中閃過了一個猜測。

允煥說過，宰煥抵達了第九十九層。

那麼如果，萬一真有那麼一種可能……

「你……難道真的通過了那座塔？」

瑞律的心臟開始不安地跳動，無數的假設像是等待已久似地，從她的腦海中一湧而出。

如果宰煥在所有人都死後，獨自一人登上了那座塔的頂端呢？這簡直就是天方夜譚，但如果他真的做到了呢？

如果他安全抵達了偉大之土，在那裡獲得力量，最終來到這座深淵呢？

如果他因此成為了屠神者呢？

瑞律覺得自己快瘋了。

胸口鬱悶，眼前發黑，曾對允煥說過的話在腦中迴盪。

「世界上總有些不可能的事。」

而否定這句話的男人就在她眼前。

他獨自一人捍衛著脆弱的正義，與毫無希望的理想。

他曾經是她最深愛的人。

「不，我沒有通過那座塔。」

直到片刻後，瑞律才真正明白這句話的意思。

她的心跳逐漸回歸正常。

果然，那是不可能的。憑一己之力通過噩夢之塔，簡直是痴人說夢。

她在心裡鬆了一口氣。

她說得沒有錯，世界上總有些不可能的事。

瑞律幾乎是本能地補充道：「你果然也失敗了。你也像我們一樣失敗了，所以才來到深淵。對吧？」

她尷尬地笑著。

「果然有些事情就是做不到，通過那座塔……」

「我沒失敗。」

瑞律無法理解宰煥說的話。

明明沒能通關，卻說自己沒失敗？

她的疑問在下一刻便得到了答案。

「我摧毀了那座塔。」

嗡嗡作響的耳鳴壓迫著她的大腦。

過了一會兒，一些資訊在她腦海中閃過。

唯一一個摧毀噩夢之塔的異類。

她分明記得最近讀過類似的資訊。儘管沒有閱覽詳細的資料，但她記得自己聽說過那人登上了深淵。

被龜裂和偉大之土列為頭號威脅的人物。

瑞律憶起了他的稱號。

「君主屠殺者……」

伴隨著電流劃過全身的戰慄感，所有的拼圖終於完美地嵌合在一起。

眼前的男人為了守護他的世界，直至最後一刻都還在奮戰。

他將那座塔上發生的恐怖回憶，原封不地藏在心底，成為一生只為摧毀這座幻想樹盡頭的滅亡屠戮者。

「有時也有人那麼叫我。」

氧氣逐漸稀薄，瑞律感覺自己喘不過氣，身體開始顫抖。

瀕臨窒息的她不由自主地仰望天空，差點尖叫出聲。

天空不見了。

猶如被困在巨大的高塔之中，黑色的天花板出現在上方。即便知道這是幻覺，瑞律依舊無法控制自己的思緒。

也許她至今都沒能脫離噩夢之塔。

也許允煥才是對的？

難道這個世界仍然存在著需要攀登的「下一層」？

瑞律夢囈般喃喃自語。

「經歷了那樣的事情，你到底怎麼、怎麼還能……」

「正是因為經歷了那些事情。」

隨著回答，宰煥的腳步聲逐漸逼近。

瑞律一屁股跌坐在地，爬著向後方退去。

「正是因為經歷了那些，所以我才還沒放棄。」

那句話、那道嗓音、那抹眼神。

瑞律從這一切，體會了宰煥一路走來的歷程。

映照在宰煥身後的「滅亡的世界」，深不見底。

瑞律能從那個世界帶來的黑暗中，短暫地體會到宰煥所走過的歷史。

那會有多麼寂寞，多麼孤獨呢？

儘管如此，他依然走到了這一步。

即便抵達此處，他也仍舊試圖前往「下一層」。

因為他的世界還沒有結束。

因為他還沒有看見這座塔的盡頭。

這個事實是如此令人椎心和痛苦，以至於瑞律不自覺地低喃。

「為什麼……」

宰煥沒有說任何話。

他的沉默使她更加痛苦。

「為什麼現在才出現？為什麼是現在？偏偏在這個時候出現在我面前……」

最終，宰煥的步伐停了下來。

瑞律無法直視他的眼睛，宰煥卻默默地直視瑞律的雙眼。

她是他曾經愛過的女人，宰煥仔細打量著那張臉龐。

瑞律的眼瞳中沒有一絲戰鬥的意志，也毫無任何的氣魄，只剩下斑駁的絕望與對自身的藐視。

他曾經深愛的那名女子的堅毅面容，如今已無跡可尋。

宰煥一言不發地挪動了獨不。

唰啦。

隨著某種東西被割斷的聲音，瑞律世界開始化為銀色的光芒。

那是宰煥的設定——「滅亡」的力量。

她始終信奉的屍山血海逐漸崩塌，紅色霧氣在空中輕輕地飄散開來。

滅亡不會歸咎任何事物。

世界的變化是極為自然的事情，因此，宰煥所能做的，只是宣告一個世界的終結。

「辛苦了，瑞律。」

瑞律的表情隨著這句話一同崩潰。

當束縛她的世界消失後，情感便如瀑布般傾瀉而出。

在巨大的失落感與空虛感之下，瑞律只是不停地低喃，不曉得在對誰說話。

「對不起、對不起、對不起……」

宰煥沒有回答。

相反地，他經過她身邊，繼續向前走去，彷彿從一開始目的地就不是她。

瑞律的哭聲漸漸變得微弱。

接著，走到某一個地方時，宰煥的腳步停了下來。

「別躲了。」

話音甫落，便有三人從紅霧中走了出來。

腰繫長刀的男子、穿著刻有巨龍圖案道袍的老人，以及身披漆黑斗篷的怪客，個個皆擁有不容小覷的力量。

宰煥首先對長刀男子問道：「你也要和我交手嗎？」

「我也不想，可惜情況就是這樣。」

那是龜裂的第三團長，今井勝己。

宰煥說道：「你會死。」

「這是我要說的話。」

宰煥的身後出現了手持雷鬼的柳雪荷。

看見今井凝固的表情，站在他身旁的道袍老人笑著問道：「龜裂就應該由龜裂來對付，那我的對手是誰？」

龍之君主巴爾坎特爆發出雄渾的世界力。

然而，宰煥沒有看向今井或巴爾坎特，打從一開始，吸引他注意的存在只有一個。

黑斗篷的怪客。

在錯綜複雜的世界壓之下，宰煥仍舊沒有將目光從那名怪客身上移開。

怪客對宰煥開口說道：「你就是那個君主屠殺者啊。」

宰煥認得數道適合晦暗、森涼一詞的嗓音，但這名怪客的聲音與他聽過的任何嗓音截然不同，光是聽著那人的聲音，就感覺有如深陷泥沼。

倘若聲音能有顏色，那麼怪客的聲音肯定是濃郁的漆黑。

「君主屠殺者，認出我了嗎？」

宰煥從未見過那張臉，但他覺得自己知道他是誰。

一種命運般的預感正在告訴他。

終於相遇了。

這人是這一切悲劇的開端，亦是引領他的世界走向滅亡的關鍵。

柳雪荷不知何時走到了宰煥身邊，咬牙切齒道：「黑暗君主，傑洛姆。」

偉大之土的最強霸主，所有君主的巔峰。

那名據說已經抵達適應最高境界的君主，此刻正現身於宰煥眼前。

12.

沒有人能斷定究竟是誰先拔劍，又是誰率先衝上前去。

有可能是柳雪荷，也有可能是今井。

然而，這些並不重要。

重要的是戰鬥已然揭開序幕，如今再也無法挽回了。

而且……

「雪荷，你們沒有勝算。」

形勢對他們極為不利。

「那得打到最後才知道。」雪荷一邊擋下今井襲來的攻擊，一邊說道。

對她的雷鬼來說，今井的劍乾坤之刃是一項難以對付的兵器。

「你進步了不少啊，今井。」

柳雪荷的鎖鍊刀雷鬼留下一道道殘影，是一把擅長利用藏在殘影中的虛招來快速擊殺敵人的武器。

而今井的乾坤之刃則可以自由改變刀刃的外形，在任何情況下都能自由地進行攻守轉換。

鏘鏘鏘鏘！

乾坤之刃的防禦範圍瞬間擴大，阻擋了從前方襲來的雷鬼。

雷鬼的殘影再怎麼絢爛華麗，倘若在攻擊的瞬間被乾坤之刃擋下，這項招數就前功盡棄了。

況且，由於乾坤之刃總是出其不意地發動攻擊，使得柳雪荷的雷鬼經常在抵達攻擊點之前就需要提前收回。

「真是令人失望，雪荷。看妳用一副高傲的樣子走出龜裂，還以為妳悟出了什麼大道理呢。」

今井的攻勢隨著這句話產生了改變。

乾坤之刃伸縮自如的刀尖橫掃整個空間，伺機找出柳雪荷的破綻。

柳雪荷巧妙地展開鎖鍊，彈開劍刃的攻擊，卻漸漸落入下風。尚未完全開啟自己的固有世界和設定的情況下，兵器的特性在很大程度上決定了勝負。

「妳不會是相信那傢伙才離開的吧？」

「……」

「說啊，我有資格聽妳的回答。」

柳雪荷沒有回答，她認為就算說了也無濟於事。

今井勝己，龜裂的第三團長。

「其他團長就算了，妳是我最信任的人。」

今井眼中蘊含的悲傷並非僅僅是因為她離開了龜裂。

今井對自己有著特殊的情感，這一點柳雪荷不是不清楚。他們共同度過了如此漫長的歲月，她又怎麼可能不曉得呢？

但她必須裝作不知道，因為那是對昔日好友的最後尊重。

轟隆隆隆。

雷電降臨在雷鬼的刀尖，顯然柳雪荷的特殊技能「叱吒雷霆」發揮了其威力。

傾瀉而下的世界力閃電中，臉色煞白的今井瞬間拉開了距離。

戰鬥短暫地出現了一陣空檔。

柳雪荷迅速收束世界力，觀察周圍的形勢。

敵人有三名。其中團長今井由她自己對付，剩下的就是兩位大君主了。

「巴爾坎特往那邊去了嗎？」

負責對付大君主之一——龍之君主巴爾坎特的是卡頓、賽蓮與柳納德。

除去宰煥和柳雪荷之外，身為最強戰力的清虛正為了治療一名覺醒者而無法出手。

全身覆蓋著龍麟的巴爾坎特游刃有餘地避開卡頓和柳納德的攻擊，眼中閃爍著陰險的目光，彷彿就在享受一場遊戲。

「這裡的靈魂真是令人賞心悅目啊。你，還有你，抓起來把玩一定很有趣。」

「閉嘴！」賽蓮憤怒地高喊，同時施展魔法。

夢魔的專屬魔法「反重力」束縛了巴爾坎特的腳。

然而，巴爾坎特絲毫不理會塌陷的地面，只是自顧自地釋放自身的世界力。隨著一聲巨響，巴爾坎特猛蹬地面，飛了起來，揮臂朝賽蓮襲去。

「快躲開，賽蓮女士！」

「姐姐！過來這邊！」

令人猝不及防的一擊。

巴爾坎特附著世界力的修長爪子輕而易舉地撕破了賽蓮的吊帶背心。從胸部到腹部劃出一道筆直的銀色血痕。

賽蓮連忙捂住傷口止血向後退去，咬緊牙關。

她心裡也清楚，巴爾坎特剛才完全可以一擊斃命，只是刻意沒有殺死她。

「該死的……」

這打從一開始就是一場毫無勝算的戰鬥。

成功達到第四階段覺醒，卻尚未獲得固有世界的卡頓；以及雖然能使用夢魔專屬魔法，卻不擅打鬥的賽蓮；再加上一名雖是宰煥信徒，終究也只是個孩子的柳納德……

這樣的他們，怎麼可能對付得了大君主巴爾坎特。

縱使柳雪荷擊敗今井前來支援，他們也無法確保能夠勝利，大君主巴爾坎特就是如此難纏的超級強者。

從遠處觀察戰況的柳雪荷也逐漸感到焦躁。

還是要先想辦法解決今井。

她重新整頓氣勢，揮舞著雷鬼擋下了今井的乾坤之刃。看來這段時間今井確實有所進步，如今他的世界力非比尋常，稍有差錯，輸的可能就是自己。

「不管了，盡力而為吧。」

柳雪荷釋放出積蓄已久的「屍山血海」世界力，迅速瞥了戰場的中心一眼，這場戰鬥的核心人物就在那裡。

「現在我只能相信那傢伙了。」

✝ ✝ ✝

「真有趣。」

傑洛姆接下宰煥釋放的滅亡，眼神充滿異彩。

宰煥的設定隨著傑洛姆的世界力蔓延開來。

滅亡不斷鑽入傑洛姆的固有世界「系統」的間隙。

在毀滅世界的設定面前，他那些忠心的君將難逃一劫也實屬合理。

倘若系統並非老大的固有世界，且傑洛姆的世界力再稍微弱一些，那麼宰煥的滅亡完全有可能摧毀他的靈魂，進而消滅他的固有世界。

這是件相當令人欽佩的事情。

區區一個人類的實力，竟然能夠與大君主平起平坐，至今除了龜裂的裂主外，幻想樹中還有這種存在嗎？

轟隆隆隆隆。

強大的世界力激烈地交鋒，戰場的毀壞程度卻不算嚴重，這是因為凝聚在空中的世界力相互抵消的緣故。

準確而言，雙方目前只釋放了足以削弱對方力量的世界力，算是在正式開戰前相互試探彼此實力的前哨戰。

經過幾番較量，宰煥率先開口說話。

「聽說大君主是老大的代行者。」

「對，我是他的代行者。」

「照這標準來看，你身上散發出的世界力太弱了。」

神祇會將一部分世界力共享給代行者，此外，神的世界力與該神的信徒數量成正比。

老大的固有世界是「系統」，假設包括第一站點偉大之土在內，使用系統界面的所有適應者都是他的信徒，那麼老大就是世界上擁有最多信徒的神祇。

他擁有的世界力將會高達無法想像的程度，這自是不言而喻。

傑洛姆像是明白了宰煥的意思。

「老大擁有的世界力絕非一名代行者能承受，如果任何人需要背負他的一切，他們的靈魂都會破裂。」

「是嗎？真令人失望。」

宰煥的口吻顯露出他發自內心地感到失望。

傑洛姆似乎對此有些惱火。

「就算不從那傢伙那裡獲得世界力，對付你這樣的小嘍囉也完全不成問題。」

「你這樣隨便談論自己信奉的神，沒關係嗎？」

「我連他的樣貌和聲音都未曾見聞，又何必畏懼一個連是否真實存在都無法確定的神？」

這話似乎有些矛盾。

作為老大代行者的他竟然不曉得其真實面目？

然而，宰煥的思緒突然被打斷了。

轟嗡嗡。

籠罩著滅亡力量的獨不發出了凶猛的劍鳴，這與它平時的劍鳴聲不同。

這時，他看見傑洛姆從懷裡拿出了某樣東西。

一把由萬年寒冰雕琢而成的精美劍刃。

宰煥隱約覺得這把蒼白的劍似曾相識，果不其然，那與他的獨不看起來十分相似。

彷彿從一開始就是作為「一對」而生，兩把劍刃各自獨立卻極為酷似。

獨不發出更為凶猛的號叫。

於是，傑洛姆的劍也開始吐出咆哮。

傑洛姆笑了。

「看來劍可以認出彼此。沒錯，這就是真正的冰龍劍。」

冰龍劍。聽見這個名稱，宰煥才想起獨不的本名。

最初的獨不，是一把名為「冰龍劍」的仿冒品。

聽說還沒有人成功獵殺冰龍貝奇索斯，目前並不存在真品。

難道那把劍是真的？

「這是我不久前討伐被遺忘之土獲得的武器。我的劍裡具有冰龍王貝奇索斯的靈魂，看樣子，你的冒牌貨裡面也有什麼奇怪的東西。」

獨不的劍鳴聲之間，冰龍劍吐出猛烈的咆哮，氣勢磅礴，彷彿傳說中的冰龍貝奇索斯就在眼前。

冰龍劍似乎在這麼說道——

你是假的。

獨不的劍身微微顫動。

宰煥緊緊握住劍柄。

「聽說你的目標是摧毀系統，真是個有趣的想法。」

傑洛姆的瞳孔散發著寒光，宰煥有預感，一場真正的戰鬥即將拉開序幕。

周圍的空氣詭異地膨脹起來，傑洛姆腳下的地面開始不祥地顫動。

宰煥也意識到，眼前這位大君主，無疑比他迄今交手過的任何君主都要強大。

「當初聽到這件事時，我還覺得很可笑。偉大之士竟然會因為這種幼稚的想法變成這副模樣……」

傑洛姆凝視著宰煥，瞳孔中掠過無數記憶。

第一次在栽培者彼斯特萊因的影片中看見宰煥時。

當他得知宰煥摧毀噩夢之塔並逃離的事實時。

借錦川幫之手的亡鬼客計畫破滅，混沌討伐計畫以失敗告終之時。

黑暗的第九地區管轄的再生宮崩塌時。

以及，薩明勳等人在內的君將死亡時……

誰會想到呢？偉大之士竟然因為眼前這個男人，遭受了極大的痛苦，半數的大君主也慘遭永滅。

「聽說你只是靠著不斷重複刺擊就達到了覺醒。」

宰煥沒有回答。

但從一開始，他的回答對傑洛姆來說就不重要。

「你一定沾沾自喜吧？活在超越系統的錯覺中，陶醉在自己的成就感裡。」

傑洛姆的聲音中帶著隱隱的怒意，他要以最殘忍的方式，將宰煥這個存在從靈魂體外殼到心靈徹底粉碎。

宰煥看見了凝聚在傑洛姆劍尖上的黑暗氣息。

宰煥下意識啟動的猜疑開始往那股不斷溢出的氣息靠近。

「你肯定認為自己已經克服了系統。但是你要知道，你甚至還不清楚系統的本質是什麼。」

從傑洛姆武器中升騰而起的氣息顯露其貌。

那是一種「技能」。

「技能」是包含偉大之土在內，無數使用系統介面的適應者共享的設定形式。

傑洛姆的技能，並非君主使用的「超絕技能」。

他使用的是宰煥也相當熟悉的技能，因為這是所有進入噩夢之塔的新手塔行者最先學習的技能。

重擊（Bash）。

這是一種集中所有靈力攻擊對方的技能，只是傑洛姆用世界力取代了靈力。

轟隆隆隆隆，傑洛姆劍鞘上的氣息以驚人的密度聚集起來。這顯然是重擊預備姿勢。

然而，那種東西也能稱作重擊嗎？

僅僅是匯聚世界力，就足以讓方圓內所有世界力都開始躁動不安。

究竟要經歷多少次的重擊才能達到這種程度？要有多熟練才能……

剎那間，宰煥腦海中閃過一個令人不寒而慄的想像。

假設有一個這樣的存在呢？

如果真有一位和宰煥一樣，將刺擊技能錘鍊至極致，並將系統內建的「重擊」技能磨練到爐火純青的境界呢？

即使系統已經認可該技能達到了精通的級別，他卻仍不滿足於現狀，不斷地磨練、精進這項技能呢？

如果這位存在持之以恆地鍛鍊了數萬年、甚至數十萬年，那麼他是否有可能在系統內部突破系統的限制呢？

「覺醒？世上根本不存在那種東西。這世上一切事物、一切存在都無法逃脫這個系統。」

他的技能，是經過十萬年錘鍊的重擊。

足以一擊摧毀站點的赤紅世界力，向宰煥襲來。

13.

轟隆隆隆！

以重擊點為中心爆發的世界力在空中炸裂，發出震耳欲聾的轟鳴。

風暴的餘波襲捲了整片區域，七號站點堅實的地面出現了巨大的裂縫，並逐漸蔓延。

喀喀喀喀。

飛揚的塵土令人呼吸困難，站點的地面開始崩塌瓦解。

有人放聲慘叫，而有些人甚至沒有機會發出聲音便消失殆盡。僅僅被餘波波及，周圍的靈魂便瞬間消散得無影無蹤。

這正是最強大君主，傑洛姆的力量。

過了一會兒，宰煥從塵煙中現身。

對手果然不容小覷。

與重擊相觸的瞬間，他感受到一股宛如被巨錘敲打的衝擊。他勉強扭轉了重擊的攻擊方向，卻造成整隻左臂麻痺不已，手腕則像是斷了般傳來劇烈疼痛。

竟然能透過適應獲得如此強大的力量。

過去他和其中一名君將薩明伽藍交戰時，也隱約有過相同的感受。

覺醒和適應之間只是一線之差。靈魂可以通過覺醒突破自己的極限，而適應也能讓靈魂到達終極境界。

宰煥緩緩環顧四周。

僅僅一記重擊，就摧毀了七號站點十分之一的區域。

有鑑於一座大型站點相當於數十個中型站點的規模，那無疑是一股驚天動地的威力。

周圍那些驚險躲過重擊或擋下餘波的人們，全都嚇得目瞪口呆，就連柳雪荷與今井也都呆愣地張著嘴。

「運氣不錯嘛。」

儘管祭出了如此強力的一擊，傑洛姆的世界力卻絲毫未減。

他似乎很有自信能夠再發動數次這等規模的攻擊。

「沒想到透過系統也能獲得如此強大的力量。」

「系統？你到現在還執迷不悟啊。」

傑洛姆輕敲著剛剛用來引爆重擊的冰龍劍。

「只有通過系統才能獲得這種力量。覺醒和適應的本質沒有區別，我們只是生活在不同的世界，也就是不同的系統罷了。」

宰煥覺得傑洛姆所說的「系統」，並非單純意指固有世界，而是一個更廣泛、更包羅萬象的概念。

「或許你說的對，我也可能只是系統的一部分。」

事實上，宰煥一直以來也對此抱有類似的疑問。

假如覺醒真的是脫離系統的概念，那麼覺醒就必須與適應等其他基於系統介面的概念有著根本上的區別。

當然，覺醒與適應之間有著明顯的差異，例如覺醒的世界沒有明確的數值。

但是光憑這一點還不夠。覺醒仍然存在「階段」這一概念，即使沒有透過明確的數值標示，若是非要進行量化，確實依然可以估算力量的總量。

因此，傑洛姆說覺醒也是系統的一部分，並非完全是空穴來風。

傑洛姆又繼續說著。

「你已經是系統的一部分了，因為系統之外，沒有任何事物。」

「這點我無法認同。」

「嗯？」

「就像你不能因為從未離開過星球，就說星球之外什麼都沒有。」

「系統之外沒有任何東西。就算有，『存在』也無法在那裡生存下去。」

傑洛姆的宣告決絕而堅定，他的信念就如同久經錘鍊的武器般堅如磐石。

不僅是大君主傑洛姆，所有使用系統的君主都持著相同的態度。

為什麼他們如此排斥系統之外的世界？

宰煥無法理解。

這些君主至少都活了一千年，有的甚至活了數萬年，他們一定見過無數違背常理的現象，也目睹了數不勝數的世界失序，見證了系統所造成的各種腐敗。

可是，為什麼大君主不試圖改變這個世界呢？

難道長久以來信奉並生活在同一個世界中的人們，無論那個世界呈現什麼樣貌，最終都會接受並認同它嗎？

宰煥緩緩地，一字一句地說道：「我一定會找到辦法。」

傑洛姆冷笑一聲。

「如果你不是孤軍奮戰，那或許還有可能。」

傑洛姆的身影在增加，一個、兩個、三個、四個……就像分身一樣，傑洛姆的數目不斷增加，直到數量超過五十，他才停止了分裂。

宰煥知道這項製造分身的技能。與重擊相同，這也是新手進入噩夢之塔時學習的輔助技能之一——黑影分身。

當然，這並非宰煥記憶中熟悉的黑影分身。

原本的黑影分身只能創建一個分身，而該分身的實力也僅有本尊的十分之一左右。

然而，眼前的傑洛姆分身，每一個都擁有本尊一半左右的實力。

宰煥根本無法想像，傑洛姆為了達到這般境界，究竟針對這項技能修練了多久。

五十名經過歲月歷練的傑洛姆對宰煥說道：「你一個人什麼也做不了。」

整座站點迴盪著震耳欲聾的回音。

傑洛姆的分身齊聲開口，強大的威懾力，猶如是整個系統在講話一般。

各個靈魂紛紛忍不住發顫。

至少在這座站點之內，他散發著不亞於古代三神卡塔斯勒羅皮的威嚴。

不過，為什麼呢？

宰煥並沒有感到害怕。

當他見到傑洛姆的重擊摧毀基地時，也有相同的感覺。他明白他很強大，但並未感到特別了不起。

不，倒不如說，只有這種程度才值得一戰。

宰煥開口了。

「我有伙伴。」

「伙伴？」

五十名傑洛姆的臉上都露出了嘲諷的表情。

「是誰？跟你一起行動的龜裂小女娃？那個三腳貓夢魔？還是……」

就在那一刻，五十名傑洛姆中的幾名分身消失蹤影。

宰煥迅速退了幾步，重新採取防禦姿勢。

漫天塵土中，重擊再次朝他襲來。這回不再只有一擊。

已經來不及避開了，宰煥只好集中所有世界力，硬生生扛下重擊。

轟隆隆隆隆隆！

伴隨著沉重的衝擊，撕裂肌膚的爆炸聲連綿不絕。宛如鞭炮般爆破的世界力劃破了天空，而宰煥的身形在其中疾飛而過。

「還是說，是被你拋棄的那群混沌臭蟲？」

宰煥的身體在空中飛行了好一會兒，直挺挺地停在了空中。他縝密地控制世界力，化解了重擊的衝擊。

光是遭受三記重擊就已經如此狼狽，如果同時承受五十記重擊，不知會落得何種下場。

傑洛姆看著在空中流淌出銀光的宰煥，露出了訕笑。

「真是可笑，你以為那些傢伙還活著嗎？」

這句話令宰煥的表情首次發生了變化。

「你這話是什麼意思？」

「你在混沌搞了一齣好戲啊，我還真沒想到你竟然會利用卡塔斯勒羅皮。」

「我問你那是什麼意思？」

五十名傑洛姆同時咯咯大笑。

「我聽說你跟卡塔斯勒羅皮締結了契約，不是嗎？想必你也清楚那道契約已經被破壞了。」

宰煥沉默了片刻。

「你這次最好老實回答——你對混沌做了什麼？」

其實，宰煥心裡也早有預料。

不久前，他獲得格式塔之眼後，立即嘗試重新建立與卡塔斯勒羅皮的連結。然而卡塔斯勒羅皮方面完全沒有回應，彷彿兩人之間徹底失去了連結。

抑或，卡塔斯勒羅皮已然消亡。

傑洛姆的笑聲再度響起。

「你以為我會饒恕那些謀劃造反偉大之土的傢伙嗎？」

聽見這則明確的宣告，宰煥明白了。

君主對卡塔斯勒羅皮出手了。即便殺不了它，至少也使它陷入了瀕死的狀態。

倘若卡塔斯勒羅皮真的遭遇不測，那混沌就徹底玩完了。畢竟，以混沌如今的戰力而言，就算只有幾位君主出面，眾人也難以招架。

「現在一切應該差不多都整頓好了，沒有任何存在會活在你理想中的世界裡，你將獨自一人孤獨地死去。但別覺得太孤單，因為混沌的居民會與你同行。」

五十名傑洛姆同時擺出令人不快的笑容。

宰煥沉著地分析了局勢。

「是嗎？」

他當然早就得知龜裂和偉大之土已經聯手。若是如此，他們的協議之中，肯定也有關於混沌的條款。

他們必然不希望混沌的勢力發展壯大，派遣聯軍出戰也在預料之中。此時此刻，混沌恐怕已經是慘不忍睹的狀態了。

「無法讓你看到那一幕真是可惜啊。」

宰煥明白傑洛姆的意圖。

傑洛姆似乎很渴望目睹他在最悽慘的絕望中死去，想要看到宰煥這個靈魂從最深處瓦解。即使沒有戲劇性的演出，這齣戲本身也足以令人拍手叫好。

宰煥帶著讚賞的目光，仔細地端詳著每一個傑洛姆。不知過了多久，五十名傑洛姆中，一些人的臉色開始變得古怪。

他們張口問宰煥。

「你在笑什麼？」

宰煥笑了。

✝ ✝ ✝

採擷今日城堡內部的亡者之宮內，幾群人伴隨著光芒現身於黑暗中。這些人看起來至少有數百人。

混沌。

「就是這裡嗎？」

「好久沒來了，混沌也是。」

這些人大致分為兩類，從表面上散發的世界力來看，他們的特點也相當明顯。

一側是身穿黑色披風的覺醒者。

「久違了，該死的混帳君主。」

「原來是龜裂的臭蟲啊。」

另一邊則是來自偉大之土各地區的主力君將。

兩股勢力當中，看上去像是隊長的兩人面露不悅，你一言我一語地互嗆著。

「只是暫時結盟，我才讓著你。」

「這句話該由我來說才對。」

他們是奉命前來收拾混沌殘局的龜裂中級幹部和偉大之土的高階君主。

其中一名君將開口道：「這裡真的是卡塔斯勒羅皮的宮殿？以唯一王的威名來說，好像有點寒酸。」

眾人隨即開始在亡者之宮的召喚陣附近閒逛，探索周圍環境，以防任何潛在的威脅。然而，除了荒涼的景色之外，並沒有特別引人注目的地方。

遲來的安心感令人不由得放鬆警惕。

聽說這裡是卡塔斯勒羅皮的住所，所以他們繃緊了神經，現在看來，似乎白擔心了一場。

就在那時，一名士兵發出了慘叫。

「隊長！這、這裡有東西！」

14.

在派遣兵的信號下，君將和龜裂的中級幹部蜂擁而至。

眼前是死去的亡者屍體，以及大君主曾使用過的兵器殘骸。隨處可見的深邃巨坑和靈魂永滅的痕跡，令眾人不難想像這裡曾發生過多麼激烈的戰鬥。

「竟然死了四位大君主，果然不同凡響。」

「卡塔斯勒羅皮真的被封印了嗎？」

「據我所知，至少一百年內都無法行動。」

「死了四名大君主，也才只能封印一百年……」

各處傳來陣陣嘆息。

實力削弱的狀態下，仍能擊殺四位大君主，這是何等懾人的威嚴。其生前的力量究竟有多強大，簡直不可估量。

「噓，大家安靜點，還有一名大君主留在這裡。」

「還有人留在這裡？」

「我聽說黃金君主正在看守卡塔斯勒羅皮的大封印。見到他之後，我們就立即執行計畫。」

然而，十幾分鐘後，事態陷入了僵局。

亡者之宮的任何地方，都找不到黃金君主的蹤跡。

這太奇怪了。別的君主也就罷了，怎麼可能連一名大君主的世界力也感知不到？

「看來他確實不在這裡。不如我們先離開亡者之宮如何？」

一名性急的君將高聲吆喝，擔任隊長的君將臉色頓時變得凝重起來。

「我們接收到的命令是……」

「我們已經等很久了。我們都犧牲性命過來了，上頭難道會因為這種小事嘮叨嗎？」
「沒錯，我們也有休閒時間啊。」
「反正我們的最終目的不是清理混沌嗎？搞不好黃金君主提前出去玩樂了。」
他們嘴上說著冠冕堂皇的話，但實際上只有一個目的——發洩積累已久的壓力。肆意地破壞、摧毀，將他們壓抑已久的欲望，盡情釋放在弱小的低等生物身上。
這時，遠處的空間扭曲，迸射出耀眼的光芒。
「哦，這股氣息是？」
不會錯的，這是統治十二地區的大君主的世界力。
想必是黃金君主。
啪噠——
只見那股宏偉世界力的主人，渾身是傷地倒在了地上。
「大君主！」
慌亂的君主急忙趕來將人扶起，然而，黃金君主的世界力已經瀕臨消亡。
「到底是誰幹的？」
就在他們這麼想的時候，有人從前面走來了。
那不是一個人。而是十個、二十個、三十個，足足近百人的人群。他們體格魁梧，身材健碩，每個人都擁有超越君將的世界力。
尤其是站在最前面的那個男人，他甚至有能力與大君主決一雌雄。
不，稱他為「男人」真的合適嗎？

他們究竟是什麼人？

「那、那些東西到底是什麼？」

有人用充滿恐懼的聲音喃喃自語。

無論是君主還是龜裂的成員，都找不到任何言語來描述眼前的存在。

超越常識的新資訊讓他們頭暈目眩，他們從未見過這樣的存在。

一名君主鼓起勇氣問道：「你們是誰？為什麼都光著身子？」

這時，在最前方炫耀著魁梧身材的男人點了點頭。

『烏洛波羅斯。』

那是個無法解釋任何事物，卻也同時解釋一切的魔法詞語。

片刻後，在長壽族殘暴的烏洛波羅斯攻擊下，慘不忍睹的君將和龜裂的成員紛紛爬行在地，發出淒慘的呻吟。

「咳呃呃……這到底是怎麼回事……」

隨著最後一名君將的倒下，亡者之宮再度陷入死寂。

長壽族的首領，大戰士拉──哈瑪德直挺挺地站在原地，靜靜注視著這片寂靜。

這時，寂靜的空氣中傳來了一道嗓音。

『是誰？』

這道聲音的氣息雄渾，卻因為損失了大部分的世界力，顯得格外虛弱。

對方再度問道。

『你是誰？難道是格式塔？』

拉—哈瑪德靜靜地凝視著虛空中的某處，用他低沉的嗓音答道

『烏洛波羅斯。』

剎那間，虛空似乎顫抖了一下。

不知過了多久，聲音再度傳來。

『是他的其中一件衣服嗎？』

這是句意味深長的提問。

拉—哈瑪德沉默地仰頭望向虛空。虛空中見不著任何表情，但拉—哈瑪德仍能感受到卡塔斯勒羅皮的動搖。

世上最古老的神，突然懷念起昔日故友。

拉—哈瑪德不由主地張口說道。

『烏洛波羅斯，謝謝。』

謝謝？謝什麼？

那一刻，拉—哈瑪德突然意識到自己竟然使用了如此「人性化」的詞語。無論是作為格式塔，還是作為格式塔的衣服或信徒，這都是與他的身分極不相稱的行為。

難道是受到了他人的影響？拉—哈瑪德無從知曉。

沉默許久的卡塔斯勒羅皮開口了。

『你為何會來這裡？』

拉—哈瑪德恢復原本的姿勢，回答道。

『烏洛波羅斯。』

『你們這該死的口頭禪還真是一模一樣。』

『烏洛波羅斯。』

卡塔斯勒羅皮像是在揣測著什麼，靜默良久，宛如在仔細思考「烏洛波羅斯」每個字的含意。

片刻後，卡塔斯勒羅皮開口。

『原來如此，是那傢伙拜託的。那傢伙……終於把格式塔之眼弄到手了嗎？』

古代三神的解讀能力果然精湛而卓越。

拉—哈瑪德一言不發地緊閉嘴唇。

轟嗡嗡——

拉—哈瑪德與長壽族的世界力開始包圍亡者之宮。大君主對卡塔斯勒羅皮施下的封印漸趨微弱，中斷的連結也重新回復。

卡塔斯勒羅皮開口道。

『看來發生了很多事。』

『烏洛波羅斯。』

『那傢伙現在有多強？足以對抗一名大君主嗎？』

『烏洛波……』

『你再敢提一次烏洛波羅斯，我就不客氣了。』

隨即，拉—哈瑪德回應了。

『他將完成我們未能完成的事情。』

意料之外的答覆，令空中的粒子劇烈顫動。

帶有懷疑的聲音在空中響起。

『真的？你真的認為他能做到？你是認真的嗎？』

『卡塔斯勒羅皮，你不也是這麼認為，才和他締下契約的嗎？』

『……』

『如果是他就辦得到，如果是他，就能摧毀我們所創造的最糟「發明」。』

發明。

各種回憶頓時浮現出來。

二十一萬年前，三神戰爭的結局，就是這一切悲劇的開始……

『那傢伙也知道嗎？』

『應該吧。』

卡塔斯勒羅皮悲傷地笑著。

『真是可悲，竟然淪落到要依靠人類。』

拉──哈瑪德用古怪的表情注視著虛空。

『卡塔斯勒羅皮，我們也曾經是人類。』

卡塔斯勒羅皮答道。

『是啊，曾經。』

✝ ✝ ✝

宰煥緩緩地閉上眼睛，再度睜開，便感受到世界力充沛地流轉全身。準備已經就緒，他體內的衣服正在說話。

宰煥再度望向前方，他看見五十名憤怒的傑洛姆就在那處。

「卡塔斯勒羅皮早就被封印了，你以為我在耍你嗎？」

「你當然沒說謊。」

「你剛才是在檢查連結吧。」

傑洛姆爆發出一陣大笑。

「那你應該知道我說的是事實。我們先下手為強了，畢竟要是你用上空虛劍，情況可能會更加棘手。」他繼續說道：「我們已預先透過小兄弟充分收集了你的相關情報，你這傢伙的成長速度雖然超出預期，但要是沒有空虛劍，也絕對無法與大君主抗衡。」

「……」

大君主果然名不虛傳，深思熟慮，謀劃周密。他先前已經將調查宰煥的工作做得十分完備，顯然不是浪得虛名。

然而，宰煥仍舊是一派悠閒的模樣。

「空虛劍啊……」

嗡嗡嗡嗡！

多達五十名的傑洛姆面部一個接一個轉為蒼白，場面實在壯觀。

能夠汙染靈魂的駭人三神器——卡塔斯勒羅皮的空虛劍，在宰煥的手中吐出了低沉的劍鳴。

「怎麼會？」

宰煥自己也不太清楚這是怎麼一回事。他只知道剛才靈魂內部湧出強烈的活力，與卡塔斯勒羅皮的連結重新接上，並且突然能夠使用空虛劍了。

現在並非處於降臨狀態，他卻可以使用唯一王的配件。可想而知，這次應該是獲得了卡塔斯勒羅皮的特別許可。

看來拉—哈瑪德信守了他的承諾。

宰煥將手中的空虛劍扔向空中，空虛劍隨即在空中化為粉末消失。

五十名傑洛姆的臉色再度大變。

「你在搞什麼鬼？」

「用這個的話就沒意思了。」

事實上，他與卡塔斯勒羅皮的連結尚未穩固，因此無法使用空虛劍，但傑洛姆不可能知道這一點。

「你這個狂妄的傢伙。」

宰煥的挑釁成功激起了傑洛姆的怒火，混亂與憤怒交織的炯然目光化為一股懾人的威壓。

對傑洛姆而言，從未有任何存在敢如此挑釁他。

五十名傑洛姆同時使出重擊。

龐大的世界力凝聚在一起，所有傑洛姆同時朝宰煥衝去，這股無與倫比的強大世界力，足以令整座第七站點全數化為焦土。

然而，宰煥沒有退卻。

這並非出自一時的自信，反而是經由冷靜判斷的結果。

這傢伙能使用的技能只有重擊和黑影分身。除此之外，別無他法。

當然，光是這兩種技能，就具備非比尋常的力量。

畢竟就算把宰煥交手過的所有敵人都算上，傑洛姆的世界力也排得進前三名。

宰煥緩緩眨著眼，心想。

雖然不是為了應付這種情況而訓練出來的力量，不過應該沒差吧。

「在你獨自信仰的世界中，孤獨地死去吧。」

五十道影子橫掠天空，一擁而上，密密麻麻地困住宰煥。周圍響起傑洛姆尖銳的嗓音，隨後，宰煥的四面八方都被包圍了。

身邊是看不見任何生路的致命黑暗，世界淹沒在漆黑之中。

漆黑如墨的空間裡，宰煥的左眼眨了一下。

瞳孔內，啃食自身尾巴的銜尾蛇開始猛烈旋轉，宰煥的雙眼噴發出眩目的強光。

格式塔之眼。

固有設定，認知失調。

時間的流動變得緩慢，宰煥的腦海中，衣服的聲音開始猛然湧出。

「不行。」

「那種數量是辦不到的。」

「你在想什麼啊？」

「你這小子到底——」

無止境的否定話音中，宰煥搖了搖頭。

「辦得到，相信我。」

接著便響起衣服紛紛附和他的聲音。

「辦得到。」

「辦得到啦。」

「可以做得到。」

「確實做得到。」

「這種事還用問嗎？」

「我相信你。」

可能與不可能。

意志與現實的界限。

在那熾烈的夾縫之中，某種東西孕育而出。

轟砰砰砰砰砰砰砰。

伴隨著炫目的世界力風暴，一起朝宰煥衝去的無數傑洛姆同時被彈飛。驚愕的傑洛姆滾落在地，瞪大了眼睛。

宰煥的世界力爆發性地成長。

十億……

三十億……

五十億……

他的世界力不斷上升。

眾多傑洛姆看著這幕，紛紛張大了嘴巴。

那傢伙怎麼會擁有如此龐大的世界力？他分明聽說那傢伙只有一名信徒。

傑洛姆這才發現宰煥的虹膜中，有著激烈旋轉的銜尾蛇圖樣，震驚得全身顫抖。

……難不成？

宰煥瞥了天空一眼，赤灼的蒼天之眼俯視著傑洛姆。

「也許就像你說的，信仰『這個世界』的只有我一個人。」

七十億……

八十億……

九十億……

「就算如此，那也無所謂。」

躊躇後退的傑洛姆發現自己所有的分身都露出了相同的表情。

緩緩升起的寒意讓他四肢麻木，顫慄直竄大腦。

對於一個歷經長久歲月的大君主來說，從自己的表情中發現恐懼也是一件相當陌生的事情。

一直以來，受系統保護的傑洛姆，是系統裡無人能敵的大君主。

傑洛姆不自覺地揉了揉眼睛，他不相信這是現實。

然而，現實確實如此。

那是淩駕於現實之上的，另一個被認可的世界。

傑洛姆清楚地看見了，宰煥身後站著無數名宰煥。

多達數千名的宰煥身影，不就已經構成一個獨立的世界了嗎？

數千名宰煥同時舉起劍，瞄準傑洛姆。

遠遠超過一百億的世界力已完成蓄力。

「去吧。」

滅亡的浪濤吞噬了傑洛姆。

Episode 29. 墜落的星辰

1.

區區一顆星辰的墜落，怎麼可能改變世界？

——龜裂第四團長卡西姆

✝ ✝ ✝

龜裂的中隊副團長阿德爾凝視著天空。

烏雲從遠處站點的邊界湧來，看來一場傾盆大雨即將來臨。

滴答——滴。

幾滴雨水零星落下。

深淵的雨是微小的世界力粒子。雖然粒子體積極其細小，無法僅憑藉淋雨大幅提升世界力，但至少能達到恢復的功效。因此每到雨季，艱苦的聖戰都會稍顯緩和。

雨水無私，無論是神祇或凡人，都會受到滋潤。疲憊不堪的代行者和信徒放下武器，一同沐浴在雨中，享受片刻的喘息。

雨水降下的期間，深淵也將迎來一段短暫的和平。

「下雨了。」

開口的是阿德爾身旁的龜裂第五團長，米埃爾。

阿德爾看著她的金髮被滴答落下的雨滴打濕。

「雨季來了。」

「暫時會平靜一段時間了。」

「這不是虛假的和平嗎？」

「虛假嗎……」

阿德爾默默觀察著從遠處飄來的烏雲。

在深淵，龐大的世界力會產生引力，站點之所以圍繞著八大神座形成，也是遵循類似的原理。

同樣地，雨水作為世界力粒子，自然也會對龐大的世界力產生反應。

然而，縱使是八大神座，也無法僅僅憑藉自身存在製造出如此大片的烏雲。欲引發大規模氣象變動，至少需有兩名神座相遇，或者是一個擁有更強大力量的存在誕生於深淵之中。

無論是哪種情況，這都並非代行者樂見之事。神座相遇，必然會爆發戰鬥；而若是誕生了比神座更強大的存在，深淵必然會陷入一場腥風血雨的浩劫。

這便是深淵的存在尊崇「雨季」的原因。

「阿德爾副隊長，沒想到我已經認識你七百年了。」

「這麼說來，我也是一樣。」

「我一直認為，讓你這樣的人才擔任初階中隊長的副隊長，簡直是浪費。」

「您過譽了。」

「但另一方面，我也慶幸你擔任他們的副隊長。只有像你這樣冷靜的副隊長在身旁，才能防止那些毛頭小子犯下荒唐的錯誤。」

「是嗎？」

即使受到難得的讚美，阿德爾的神情依舊沒有特別的開朗。

米埃爾繼續說道：「不過，今天的你似乎有些感傷。」

「下雨的時候，本來就會多愁善感不是嗎？」

「那不過是普通人類的說法。」

「我也曾經是普通人，也許現在也還是吧。」

米埃爾似乎在反覆思索這番話，再度開口。

「普通人是無法覺醒的。」

「您真的這麼認為嗎？」

阿德爾徐徐環顧四周那些喜歡淋雨的龜裂成員。儘管極力掩飾，卻無法掩蓋臉上隱隱流露的情感。

他們大多數都是剛登上深淵並加入龜裂的年輕靈魂。有些人看上去心懷雀躍，有些人則沉浸在深深的感傷中。每個人臉上都帶著追憶的神情。

看著他們，阿德爾繼續說道：「大家都是普通人。」

「……」

「也都是可能即將喪命的年輕人。」

他們每一個人都經歷過大失蹤模擬訓練。這裡的所有人都成功通過了那令人毛骨悚然的模擬試練。他們一遍又一遍地殺死自身的記憶，付出巨大的代價，才來到這裡。

然而，他們仍然保留著微弱的情感。

難道殺人狂就沒有感情嗎？

阿德爾不曉得他們是否還有資格稱為「人類」。但是阿德爾希望他們不要死，如果要死，也盼他們能死得像個人類。

米埃爾疑惑地側了側頭。

「你今天真反常。」

「人不可能永遠一成不變。就像今天身為龜裂成員的人，明天也可能是另一副模樣。」

「是近期跟隨的中隊長影響了你嗎？」

阿德爾的神色首次閃過一絲動搖。

「我不清楚您在說什麼。」

「我在說允煥團員。」

金允煥，阿德爾罕見地憶起他的名字，臉上閃過短暫的緬懷。他是一個與深淵格格不入的年輕人，擁有的靈魂過於純淨，不該在龜裂中消磨殆盡。

因此，他最終選擇離開龜裂。

為什麼呢？想起允煥的阿德爾，嘴角掠過一抹淡淡的微笑。

「或許真是如此。」

「我想也是。」

「或許不知不覺中，我也從年輕靈魂的身上獲得了一些力量。」

「阿德爾，你這是在說什——」

「而且我也明白，第五團長您不該這麼說。」

米埃爾秀麗的眉頭微微蹙起。

「你這又是什麼傲慢的語氣？」

「擅自中斷允煥大失蹤模擬訓練的人，不就是第五團長您嗎？」

米埃爾似乎沒想到會談及這個話題，雙眼微微睜大。

她戒備地開口道：「那是因為……」

「他沒能通過模擬訓練。」

「反正他還是覺醒了。」

「啊哈，覺醒，我們龜裂什麼時候開始認可這種粗劣的覺醒了？」

米埃爾沒有回答。

阿德爾繼續說了下去。

「第五團長，有些事情正在改變，無論是您、是我，還是其他覺醒者都是如此。」

米埃爾沉默良久。

滴答，滴答。雨滴落在手掌上，傳來一陣涼意。

米埃爾開口了。

「是啊，或許吧。」

聽似勉為其難的回答，實際上卻蘊含了真心。

米埃爾心裡也明白。

儘管不清楚具體為何，但她能清楚察覺到，某種危險的變化正在發生。

「但比起我們自身的變化，革命的時刻會更快找上門來。」

「您這話是什麼意思？」

落下的雨滴逐漸變大。

米埃爾和阿德爾都是七百年來第一次見到如此滂沱的大雨。

他們並沒有並沒有感受到附近有接近神座級別的世界力。那麼，這是否意味著一名強大的存在即將再度降臨深淵？

米埃爾不顧雨滴打進了眼睛，繼續凝視著天空。那裡有一個足以撼動整座深淵的可怕存在。

嚴格來說，是被眾人認為「存在」在那裡。

此時烏雲遮蔽了那個位置，但即便沒有烏雲，米埃爾也不具有能夠看見它的眼睛。

畢竟，並非所有人都擁有那樣的眼睛。

或許會有人質疑，看不見的東西要怎麼相信？但這不是相不相信的問題，而是自然而然就能知道的事情。

倘若沒有那個存在，世界就不會呈現這副樣貌。

阿德爾似乎察覺到了什麼，開口道：「難道，傳言是真的？」

「……」

「什麼時候？」

「明天。」

轟隆隆隆，雷聲響起。米埃爾的身體微微顫抖，卻仍未移開視線，看起來就像在竭力想像那片烏雲背後的存在。

「明天裂主將前往擊敗老大，深淵長達二十一萬年的歲月也將就此結束。」

或許是感受到了米埃爾語氣裡的悲壯，阿德爾也茫然地望向天空。

龜裂是一個為了單一目標而組建，並奮鬥至今的組織。他們所期盼的結局終於近在咫尺。

阿德爾突然想問：「第五團長，您認為世界會改變嗎？」

米埃爾沒有回答。

阿德爾無法分辨她的沉默究竟是意味著世界不會改變，還是意味著她自己也不清楚這一點。

也許，他們已經太老了，以至於無法思考這些問題。

✝ ✝ ✝

同一時間，第二站點的天空雷電交加。

輪迴之神佛陀任憑雨水拍打著全身，不動聲色地凝視著前方。

「就是明天了，時間緊迫啊。」

眼前是本應在三天前倒塌的第二站點內城。

這場足以稱之為「聖戰」層級的崇高戰鬥，持續了長達一週的時間。

為守護神祇而戰鬥的信徒與代行者相當頑強，即使勝利明顯傾向我方，敵人的眼中仍看不出一絲恐懼。

佛陀啐了一口唾沫，向站在身旁的卡西姆提問。

「第四團長，裂主目前集結的神總共有多少？是否有記錄下來的資料？」

卡西姆似乎早已準備好資料，立刻回答。

「中階神兩萬五千名，高階神一千兩百名，此外還吸收了兩名神座。您是否需要低階神的統計資料？」

「不用了，不需要，低階神根本沒用。」

佛陀將視線牢牢地鎖定前方，迅速完成了計算。

目前的世界力還不足以啟動他們的「大計」。要完成計畫，至少需要再吸收兩名神座級別的存在。

按照原計畫，他們將吸收第二站點的主人龍神德洛伊安和第七站點的瘋狂之神無名，完成事前準備……

「傑洛姆那小子在第七站點失聯了。」

第七站點的守護者是瘋狂之神無名。

佛陀對無名瞭如指掌，他深知兩名大君主和一名團長完全足以對付他。

更何況，其中一位大君主還是那位與自己較量時，幾乎不落下風的黑暗君主傑洛姆。

然而，傑洛姆失聯了。

「難道他叛逃了？」

佛陀緊咬著嘴唇。

萬一傑洛姆真的背叛他們，事態可能會朝著意想不到的方向發展。就算佛陀在此處擊敗龍神，他們仍舊需要再補充一名神座等級的世界力。

「這該死的龍神又一直躲在裡面死撐……等等？」

佛陀的臉上閃過一抹不尋常的神色。彷彿察覺到某種不祥的徵兆，他用沉重的語氣開口說道：「直接攻進去。」

「現在嗎？可是現在是……」

「我知道現在是雨季。」

按照慣例，雨季不會進行戰鬥。

但是……

「現在沒時間顧慮這些了，必須立即行動。」

他的語氣十分堅定。

卡西姆沉默片刻，點了點頭。

「我明白了，我們一起進攻吧。」

「不，你們待在這裡，以防萬一。」

佛陀的話令卡西姆的表情扭曲起來。

「這是什麼意思……」

「這是命令。立即返回本營，不然就盡可能遠離這座站點。」

龜裂的團長之間不存在任何階級制度，但他竟然對卡西姆下達了命令。這到底是怎麼回事？

卡西姆並沒有錯過佛陀臉上瞬間閃過的焦急神情。

第一團長佛陀實力超群，即使所有團長合力攻擊，也未必能輕易取勝。而此刻他的語氣如此強硬，必然有其充分的理由。

「快走，如果你也被牽連進去，那可就麻煩了。」

「我明白了。我們會盡可能遠離站點，觀察事態發展。」

這是他的自尊心所能屈服的最大限度。

卡西姆開始率領團員離開，黑色浪濤如退潮般消散而去。

龜裂離開後，只剩下一片荒涼的戰場。沒過多久，第二站點地獄的要塞裡塵土飛揚，有人從中走出。

他擁有讓人一眼難忘的獨特時尚造型。

他的臉部畫著煙燻妝容，黑色眼罩遮蓋住單邊眼睛，身上穿著露出胸膛的黑色背心，刺有密密麻麻的龍紋身手臂又戴著黑色半指手套，甚至背後還掛著巨大抱枕玩偶，為他增添了畫龍點睛之筆。

他正是過去一週以來，與佛陀迎面對陣，全身傷痕累累的第二站點主人。

深淵稱之為——龍神德洛伊安。

完全降臨在代行者身上的他，用令人厭惡的聲音開口道。

『咪咪，幫我問一下，為什麼我都親自上陣了，還是沒看到任何人啊？』

這時，他的抱枕玩偶後方浮現了對話框。

〔一群膽小鬼！一群膽小鬼！〕

「終於出來送死了嗎？龍神。」

佛陀非常不爽自己竟然和這種傢伙戰鬥了一週。若全力出手，他並非毫無勝算，但如此一來，將會造成難以承受的損失。

更重要的是，那傢伙的設定黑焰龍，可是具備了號稱深淵最強大的破壞力。

德洛伊安看著自己身後的玩偶，開始自言自語。

『咪咪，原來你也是這麼想啊，大家都在期待我的登場。』

〔深淵的希望！深淵的希望！〕

『呵呵呵。』

〔囂張的光頭！囂張的光頭！〕

『這種無法無天的傢伙就是該被狠狠揍一頓。』

〔黑焰龍 Power！黑焰龍 Power！〕

『我當然是這麼想的，咪咪。來，上吧，超越傳說的傳奇力量啊！』

〔命運的 Destiny！命運的 Destiny！〕

『黑暗的……』

〔黑暗的 Dark！黑暗的 Dark！〕

佛陀皺起了眉頭。

對付這個瘋子，揍一頓最有效了。

佛陀將世界力集中在雙手上，周圍隨即產生了特殊的世界力流動，佛陀引以為傲的固有設定就此展開。

千手觀音。

而後，佛陀的身後出現了一尊具有一千隻手臂的巨大佛像。佛祖的無數個手掌引爆世界力碎片，朝德洛伊安砸去。

佛陀心想，我要全力以赴，就算遭受損失，也要立刻殺了這傢伙。

面對轟然落下的世界力，德洛伊安還來不及啟動自己的固有設定「黑焰龍」，神色顯得有些慌張。

『比地獄更深的 Hell，西方的 West……咳呃，我的咒語還沒……』

〔卑鄙小人！卑鄙小人！〕

德洛伊安手中遲一步發動的黑焰龍此時才正欲現形。

使用條件嚴苛、發動所需時間較長，這即是最強設定「黑焰龍」的唯一弱點。

召喚不完全的黑焰龍在千手觀音的全力攻擊下，逐漸遭到輾壓。

德洛伊安的表情開始扭曲。

『咪咪，我愛過你。』

〔愛情的 Love！愛情的 Love！〕

佛陀將千手觀音的世界力提升至極致。

「到最後一刻還在發神經。」

轟隆隆隆隆！

十發、二十發、三十發。

每當被千手觀音的手掌擊中，德洛伊安的身體便以奇異的姿態彎折。

『咳咳、咳、咳、咳呃！嗚呃！呃啊！咳呃呃啊！』

〔哦！哦！哦！哦！哦！哦！哦！哦！哦！〕

德洛伊安發出一種不知是笑聲還是哭聲的聲音。最終，一團銀色血塊噴湧而出。

昔日僅次於老大的無敵神座，如今卻面臨著虛無的終結。

『龍神，你也太狼狽了吧。』

這時，一道聲音傳入德洛伊安的耳畔。嚴格來說，這道聲音只有德洛伊安才聽得見。

意識到聲音的主人是誰之後，德洛伊安反射性地大喊。

『咪咪，可以替我歡迎一下我的摯友嗎？』

〔火焰的 Flame！火焰的 Flame！〕

『誰是你這小子的摯友啊？』

『咪咪，看來我們的愛情戰勝了一切。』

〔奇蹟的 Miracle！奇蹟的 Miracle！〕

『好吧，那小子的神二病還是老樣子。』

〔愛是無敵的！愛是無敵的！哦！呃！哦！呃！〕

『咪咪看來也過得很好。』

轟隆隆隆！

火焰在空中接連爆發，深淵中獨一無二的地獄之火肆意蔓延。巨型的火焰花蕾綻放，盛開的赤焰傾瀉而下，遍布站點各處。

佛陀急忙利用千手觀音保護自己。

熊熊烈焰遮蔽了整片天空，即便用一千隻手掌也無法遮擋那股灼熱。

佛陀認得這項設定的名稱——紅焰劫。

與德洛伊安的黑焰龍並列為深淵最強設定之一，兩者破壞力不相上下。

『紅焰劫的破壞力提升了不少啊？看來那座森林的修行挺有成效的。』

「羨慕嗎？那不如您也脫光衣服去幫他們搓背吧。」

『我就不必了。』

隨著伊格尼斯的話音落下，烈焰散盡，一名男人的身影顯現出來。

「喂，光頭，你就是那個叫佛陀的傢伙？」

來者是一名頂著火紅刺蝟頭的赤裸男子。

「你竟敢把我的熱帶夜搞得亂七八糟？」

在瘋狂之森與宰煥分道揚鑣的伊格尼斯代行者——凱洛班，正以過於暴露的狀態佇立在那裡。

2.

佛陀看著燎原烈火，不禁露出苦笑。

「所以我才說要盡快解決。」

佛陀事前早已察覺有一股與自身不分軒輊的強大力量正在逼近，但他萬萬沒想到對方竟是火焰之神伊格尼斯。

這可不是一般的對手，而是兩名八大神座，甚至還是火焰之神伊格尼斯和龍神德洛伊安。

倘若這兩人聯手攻擊，佛陀乃至深淵裡的任何人，都將難逃一劫。

雙手控制火焰的凱洛班得意洋洋地說道：「佛陀，準備好迎接你的末日吧！」

面對這老套的挑釁說詞，伊格尼斯不禁咋舌。

『凱洛班，你這蹩腳的臺詞是從哪學來的？』

「我情不自禁就興奮起來了，在瘋狂之森裡被欺負了那麼久……」

凱洛班的語氣中帶著些許的委屈。

轟隆隆隆隆。

無數朵火焰花蕾圍繞著凱洛班閃爍搖曳，宛如炫目火花在天邊綻放。盛開的紅焰在凱洛班的操控下憑空燃燒，如流星般劃出長長的軌跡。

目標是佛陀的千手觀音。

被火焰掃過的手掌們焦黑一片，甚至燒出了窟窿。

佛陀的表情逐漸凝固。原本半裸的他在火焰的炙烤下，剩餘的衣物幾乎要燒毀殆盡，可見熱氣的猛烈程度。

『幹嘛燒了他的衣服？你不會是在那裡學到了奇怪的癖好吧？』

「呵呵，比起脫衣服，我更喜歡搓垢。」

雖然嘴上這麼說，佛陀的衣服仍舊繼續被剝去。

千手觀音重生的手掌數量隨著火花的數量增加，兩股世界力相互碰撞，整片區域響起驚天動地的轟鳴。

可謂是一場龍爭虎鬥的拉鋸戰。

然而，佛陀無法完全抵擋熱氣，其靈魂逐漸融化，勝利開始傾向伊格尼斯和凱洛班一方。

佛陀咬緊牙關。

紅焰劫的破壞力遠遠超出他所知的實力水準，伊格尼斯的世界力原本就如此強大嗎？

『這光頭還真不簡單，除了德洛伊安之外，能耐得住這種程度的紅焰劫恐怕只有這傢伙了。』

凱洛班也點頭表示同意。

「我從長壽族那裡聽說過，有些神座會隱藏自己的力量，佛陀就是其中之一。」

頓時，佛陀的動作驟變。

千手合掌。

千手觀音的手掌齊齊合攏，巨大的風壓一下子將襲來的火焰推開。

與此同時，佛陀開口了。

「長壽族？你剛才是說長壽族？」

「哦，你聽到了嗎？」

凱洛班咯咯地笑了起來。

佛陀看著他，似乎難以置信，但很快就意識到了什麼。

「難道你之前去了瘋狂之森？所以第三站點才不見你的人影。」

「沒錯，我在那裡也聽說了你的故事。輪迴之神佛陀，曾經距離三神器格式塔之眼最近的存在。」

『那傢伙曾經最靠近格式塔之眼？』

伊格尼斯的聲音充滿驚愕，看來這個故事連身為神座的她也不曉得。

「是的，他沒有完全領悟烏洛波羅斯，所以無法得到三神器，但據說他已經相當接近了。」

『烏洛波羅斯是什麼？』

「哎呀，這就說來話長了……」

凱洛班沒有打算作出複雜的解釋。

在紅焰劫和千手觀音的世界力交會後，戰鬥暫時趨於平緩。

佛陀笑著說道：「是嗎？原來是我的後輩。」

「後輩？」

「對。」

對此，凱洛班拍掌大笑。

「哈哈！什麼後輩啊？半途而廢的傢伙也配當前輩嗎？」

「……」

「你跟無名還沒完成拉—哈瑪德的修行就落跑，這件事我聽到耳朵都長繭了！」

大概是沒想到長壽族竟會提及這件事情，佛陀的神情逐漸變得冰冷。

他辯解似地開口道：「拉—哈瑪德的修練是無法完成的，你試過的話應該也知道吧？與其在那裡浪費時間——」

「什麼意思？可以完成啊，我就看過完成修行並得到格式塔之眼的傢伙。」

「完成修行？」

佛陀比深淵中的任何人都清楚拉—哈瑪德的修練有多麼艱辛。

就連他都只能在最後一道浴池裡放棄脫胎而回歸紅塵，竟然有人能徹底完成修練並獲得眼睛。這對於佛陀來說，簡直令人難以置信。

「獲得格式塔之眼的傢伙是誰？」

「那是……」

佛陀的疑問沒有得到解答，因為前方一股強大的世界力正瞄準他飛來。

『快閃開！我的好友烈焰之火！』

「看來那傢伙也被逼急了，竟然自己親口說話。」

隨著凱洛班的話語，一道黑色的烈焰射向天空，一條黑龍栩栩如生地翻騰著身軀。

德洛伊安用左手牢牢抓住自己的右臂，發出怪異的笑聲。

『哈哈，沒想到我竟會用上這股力量，大家一起滅亡吧！』

〔你應該跟我說話！你應該跟我說話！〕

『咪咪，告訴他們！今天起，所有人類都完蛋了！』

〔那個光頭是神啦！那個光頭是神啦！〕

一旁觀察情勢的伊格尼斯也添上一句。

『好久沒跟那傢伙聯手攻擊了。』

「啊？你要跟那種東西一起幹嘛？」

『聯手攻擊。如果要一招解決，只有這個辦法了。』

正巧，對方似乎也將力量提升到了極限。

『咪咪，上吧！這即是東方之 West！』

〔北方之 South！南方之 North！〕

『西方之 East！喝啊啊啊啊！』

雖然想指正的地方不只一兩處，但凱洛班和伊格尼斯還是決定視而不見。

設定，黑焰龍。

天空中，一條巨大的黑龍如同狂暴的火車頭般疾馳而來。黑龍龐大的身體靈活翻騰，旋繞天空一圈後，隨即突然轉向，咆哮著朝佛陀俯衝而下。

如同擁有稱霸深淵最強破壞力的設定一般，黑焰龍的威勢果然驚人。

凱洛班也不甘示弱地釋放出伊格尼斯的世界力。

設定，紅焰劫。

火花絢麗地爆發，纏繞住黑龍的龐大身軀，速度立刻提高。

此情此景，實在不愧「黑焰龍」這個名號。

德洛伊安鬥志高昂地大喊。

『咪咪，傳遞這偉大的時刻吧！』

〔赤血龍的降臨！赤血龍的降臨！〕

「別取那種難聽的名字！」

千手觀音倉促合攏的手掌根本無法擋住黑焰龍的攻勢，最終慘遭無情地粉碎。

隨即而來的是佛陀的慘叫。

「呃啊啊啊啊！」

伴隨著世界力的爆炸，耀眼的光芒遮擋住視線。

世界力像雨水般從天空降下，這是強烈的神座衝突所產生的暴雨。

「那傢伙的慘叫還真是老套。」

凱洛班像在清理灰塵一樣將世界力抖落，從空中降至地面。

黑龍所經之處已不見佛陀的身影，他消失得無影無蹤，不留一絲痕跡。

消耗龐大世界力而全身癱軟的凱洛班，勉強地喘著氣。

「我的任務完成了，宰煥。」

或許是世界力用盡，龍神德洛伊安的身體失去重心，他抱著玩偶，咚一聲倒在地上喃喃自語。

『嘿、嘿嘿。』

〔勝利的 Victory！勝利的 Victory！〕

凱洛班靜靜地低頭望著德洛伊安，忍不住咋舌。

德洛伊安沒戴眼罩，一滴眼淚從眼角流了下來。

凱洛班見狀，頓時起了惻隱之心。

「這傢伙的代行者是犯了什麼滔天大罪，怎麼會遇到這種神……」

『那小子真可憐啊，你應該好好感謝我。』

「當然了。話說這傢伙現在該怎麼處理？」

『得把他帶走。雖然他真的很怪，還是幫得上忙吧？畢竟也算是八大神座之一。』

「我想也是。」

『你跟那個叫什麼毀滅引導者的，約好什麼時候碰面？交給他們處理就行了吧？』

「您說滅亡引導者嗎？嗯，先讓宰煥開始聯絡那個朋友……」

凱洛班神情愉悅地查看遠程通訊的設定。

伊格尼斯對於信徒這副神情感到有些陌生。因為之前與他同行時，凱洛班從未露出過這麼快樂的表情。

也許是身為八大神座讓他察覺到一股不祥的預感，伊格尼斯像是在給予忠告似地，開口說道。

『凱洛班，跟龜裂對抗無妨，但也別跟那個叫宰煥的傢伙過於親近——』

正當伊格尼斯打算警告凱洛班時，一股不尋常的跡象忽然襲來，正在操控通訊設定的凱洛班臉色發白。

凱洛班迅速蹬向地面，躍往空中。

幾乎是千鈞一髮之際，凱洛班原本站立的位置落下了無數的手掌，由世界力形成的一千隻手掌朝地面狂轟濫炸。

不幸的是，有個存在正好遭受了這些手掌的攻擊。

那就是龍神德洛伊安。

『咪、咪咪……』

〔救命！救命！〕

德洛伊安朝他的玩偶抱枕伸出手，身體卻頓時失去力氣。龍神的最後一名代行者正在消逝。

德洛伊安已然泯滅，他的世界力被吸入虛空中的某處。

這是一個令人難以理解的現象。

片刻之後，吸入世界力的某處綻放了一朵小小的睡蓮。令人驚訝的是，緩緩綻放的蓮花中，竟然出現了方才滅絕的佛陀。

「咳、咳咳、咳呃……」

佛陀像一名剛出生的嬰兒般吐出羊水，慢慢地眨了眨眼睛，細心檢查自己的全身。

看到這一幕，凱洛班目瞪口呆地嘀咕了一聲。

「神，這到底是怎麼一回事？那傢伙是怎麼……」

『別問我，我也是第一次見到。說起來，我只有聽說過這個傳聞，沒想到竟然是真的。』

「傳聞？什麼傳聞？」

『那傢伙是不死之身的傳聞。』

心情不悅的凱洛班耳邊傳來佛陀的自言自語。

「已經是第一千六百一十七次死亡了嗎……不管經歷多少次都一樣不爽。」

聽見看透生死的豁達口吻，凱洛班用懷疑的目光看著佛陀身上所發生的事情。

等等，那個難道是……

凱洛班曾在瘋狂之森裡目睹過類似的景象。透過烏洛波羅斯經歷涅槃的長壽族，也時常會展現出那種脫去自我外殼的樣貌。

長壽族將這個脫衣過程稱為脫胎。

「那個紅頭髮的，你就是在第一千六百一十七次殺死我的人嗎？」

「你，到底……」

佛陀的眼神混濁地閃爍著，彷彿在探索「已故佛陀」的記憶一般。過了一會兒，望著凱洛班的佛陀露出了一絲淡淡的微笑。

「原來如此。你就是認識拉—哈瑪德的傢伙，那你應該也聽說過我的能力了吧。」

兩人視線交會時，凱洛班打了個寒顫。

「你這傢伙，難道那個眼睛……」

佛陀的眼瞳中，有一道猛烈旋轉的蛇影。

獲得格式塔之眼的宰煥也有著同樣的瞳孔，不同之處在於，佛陀眼瞳中的蛇並沒有銜著自身尾巴。

換言之，這意味著那並非完整的烏洛波羅斯。

拉—哈瑪德的話掠過腦海。

『他沒能獲得格式塔之眼。不過，他利用脫胎的力量獲得了其他設定。』

凱洛班這才意識到，此刻佛陀展現的力量即是拉—哈瑪德所說的那項設定。當時從拉—哈瑪德那裡聽到這個故事時，他應該更詳細地追問才對，真是失策。

除了世界力略微減少，佛陀的外表看起來幾乎沒有變化。

消失在外層的一件衣物，與魔法般重生的佛陀。

「難不成？」

凱洛班瞪大雙眼。

「看來你懂了。」

佛陀笑了，像是覺得有些可笑。

「每個存在都是無數衣物的組合。如果衣服破了，只要丟掉那件就好了。」

這正是使佛陀站上現今八大神座之席的無敵設定「輪迴」。無論面臨多大的生死難關，只要犧牲一件衣物就能重生。

「我乃不滅之軀。」

凱洛班不自覺地往後退了一步，他的身體不聽大腦使喚。

一方面強烈否定這種荒謬設定的存在，同時又對於那句話感到恐懼。

『冷靜點，凱洛班。』

察覺到凱洛班的心境，伊格尼斯急忙提醒。

世界力在凱洛班的體內奔騰翻湧。他雙手緊握的紅焰劫花蕾盛開，熾熱的氣息向外擴散。

即便千手觀音的掌心正在融化，佛陀也依然面露微笑。

「來吧，盡情地發動攻擊吧。」

隨著凱洛班吐出粗重的呼吸，佛陀嘴角的笑容也逐漸加深。

3.

深淵第七站點，艾波格。

曾經歷大君主交戰的此處，正逐漸恢復昔日的樣貌，彷彿這一切從未發生過。

其中最引人注目的是，無名歷經長久的沉寂後宣布回歸。

「現在該改一下站點的別名了吧？從『希望消逝之處』改成『絕望消逝之處』。」

一些喜愛妄下斷論的好事之徒已經開始了這樣的議論。沉默的人們開始了交談，熄滅的希望再度燃起了火苗。

在那火苗的中心有一個男人，他在深淵的名聲早已不亞於八大神座。

「這傢伙有點名氣就開始搞失蹤了。」

在無名的允許下負責整頓第七站點兵力的柳雪荷，愁眉苦臉地穿梭在要塞埃德蒙德的各處。

這時，正在挑逗路過女信徒的清虛正好映入她的眼簾。

「師父，你沒看到宰煥那傢伙嗎？」

清虛發現了柳雪荷，嚇得打了一聲嗝，然後裝作沒聽見的樣子，女信徒們趁機逃之夭夭。

柳雪荷強忍著一湧而上的怒氣，沒好氣地說道：「你是不是太鬆懈了？雖然我們勉強贏了上一場戰鬥，但這並不代表一切都結束了，戰爭才剛剛開始。」

「哼，我當然明白。」

「明白這點的人現在——」

「但至少可以休息一下吧？我們已經很久沒有取得這種壓倒性的勝利了。」

壓倒性，這麼想確實不無道理。

柳雪荷回憶起前天，宰煥與傑洛姆之間孤注一擲的對決。

「那傢伙，到底什麼時候變得那麼強了？」

成千的刺擊朝傑洛姆飛去，他的靈魂被撕裂成碎片。即使到現在，柳雪荷也忘不了那宛如全景影像般生動的畫面，光是回想就足以令她膽戰心驚。

清虛咯咯笑著說道：「我也不知道宰煥那小子居然變得這麼強了。」

光是回想起戰鬥的場景就令人激動不已，這點清虛也有相同的感受。在場的所有人都無法忘記那股興奮的感覺。

任何在宰煥身邊的人都會對希望上癮。經歷過如此甜蜜的時光，再也不可能回到以前那副模樣了。

「還差得遠呢，光憑這種程度阻擋不了裂主。」

「呵呵，臭丫頭就是愛面子，當初可是妳先嚷著宰煥的名字跑來找我的。」

「你還不閉嘴？」

「不過，妳跟宰煥道歉了沒？妳以前可是對他做了不少過分的事。」

「夠了。沒有任何關於巴爾坎特的消息嗎？」

「妳是說那時候逃跑的大君主？很遺憾，自從他從傳送門逃走後，就音訊全無了。」

讓大君主巴爾坎特溜走是那場戰鬥的唯一失誤。

龍之君主巴爾坎特在察覺到傑洛姆的死亡後，立即脫離戰線，縱使一行人一路追到了傳送門前，最終仍未能抓住他。

「已經逃跑的傢伙還能怎麼辦？乾脆忘了算了，又不是毫無收穫。」

「雖說如此……」

「我們處理掉號稱最強大君主的傑洛姆，並擄獲了龜裂的第三團長今井。目前來說，沒有比這更好的結果了。」

理智上無法認同，但內心又覺得清虛的話沒錯。

當時他們的情況非常危急。那並非單純是一場勝負，而是賭上性命的戰鬥。

在這樣的戰鬥中，他們大獲全勝。此外，他們也藉此勝利，獲得了與龜裂正面交鋒的立足點。

畢竟他們擁有了無名與第七站點的支持。

「這真的是好的結果嗎？」

柳雪荷嘆了一口氣。

「凱洛班呢？聯絡過了嗎？」

「對了，那個傢伙，我聯絡不上。」

「什麼？為什麼？」

「我怎麼知道？宰煥剛才也確認過，通訊設定完全聯絡不到他。」

「不會出了什麼事吧？我聽說第二站點那邊的戰爭快結束了啊。」

面對柳雪荷擔憂的語氣，清虛聳了聳肩。

「不然……難道還能輸了不成？如果那個德洛伊安和伊格尼斯聯手，恐怕深淵裡沒人敢輕易招惹他們。」

「不怕一萬，只怕萬一。現在是分秒必爭的時期，而且像凱洛班這種水準的佼佼者，也是一股強大的戰力，萬一真出了什麼事——」

「唉，妳這傢伙。」

「幹嘛？」

「妳就是愛瞎操心。才退出龜裂沒多久，就又自找麻煩，背著一堆擔子到處跑。」

「……」

「稍微放鬆一下吧。整天這麼急，事情又不會因此順利解決。」

清虛說完後，又開始探頭探腦地去尋找女信徒了。

柳雪荷看著傻呵呵的清虛在要塞內部的迴廊裡穿梭，咬緊了嘴唇。

她明白清虛說的對，現在她一個人瞎著急也解決不了任何問題。儘管如此，清虛的忠告對她仍不管用。

也許是因為太快找到了自己想要的答案。

正因為她明白自己的選擇是正確的，所以才更加焦躁不安。她擔心好不容易找到的答案會就此消失，亦憂心遺漏的細微線索，會令那個答案出錯。

遠處再次傳來清虛的聲音。

「那不是宰煥嗎？」

迴廊外，宰煥與其他幾名滅亡引導者站在那裡，嘰嘰喳喳地聊天。

看見這一幕的柳雪荷，歪著頭問道：「他們在那裡幹嘛？」

「嗯，說起來今天……」

瞬間，柳雪荷的腦海中閃過一道閃電，思緒瞬間停滯。自那之後，清虛說了什麼，她完全聽不進去。

「他、他們到底是在做什麼！」

✝ ✝ ✝

埃德蒙德要塞的外城。

「宰煥先生，真的沒問題嗎？」柳納德一臉擔憂地問道。

事實上，這不僅僅是柳納德一個人的疑問，一旁的卡頓和賽蓮也想向宰煥提出同樣的問題。

宰煥點了點頭。

「沒問題。」他注視著眼前的男子，說道：「你走吧。」

所有人的目光都集中在同一個男人身上。

這座要塞裡，沒有人不認識這名男子，因為他正是前天來到這座站點，屠殺了大量代行者的男人。

男人身材矮小，握著一把斷裂武士刀。他布滿了塵土的鬍鬚，猶如被踐踏的自尊心般，蜷曲地向下垂落。

龜裂第三團長今井勝己，這就是他的名字。

失去世界力的男人，嘴角勾起勉強的笑容。

代行者對著男人冷嘲熱諷，其中甚至還有人朝他扔石頭。啪滋，傷口裂開，銀色粉末從額頭上流下。

「你們在幹什麼！怎麼可以放了那傢伙？」

柳雪荷的質問姍姍來遲。

今井怨恨的目光短暫地停留在柳雪荷的臉上。

兩人四目相對，其中一人深吸了一口氣。片刻後，柳雪荷似乎下定決心，拔出了自己的武器。

「我就知道會這樣，我來親手殺了他。」

「沒必要。」

「必須殺了他！如果他回到麥亞德那裡，我們又會增加一名強敵。」

如此理性的判斷，實在令人難以相信他們曾同為龜裂的成員。

宰煥正欲開口之際，背後便傳來了一道聲音。

「不會的，今井已經無法東山再起了。」

那是追上柳雪荷的清虛在說話。

「他失去了世界。」

柳雪荷提升視力，打量著今井的周圍，她感受到的只有微弱到難以稱之為世界力的氣息。他的世界力已不再是她所熟悉的那樣了。

「今井，你……」

今井避開了她的目光。這個動作證實了一切。

他失去了屍山血海。

令人驚訝的是，今井的固有世界已然被徹底摧毀。這大概是宰煥的傑作，畢竟他的滅亡足以做到這一點。

「是嗎？現在今井……」

清虛說的「再也無法東山再起」，在柳雪荷的心中留下一道重擊。

他說得對。沒有固有世界的覺醒者，無論在何處都施展不了力量。

這時，宰煥開口了。

「老頭的說法是錯的。」

「啊？那又是什麼意思？」

「他可以再次變強。」

「什麼？」這次換柳雪荷驚訝地問道。

「如果他獲得屍山血海以外的固有世界，就可以再度成為覺醒者。」

頓時，柳雪荷終於意識到宰煥在說些什麼，以及他的意圖。一股遲來的顫慄湧上心頭。

宰煥正在勸導今井離開龜裂，然後去創造屬於自己的新世界。

今井沉默了片刻，用呆滯的聲音喃喃自語。

「我做的事沒錯，我是為了建立一個更美好的世界而戰鬥，我……」

「所以我放你走。」

宰煥的話令今井的神情變得有些複雜。

他從有史以來最強大的敵人那裡得到了認可，這在他的心中引起了軒然大波。

「離開吧，去尋找另一個世界。」

堅定的聲音撼動著今井的靈魂。

一直以來對龜裂的細微疑慮逐漸擴大，最終達成了理解。腦海中流淌的資訊匯聚成一條奔騰的江河。

今井抬起頭，望著那條江河的盡頭。

也許，這是一個嶄新的機會。通過全新的忘我，忘卻過去的自己，從頭開始的機會。

今井與柳雪荷對視。在那一瞬間的目光交會中，柳雪荷意識到今井會作出什麼選擇。

「要我去尋找……另一個世界？」

「……」

「愚蠢之言。」

那是男人僅存的自尊，或者，也可以說是某種似於傲骨的東西。

「龜裂是我的全部。無論對錯，它都是我走過的路，也是我的歷史。而你竟然要我背叛它？門都沒有。」

今井緊緊握住斷裂的武士刀，指向宰煥。

那股魄力不容忽視，儘管知道今井已經沒有剩餘的世界力，但宰煥身邊的一行人還是緊張了起來。

「對，或許龜裂是錯的，說不定我們走在錯誤的道路上。但有些事情，你們並不懂。」

「……」

「就算是再悲慘且病態的世界，也有人將那視為自己的全部。」

伴隨著悲壯的笑聲，今井的武士刀劃出一道弧線。

耀眼的光芒閃動，一道輕聲的低吟傳來。

武士刀刺穿今井的心臟，他的身形緩緩倒下。

「你將受到詛咒。有一天，你會為毀滅這個世界付出應有的代價……呵呵……你、你也……」

逐漸灰暗的瞳孔最後看向了柳雪荷。

「我將在這裡，我的世界裡……」

漸漸微弱的呼吸聲終於停止了。

不知從何處吹來的風，帶動銀色的粒子隨風飄揚，今井就這樣離開了深淵。

「你為什麼要這麼做？」

柳雪荷發出憤慨的聲音。

她其實沒有特別喜歡今井，兩人性格迴異，即使她想親近也十分困難。

儘管如此，今井勝己還是她多年的伙伴。

她憎恨宰煥讓她看到了這樣的景象，也怨恨宰煥逼迫今井作出這樣的選擇。她明白這種心情並不妥當，卻仍無法掩飾自己的情緒。

「我只是有一些想看見的東西。」

「到底是什麼！」

然而，當她望向宰煥的臉龐時，卻什麼話也說不來。

打破大師妙拉克的噩夢之塔出來的男人。

統一混沌，摧毀再生宮，獲得古代神卡塔斯勒羅皮認可之人。

屠殺君主，推翻元宇宙，超越七星和八天，最終與八大神座並駕齊驅的超級強者。

在瘋狂之森獲得格式塔之眼，擊敗最強大君主傑洛姆的覺醒者。

這是一項任何人都無法實現，或者更精確地說，是一項人類無法達成的豐功偉業。

因此，柳雪荷暗自思忖，這種傢伙怎麼可能是人類？

她認為他肯定遠遠超出了人類的範疇，是她一直在尋找的答案。然而，這個答案並不完美。

他也是人類。

無論出於何種理由，眼前這名人類毀滅了無數個世界。柳雪荷無法理解他的想法，即使她今後活了再多年，肯定也完全無法理解他的內心。

諷刺的是，一股孤獨感油然而生。明知這不是自己的感受，柳雪荷卻無法壓抑心中湧起的情感。

「不要露出這種表情。」

「……」

「不要動搖。」

柳雪荷迅速轉過身，朝著要塞內部邁開了步伐。這時，幾個原本呆立不動的隊員才有所動作。

賽蓮走近宰煥。

「喂，你沒事吧？」

「宰煥先生，這不是你的錯。」

湧上的人群紛紛開口。

但宰煥聽不見任何聲音，唯有今井留下的最後一句話始終在他耳邊迴盪。

就在這時，天空的顏色變了。超越烏雲密布或夜幕降臨的程度，天空變成了宇宙背景般的全然漆黑。

「啊？怎麼回事！」

清虛驚慌失措的聲音從一旁傳來，類似的尖叫聲隨即接二連三地響起。

天空中，以及整個深淵全境，似乎有某種大事即將發生。

「怎麼回事？連結斷了？」

「我、我也是！」

隨著幾名代行者的聲音，不祥的氣氛蔓延開來。

連結突然中斷……深淵中，能引發大規模連結中斷的設定只有一個，而宰煥十分清楚這個設定。

德烏斯．艾克斯．瑪姬娜的固有設定，概然性破壞。
轟隆隆隆隆隆！
世界力風暴瞬間擴散，成為喪失者的信徒痛苦地哀號起來。
風暴籠罩著整座深淵，這是前所未有的大規模設定轟炸。
這時，宰煥才意識到，這場浩劫不僅僅侷限於第七站點。
他不明白這樣的奇蹟是如何辦到的，但他知道有誰能夠做到這一點。
裂主，麥亞德．范．德克蘭。
「呃、呃啊啊啊啊！」
隨著時間的推移，概然性破壞的影響力正在擴大，甚至連覺醒者也抱著頭。除了宰煥之外，眾人一個接一個地跪倒在地。
片刻後，天空的黑暗力量開始顫動。
人們很快地意識到，那不是普通的黑暗力量。
「聖域？」
在賽蓮的提問下，清虛神情恍惚地呢喃。
「我的天啊，小鬼，這是固有世界。」
這股黑暗力量是某個人的固有世界，那人用龐大的世界力覆蓋了整座深淵，並將其化為自身的固有世界。
繼天空之後，地面的景色也開始變化。靜謐的黑暗中，遍布四處的屍體映入眼簾，在深淵這個不可能流血的地方，卻有鮮血匯集而成的河流在流淌。

殘酷的屠殺景象讓信徒們尖叫不已。

柳雪荷也停下了腳步，仰望天空，喃喃自語。

「屍山血海……」

這是屍山血海，雖然與她擁有的不同，但顯然……

「那、那是什麼東西？」

聽見某人的驚呼，深淵的信徒抬起了頭。

黑暗中有一顆閃亮的星星。比任何事物都更耀眼、更巨大的，一顆星星。

當眾人目睹黑暗中閃耀的星辰時，深淵的所有靈魂皆如被掠食者般顫抖著身軀，因為他們知道這顆星星代表著什麼。

「那、那就是那個吧？」

「不會錯的。」

「那就是傳聞中的老……」

「果、果然是星星的形態嗎？」

下一刻，有東西朝著星星直射而去。

拖著紅色尾巴向前飛去的機體，那是巨人族。

轟隆隆隆！

巨人族發揮自身的世界力，朝著星辰全力揮舞劍刃。伴隨著一聲巨響，耀眼的白光籠罩了天空。

世界瞬間被染成了白夜，接著又傳來了某種東西破碎的聲音。

光芒消散之處，出現了某個東西。
在場的所有人都目睹了星星的墜落。
「啊啊、啊啊啊！」
「怎麼可能……」
混亂和恐懼之外的情緒逐漸蔓延，那一刻，深淵的所有人都意識到自己看見了什麼。
他們是革命的目擊者。
他們目睹了一個世界的覆滅，以及另一個世界開始的瞬間。
「這、這是真的！龜裂……」
「終於成功了！」
當深淵的所有人都沉浸在感動中的同時，唯獨有兩名靈魂沒有融入那股感動，而是仰望著天空。
「宰煥先生？」
柳納德似乎無法理解宰煥為何會露出這樣的反應。
宰煥瞥了柳納德一眼，輕輕將手放在少年的肩膀上。柳納德一臉茫然，但很快就感受到宰煥掌心的溫度，露出安心的神情。
是啊，至少對我來說，什麼都沒變。柳納德心想。
群眾的眼眸中，星辰碎裂的殘骸正在墜落。
世界染成一片漆黑，無數靈魂成為幻想樹養分的那一天——
老大終於從深淵的天空中墜落了。

4.

「裂主的話果然是真的。」

「據說老大是星星的形態，果然……」

「聽說他至今所做的一切都是為了推翻老大！」

裂主發動的戰爭，成為了拯救深淵慘況的英雄傳說，而這個傳說很快地演變成現實，對整個深淵產生了影響。

就這樣又過了一週，所有裂主造成的悲劇全都被美化了。謠言化為了真實，而深淵的諸神只好接受這一事實。

——老大被裂主擊落了。

這是深淵近二十一萬年來最具震撼性的事件。

就連第七站點的神和信徒也因為這起意料之外的事件而開始產生動搖。

「該死，那個混蛋讓第七站點的事件完全被掩蓋了！」

第七站點埃德蒙德的謁見廳。

不知不覺擔任起滅亡引導者軍師的柳雪荷，正在與無名討論當前事件的對策。她不斷在謁見廳周圍踱步，喃喃自語。

「我真的快瘋了。按照原來的計畫，現在第七站點應該已經被龜裂的敵對勢力包圍了……」

宰煥在第七站點的大戰當中擊潰了大君主傑洛姆，令他聲名大噪。

這場被世人稱為「再次綻放的希望」的戰鬥，為第七站點和滅亡引導者提供了壯大勢力的絕佳機會。

柳雪荷也明白這一點，因此，為了讓宰煥的名字更廣為人知，她動用了各種宣傳手段，試圖將宰煥塑造成足以對抗龜裂的象徵。

然而，自從一週前的革命成功之後，她的計畫就徹底泡湯了。

隨著星辰的墜落，所有人的注意力都集中到了龜裂與裂主麥亞德身上，甚至連第七站點內部，關於龜裂和老大的話題也連日比宰煥更加熱鬥。

「無名，你也想個辦法吧。」

在一連串無可奈何的問題面前，無名只是盯著窗外。

柳雪荷再度問道：「裂主真的擊敗老大了嗎？」

她感覺思緒亂成一團。儘管理智上否認，雙眼目睹的景象卻是如此清晰鮮明。

星星。

當初麥亞德指著那顆星星說話時的神情，她至今仍記憶猶新。

「雪荷，那就是我們要抵達的地方。」

毫無疑問，革命之日粉碎的那顆星辰，就是麥亞德曾經指給她看的那顆星。

只是……

不可能，裂主根本沒想過要對抗老大。

柳雪荷想起她所見過的世界鑑定結果，咬緊了嘴唇。

滿腦子只有征服深淵的麥亞德，卻突然飛上天空，擊落了那顆星星。

曾經被眾人詬病的男子，如今成為深淵的救世主，甚至還出現了全力支持其目標的勢力。

老大的垮臺造成的影響是如此巨大。畢竟迄今為止，老大在深淵中一直是絕對不可侵犯的神聖存在。

「無名，給我點回應。」

無名瞥了柳雪荷一眼，然後又把目光轉向天空。

「可能！是，也可能不是。」

這略帶一絲餘地的語氣，讓柳雪荷立刻聽出弦外之音。

「那是什麼意思？」

「字面！上的意思。」

「最近是流行把話講得很難懂嗎？前不久那個小鬼也是這樣。」

柳雪荷想起那個一直嘟囔著「烏洛波羅斯」的少年，皺了皺眉。

「你之前不是說過嗎？現在的麥亞德不可能打敗老大。」

「確實！」

「那麥亞德怎麼還是擊敗了老大？」

「我不知道！」

「什麼？」

想要高聲尖叫的柳雪荷勉強壓抑住了怒火。仔細回想，她和無名的對話總是這樣。說起來，烏洛波羅斯小鬼也說過類似的話。

「那是因為烏洛波羅斯。」

他好像這麼說過。

無名也說他去過瘋狂之森。

宰煥和無名都是曾經到訪瘋狂之森的人，或許正因如此，他們的說話方式總有一些相似之處。

對於重要的事情，他們從來不會完全說清楚。

柳雪荷現在也不曉得宰煥究竟在想些什麼。雖然知道他的目標是登上幻想樹的頂端摧毀系統，但實際上他內心究竟隱藏著何種複雜的動機，她卻一無所知。

柳納德曾對因此而心情鬱悶的柳雪荷說過這樣的話。

「問題在於問題本身。」

「問題在於問題？」

「要提出正確的問題。」

當初她以為是孩童般的胡言亂語，所以不以為意，現在卻不禁有種想法，或許這就是他說的那種問題？

正確的問題嗎……

柳雪荷看著一週以來始終凝視著天空的無名。

那一刻，她的腦海中閃過了一個想法。

「無名，你曾說過老大在你眼中是月亮的形態吧？」

無名頓了一下，默默點了點頭。

「你現在還看得到那個月亮嗎？」
「看！不到。」
「是嗎？該死。」
柳雪荷緊咬著嘴唇。
無名的表情有些微妙。
「我這裡！月亮消失。妳就，認為老大也不存在了。」
「我不否認，但你不是一口氣只能說十個字嗎？」
「雪荷！剛才是九個字。」
柳雪荷心想，假設老大真的滅亡，那麼它應該也會從其他看得見其存在的固有世界中消失。
而目前深淵中已知可以看見老大的存在只有四名。
裂主麥亞德、輪迴之神佛陀、瘋狂之神無名，以及宰煥。
柳雪荷能夠向其中兩人確認事實的真偽，但其實根本沒有必要兩個人都問，她只要向其中一人確認就夠了。
「總之，你說的話沒錯。如果你看不見老大，那裂主摧毀老大的事情必定是事實。」
「是！事實。」
柳雪荷第一次見到無名露出那樣的表情。
「我確定！固有世界的月亮消失了。」
他們正在談論著一個時代的終結，他的語氣卻格外溫和。

講出長句似乎讓他變得有些吃力，無名的身旁悄然浮出了一個對話框。

〔不僅是我！佛陀應該也一樣。龜裂！創始者在某種程度上共享著固有世界。〕

「嗯？那是什麼意思……」

〔如果麥亞德！固有世界裡的星星消失，那我的月亮也會消失。同樣地！佛陀世界中的太陽也會消失。〕

龜裂的創始者會共享彼此的固有世界這一事實，柳雪荷也是首度知曉。

仔細一想，這確實有道理，畢竟正是他們創造了龜裂的屍山血海。

總而言之，可以說他們用著「稍微不同」的視角看待「同一個世界」。無論是星星、月亮，還是太陽，它們只是樣貌略有不同，卻都是彰顯老大存在的象徵。

而現在，象徵著老大的東西消失了，這件事所指出的含意相當明顯。

「老大果然已經死了嗎……」

柳雪荷的語氣蘊含著一絲絕望，就連她自己也對此感到意外。

老大消失了，這本應是一件值得高興的事情，為何她會感到絕望呢？

接著，無名說道。

〔這我！不知道。〕

「為什麼？」

〔因為！沒有人知道老大是什麼。〕

這句話再度令事態變得更加混亂。

正當她準備發火質問對方到底想說什麼的時候，無名開口了。

〔雪荷！妳的故鄉在邊境嗎？〕

「喔，對啊。」

〔那裡是！什麼樣的地方？〕

雖然不知道為什麼突然問起這個，但柳雪荷認為無名不可能無緣無故拋出不著邊際的話題，於是還是決定回答他。

「只是一顆小行星罷了。大小適中，圓潤適度，在適當的重力下生成了一個生態系統，適合該環境的生命體在那裡繁衍生息。」

〔行星！〕

無名意味深長地笑了笑。

〔妳為何！如此確定？〕

「嗯？什麼東西？」

〔妳！怎麼確定那個地方，就是一顆行星？〕

「你真的很煩。」

柳雪荷皺起眉頭。

「這有什麼好確認的，不就是常識嗎？我居住的地方也有科學，我們也曾經研究過天體。」

〔這樣啊！科學家。他們！證明了妳的世界是一顆『行星』嗎？〕

證明？柳雪荷糊里糊塗地點點頭。

「應該是吧？」

「所以！妳就相信他們的話，認為妳所在的地方是一顆『行星』。」
「你到底想說什麼？我不是說了嗎？邊境的世界就是『行星』，這是常識。」
「那個！常識不也是科學家告訴妳的嗎？」
「是這樣沒錯……可是，這不是理所當然的嗎？」
「理所當然！的東西啊。什麼才是！理所當然的呢？妳！有去過外太空，看看妳所生活的世界外圍嗎？」
柳雪荷頓時啞口無言。
「我當然沒有，但是有些科學家也曾經前往外太空，親眼目睹了自己居住的行星。」
「所以說！妳最終也只是盲目地相信他們的話。太可愛了！」
「你這個瘋子，才不是那樣。」
一股鬱悶湧上心頭。
難道非得嘗一口，才能分辨那是大醬還是屎[7]嗎？每個人都這麼說，從小到大都被這麼教導，這麼理所當然的事情，為什麼……
「科學家！也可能會說謊。因為他們很聰明！所以更能比其他人說出煞有其事的謊言。」
「我說你……總是這樣和別人對話嗎？」
「非常！有模有樣的謊言。妳！從來沒想過，他們可能會操縱事實嗎？」
「那些人幹嘛要……」

7 大醬是韓國料理中的一種鹹味豆製品醬料，由黃豆和其他豆類發酵製成，人們對其濃重的發酵味反應兩極。

逐漸模糊的話語隨著呼吸聲漸漸消失。直到此時，柳雪荷才意識到，對方談論的並非是行星或她的故鄉。

無名始終都在談論老大。

「你的意思是，老大是個謊言？」

〔……〕

「難不成你從來都沒看見過『月亮』？難道你一直在欺騙我嗎？」

〔我沒！這麼說。〕

無名再度凝視著天空，補充道。

〔我有看見！月亮。那是！無庸置疑的事實。只是！我所看見的『事實』，是否就是『真相』，沒有人知道。〕

無名的瞳孔中映照出空曠的天空，以往始終懸掛在那處的某物，如今已經不復存在。

他曾無比渴望且深深期盼的事物，如今卻永遠成謎了。

這時，一個男人進入了無名的視線。

宰煥和他一樣，在要塞下方的露臺凝視著天空。

與無名不同，宰煥仍然專注地盯著天空中那「過於明顯的東西」。

✝　✝　✝

然後又過了一個月。

「老大死了。現在起，我們將生活在其之後的世界。」

麥亞德的宣言在一個月內於幻想樹全境迅速傳播開來。

一些歷史學家甚至引用麥亞德的宣言，將這個時代定義為「老大以後的世界」。一些賢者批評這種區別時代的方法太過草率，卻無法否認時代的趨勢已經圍繞著麥亞德和龜裂流轉。

無論是贊同老大死亡的人，或者是反對的人，他們如今都不得不承認一個事實。

現在正是龜裂的時代。

5.

「真是太糟糕了。」

「……」

「雖然這麼說很對不起各位，但現在我也不知道該怎麼辦了。」

召集「滅亡引導者」的眾人後，柳雪荷自暴自棄地垂下頭。

清盧和卡頓等人面面相覷，沒有想到柳雪荷竟然會露出這麼沮喪的表情。

「我收到了凱洛班遭到襲擊的消息，龍神德洛伊安也是。」

「他們死了嗎？」

「龍神已確認滅亡，凱洛班身受重傷，自他逃離後就音訊全無。」

因為是預料之中的消息，眾人並沒有感到過於驚訝。

自從聯繫斷絕後，他們就已經作好了心理準備。

況且，現在最嚴重的問題並非凱洛班的事情。

「大家應該都知道，目前情況很嚴重。除了其它站點都轉向支持龜裂以外，第七站點內部的兵力也在逐漸減弱。隨著時間流逝，事態只會變得更糟，不會好轉。」

正如柳雪荷所言，深淵的最後一座堡壘，無名的第七站點，近期正漸漸失勢。

這是那些因德烏斯．艾克斯．瑪姬娜的概然性破壞失去神祇的喪失者造成的影響。

儘管宰煥正透過「認知失調」替他們一一修復連結，但效果仍有限。有些信徒拒絕恢復信仰，並選擇離開第七站點，自願投身於龜裂。

這也情有可原。當所有人都看見深淵最強大的神祇消亡，又怎麼可能還保持理智呢？

也許是因為柳雪荷話語中蘊含的低迷氣息，一行人的臉上也蒙上了一層陰影。對於過往只懂得一股腦向前衝的滅亡引導者來說，這樣的神情顯得十分彆扭。

賽蓮開口道：「幹嘛一副已經玩完了的樣子，都還沒戰鬥就要放棄了嗎？」

大概是被這句話觸動了心弦，柳雪荷犀利地反問道：「妳是真的不懂嗎？老大已經死了。」

「所以呢？老大在不在又有什麼關係？老大是老大，我們是我們。」

「不能這麼說，夢魔丫頭。」

清虛突然插話，似乎是想要幫忙調解。

「老大的死不僅僅意味著一個時代的結束。」

「不然呢？」

「這個嘛，嗯，要解釋起來的話……」

然而，清虛也無法立即回答。雖然他瀟灑地插話了，實際真要解釋的時候，又是一臉窘迫，何況他本就不善言辭。

「不介意的話，我可以說幾句嗎？」

「嗯？你是誰？」

「啊，我……」

在賽蓮的提問下，一名拄著枴杖的男子從角落大步走來。

「我叫允煥。」

與傑洛姆的戰鬥結束後，允煥自願加入了滅亡引導者。雖然身體尚未完全康復，還無法上場戰鬥，但作為近期離開龜裂的前成員，他比在場的任何人都更加了解龜裂目前的動向。

「你是宰煥那小子的朋友吧。」

賽蓮原本想對看起來弱不禁風的允煥吐槽「哪裡來的軟飯男」，卻忽然想起這個軟飯男是宰煥的摯友。

如果能讓那個宰煥不顧一切地去救他，那他們肯定是相當要好的朋友。

賽蓮開口了。

「好吧，你說說看。」

允煥點了點頭。

「在我看來，滅亡引導者現在已經失去了它的正當名分。」

「名分？」

允煥微微一笑，繼續解釋。

「這個話題說來話長，您可以接受嗎？」

「不行，我不接受，你直接講重點就好了。」

「噗咻咻咻，砰。」

允煥的話令一些人啞口無言，而賽蓮則是面無表情。

這小子是在耍人嗎？

奇妙的是，允煥高深莫測的一句話竟改變了會議廳裡的氣氛。允煥沒有立即接話，而是與每個看向他的人一一對視。

那些與他四目相對的人，不知為何，竟無法將視線移開。

賽蓮的表情變得嚴肅起來。

——奇怪，這氣氛是怎麼了？

賽蓮渾然不知，允煥的能力是他從登上噩夢之塔以來便持續鍛鍊，終於得以開花結果的設定。

操縱系設定，噗咻咻咻——砰。

他能輕易地吸引他人注意力，改變氣氛。

但奇怪的是，這項設定對賽蓮不起效用，對此越發惱火的賽蓮毫不客氣地開口。

「這就是你的重點？咻咻砰？找死嗎？」

「妳準備好要聽我娓娓道來了嗎？」

滿肚子火的賽蓮像是打算尋求幫助似地，環顧四周。但令人驚訝的是，周圍的所有人都在關注著允煥接下來的話。

允煥隨即開口說明，彷彿這一切早在他的預料之中。

「近期龜裂在深淵幹下的勾當，我想各位應該都很清楚。他們擅自發動聖戰，非法侵略站點，屠殺了無數名代行者和信徒。而這些行為導致的後果，賽蓮女士應該也心知肚明吧。」

面對已然展開的對話，賽蓮不得已只好答道：「龜裂成為了大家的公敵。」

「是的，深淵眾人之所以譴責龜裂，便是出自於這個緣故。因為他們犯下了太明顯的惡行。」

「這就是我們的正當理由？龜裂作惡多端，而我們負責審判那些傢伙？」

「簡單來說就是如此。」

「那這不是很合理嗎？不管怎麼說，那群混蛋侵略站點的事實不會改變。」

「邏輯上來說是這樣沒錯，從情感上來說卻不一樣。賽蓮女士，妳也有煩惱吧？」

「我沒有那種東西。」

賽蓮的話令允煥將目光直接鎖定某一處。周圍的人們紛紛轉過頭，順著允煥的目光望去。

遠處擦拭著獨不的宰煥碰巧抬起了頭。

與他四目相對的賽蓮下意識地提高嗓門。

「你想說什麼——」

「我先假設妳有一個非常嚴重的困擾，一個嚴重到妳無法向他人傾訴的困擾……」

「喂！」賽蓮的臉一陣紅一陣青。

「讓我來舉個例子。妳非常討厭我，對吧？」

「討厭到想殺人的地步。」

允煥似乎早已有所預料，只見他笑了笑。

「這是當然了，因為我直到前不久都還是龜裂的一員。但是，如果我能夠提供給妳很大的幫助呢？」

「我不需要你的……」

「比如說，幫助妳和宰煥一起私奔之類的。」

「什麼？」

一時間愣住的賽蓮尖叫起來。

「你在胡說八道什麼啊！」

「啊，前提是我假設妳單方面喜歡宰煥，我應該先說明這一點的。因為妳喜歡直接切入正題，所以我就先從重點開始講了。」

允煥厚顏無恥的一番話讓賽蓮無言以對，她只能呆呆地翕動著嘴唇。

「總之，在這種條件下，即使妳再怎麼討厭我，如果我能促成你們兩人之間的關係……那麼賽蓮女士對我的看法也會改變，對吧？」

「這——」

「請簡單地回答對或不對，這只是一種比喻而已。」

「假設是這樣的話……對吧。」

「這是什麼意思呢?妳會感謝我促成妳和宰煥的關係嗎?」

賽蓮猶豫了一會兒,終於爽快地點頭。

「對。」

「什麼一回事?」

「就是這麼一回事。」

允煥滿意地拍了拍手。

賽蓮有種徹底被愚弄的感覺。她迅速查看宰煥所在的方向,只見宰煥面無表情,似乎對此不以為意,清虛與柳納德則在咯咯偷笑。

賽蓮凶狠地瞪大眼睛。

「現在妳從我身上感受到的情感,就和深淵的代行者從龜裂身上感受的情感很類似。他們抱持著感激的心情。」

這時,賽蓮的眼神才變得複雜起來。二千四百年歲月磨練出的理性讓她發現,經過一番拐彎抹角的閒聊後,終於揭示了對話的本質。

「深淵對龜裂心存感激?」

「沒錯。」

「就跟我一樣?」

「是的。」

「可是宰煥……不對,他們明明被龜裂折磨成那副德性。」

「雖然很難理解，但事實就是如此。」

「這不合邏輯啊。」

「所以我之前才說，邏輯上說不通，情感上卻能夠理解。」

允煥緩了一拍，語氣堅定地說道。

「老大的垮臺是一件非同尋常的大事。不管龜裂以前對深淵做了什麼，這些都不再重要了。」

賽蓮的雙眼被深深的憂慮籠罩。

仔細想想，這也是情理之中的事。畢竟，深淵中沒有比老大更可怕的存在了。他掌控著系統，奠定了設定的基礎；他可以隨時隨地，只要心血來潮，就能屠殺深淵的一切。

老大一直以來都是能將所有靈魂的生死貶為一場偶然的獨裁者，而龜裂將深淵從這種恐懼中解放了出來。

卡頓點了點頭，說道：「你說的沒有正當理由，原來是這個意思。」

「是的，龜裂已經不是深淵公敵，而是深淵的英雄了。」

星辰墜落的景象在賽蓮的腦海中一閃而過。

允煥繼續說道：「最近裂主打出的旗號又更加鞏固了龜裂的地位。他主張統一深淵內所有的固有世界，創造出一個沒有戰爭的世界。」

「那根本是天方夜譚啊。」

「但是許多人相信了這個荒謬的說法。據說，被龜裂征服的幾座站點的確變得更加適合人們生活了。當然，這想必是他們煽動輿論的成果。」
賽蓮不禁打了個寒顫。
龜裂推翻了老大，如果這是事實，那可能真是一件好事。
但僅僅因為推翻了老大，就能合理化之前所做的一切嗎？
賽蓮對於產生這種想法的自己感到陌生。在遇見宰煥之前，她幾乎不關心這類問題。畢竟，她本來就是夢魔，一個必須承受栽培的矛盾種族。
儘管如此，賽蓮還是說道：「那是不對的。」
「是啊，是不對的。但是微小的正義早已被踐踏，而大義最終得以實現。在這個時代，誰敢審判裂主呢？」
在場沒有人不明白龜裂和裂主所做的一切。
殺死老大無疑是深淵中最偉大的成就。如果要漠視這番成就，並追究龜裂的過錯，就需要一個比裂主信念更高尚且崇高的人。
換言之，他們需要一名哪怕是「星辰墜落」也無法撼動其堅定世界的存在。
「所以我們要怎麼辦？在這裡半途而廢嗎？」
「不。」允煥笑著說道：「我們要去找啊，找那個可以追究裂主過錯的人。」
聽見這話，眾人皆朝同一個方向望去。
大家的心中早已有答案，他們之所以能夠聚集在此，正是因為那唯一的存在。
然而……
「咦？搞什麼鬼？那傢伙跑哪去了？」

「嗯？剛剛還在這的啊？」

「宰煥先生？宰煥先生！」

他們的答案不知去向了。

✝ ✝ ✝

第八站點，卡斯皮昂的要塞。

裂主的辦公室裡，卡西姆正在向默默望著窗外的裂主進行彙報。

最近麥亞德明顯消瘦了許多，他臉色蒼白，下巴長著稀疏的鬍鬚。

卡西姆壓抑住湧上心頭的同情，繼續說道：「加入本組織的喪失者人數激增，目前各站點新增的喪失者人數如下……」

簡而言之，就是湧入的喪失者太多，難以管理。

聽完冗長的報告，麥亞德虛弱地回答。

「利用大失蹤模擬訓練進行人員篩選，沒有才能的人就剔除。」

「這樣沒問題嗎？」

「我們一直以來不是都這麼做嗎？」

「可是……」卡西姆猶豫了一下，答道：「我明白了。」

卡西姆說完，立刻走出辦公室，他的步伐比平時沉重得多。

他不曉得為何會這樣。明明一切都很順利，為什麼他內心會感到如此沉重？

「第四團長？」

「哦，是阿德爾啊。」

由於不久前的組織重組，阿德爾成為了第四團長的副團長。兩人一起朝著迴廊外頭走去。

阿德爾一邊展示電子螢幕上的文件，一邊說道：「您交代的兵力整頓工作已經完成，明天就可以立即出發進軍第七站點。」

「這樣啊。」

「您看起來沒什麼精神。」

卡西姆苦笑著搖了搖頭。

「你這麼說的時候，心裡總是另有盤算。看來你有事情想說？」

「那麼，恕我冒昧，我想說幾句話。」

「想說什麼就說吧，你現在也是副團長了，只要別說要退出龜裂，其他都無所謂。」

那淒涼的玩笑令卡西姆和阿德爾的臉上同時浮現了一抹無奈的微笑。

阿德爾開口道：「最近成員間都在討論一件事情。」

「什麼事？」

「有些成員想知道，既然我們推翻了老大，為什麼系統還沒有消失？」

「神的死亡並不會讓一切歸零，這點你不也清楚嗎？」

「除此之外，據說小兄弟的網路依然健在，而且偉大之士也沒有觀察到特別的變化，因此最近成員間的氣氛……」

聽到這裡的卡西姆抬手示意暫停。

「阿德爾，那些真的是成員的疑問，還是你自己的疑問？」

「坦白說，兩者都有。」

不知不覺中，他們走出了迴廊，要塞外頭的風景呈現在眼前。繁星在漆黑的夜空中閃爍，那是來自遙遠宇宙的光芒。

阿德爾默默仰望著夜空，在那遙遠的宇宙某處，有他的故鄉，有卡西姆的故鄉，也曾經……有過老大。

卡西姆開口說道：「阿德爾。」

「在。」

「我以前不是說過嗎？世界不會因為一顆星星的墜落而改變。」

卡西姆仰望著天空。

不僅僅是卡西姆，最近深淵的每個人都經常望向天空。人們就像現在才覺察到那裡有天空似地，總是不斷地抬頭仰望，就這樣一直凝視下去，彷彿那裡會出現些什麼。或者，像是在等待著什麼出現一樣。

一同望著天空的阿德爾問道：「團長，您知道些什麼嗎？」

「不，我不過是個普通的覺醒者而已，又能知道多少呢？」

短暫的時間裡，他們默默地凝視著天空。明明看著同一片天空，卻不知為何沒有那樣的感受。

阿德爾頓時感到一絲孤獨。

那片天空有著什麼？我們又做錯了什麼？或者，這個世界之所以存在，究竟是想從我們身上得到什麼？

在這樣的世界裡，裂主想做什麼？

「雖然我什麼都不知道，但有一件事我能肯定。」

卡西姆的聲音有些淒涼。

「龜裂的戰爭，現在才要開始。」

✝ ✝ ✝

隔日，龜裂全軍進軍第七站點艾波格的消息給了深淵一計沉重的打擊。

幾乎在同一時間，第八站點的龜裂基地發生了爆炸，具體原因不明。

深淵的最後一場戰爭，即將拉開序幕。

——《滅亡後的世界05》完

CD005
滅亡後的世界 05
멸망 이후의 세계

作　者　싱숑 (sing N song)
譯　者　賴璟瑄
封面設計　CC
封面繪者　Kanapy
責任編輯　林紓平
校　對　胡可葳

發　行　深空出版
出版者　深空出版有限公司
地　址　臺北市中正區館前路 59號 9樓
電　話　(02)2375-8892
傳　真　(02)7713-6561
電子信箱　service@starwatcher.com.tw
官網網址　www.starwatcher.com.tw
初版日期　2025年 6月

總經銷　聯合發行股份有限公司
地　址　新北市新店區寶橋路 235巷 6弄 6號 2樓
電　話　(02)2917-8022

國家圖書館出版品預行編目 (CIP) 資料

滅亡後的世界 / 싱숑 (sing N song) 著 . -- 初版 . -- 臺北市 :
深空出版有限公司出版 : 深空出版發行 , 2025.06
冊 ;　公分
ISBN 978-626-99609-0-3(第 5 冊 : 平裝). --
862.57　114003339